宋文治「華嶽參天」——宋文治，當代畫家。

吳鏡汀「太華勝概」——吳鏡汀，當代畫家。

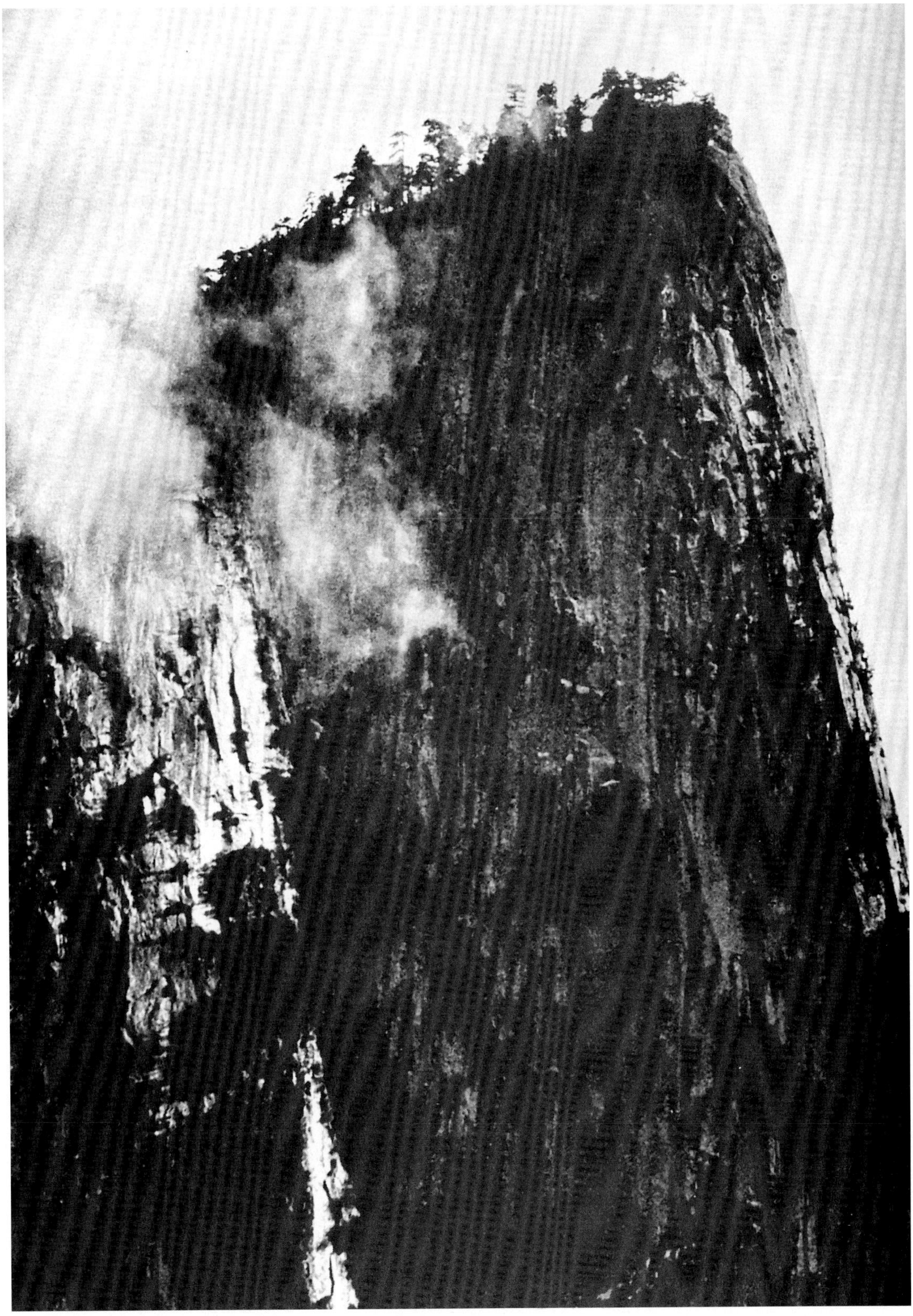

華山一景。

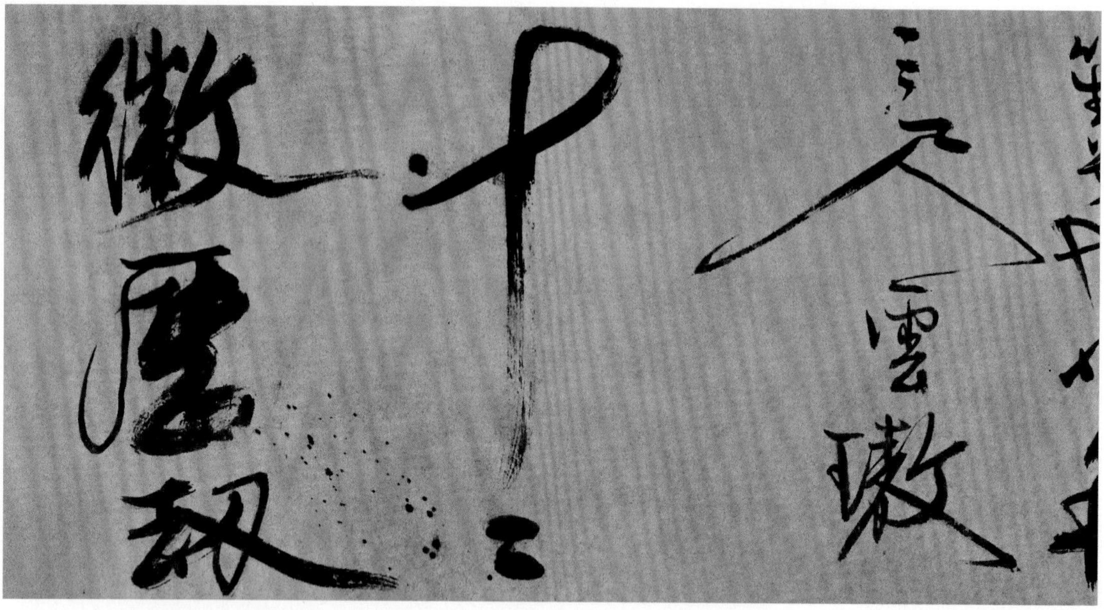

以下九圖／徐渭行草「青天歌」（局部）——此長卷書法跌宕有致，波瀾迭起。本書選錄其最後部分，文曰：「……三尺雲璈十二徽，歷劫年中混元斲，玉韻琅琅絕鄭音，雅清偏貫達人心。我從一得鬼神輔，入地上天超古今，縱橫自在無拘束，心不貪榮身不辱。同唱壺中白雪歌，靜調世外陽春曲。我家此曲皆自然，管無孔兮琴無弦，得來驚覺浮生夢，晝夜清音滿洞天。徐渭書。」首四句似說盈盈之琴，次四句似說令狐冲之劍。此後六句似說令狐冲、盈盈二人琴簫和諧、歸隱世外之樂。

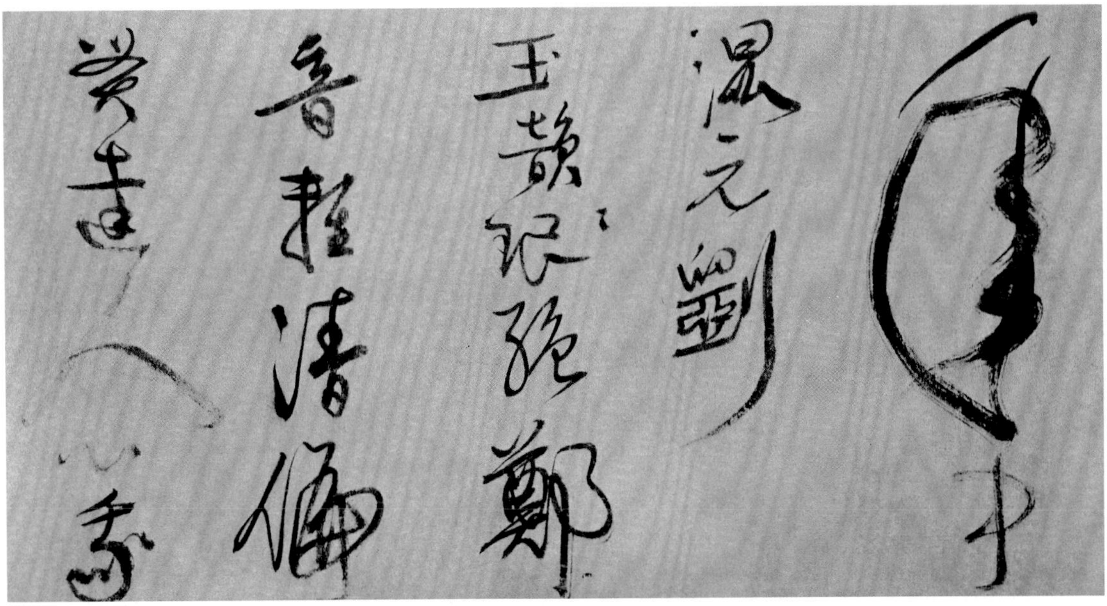

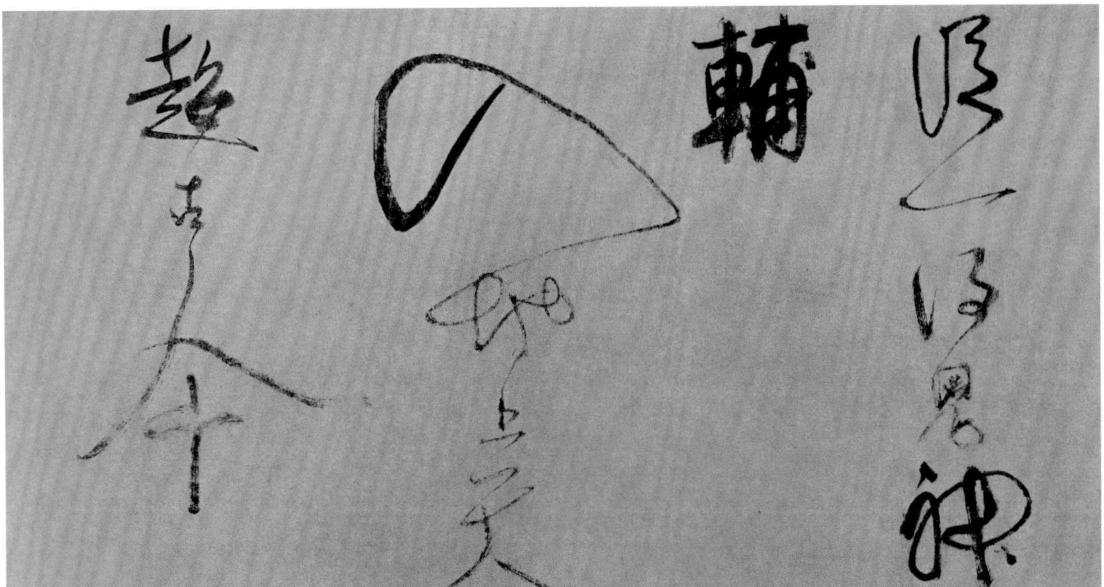

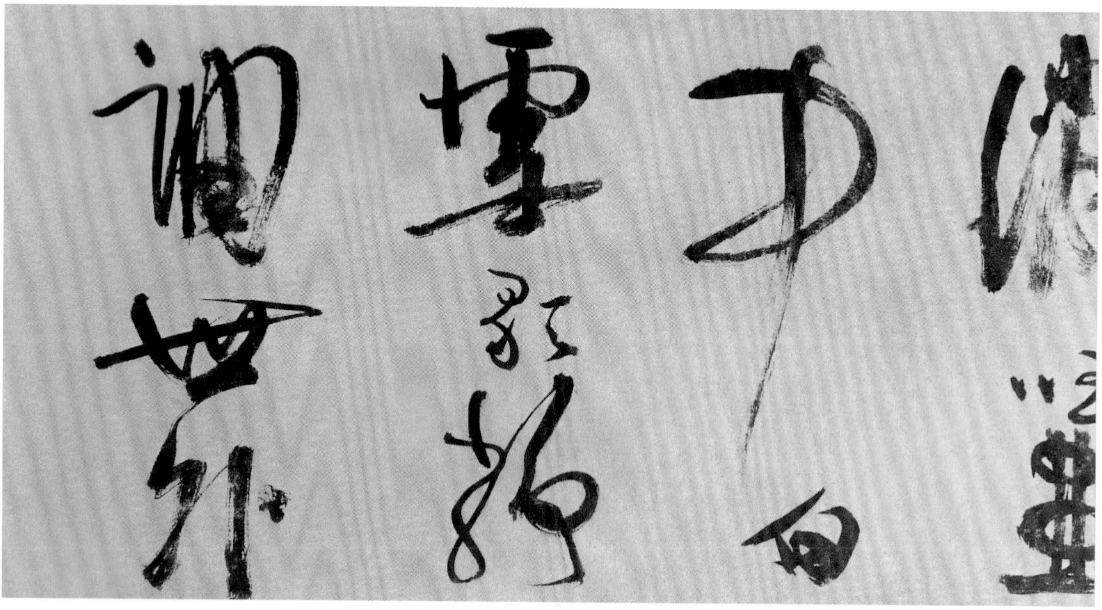

陽春一曲我家山

白雲筝無孔琴

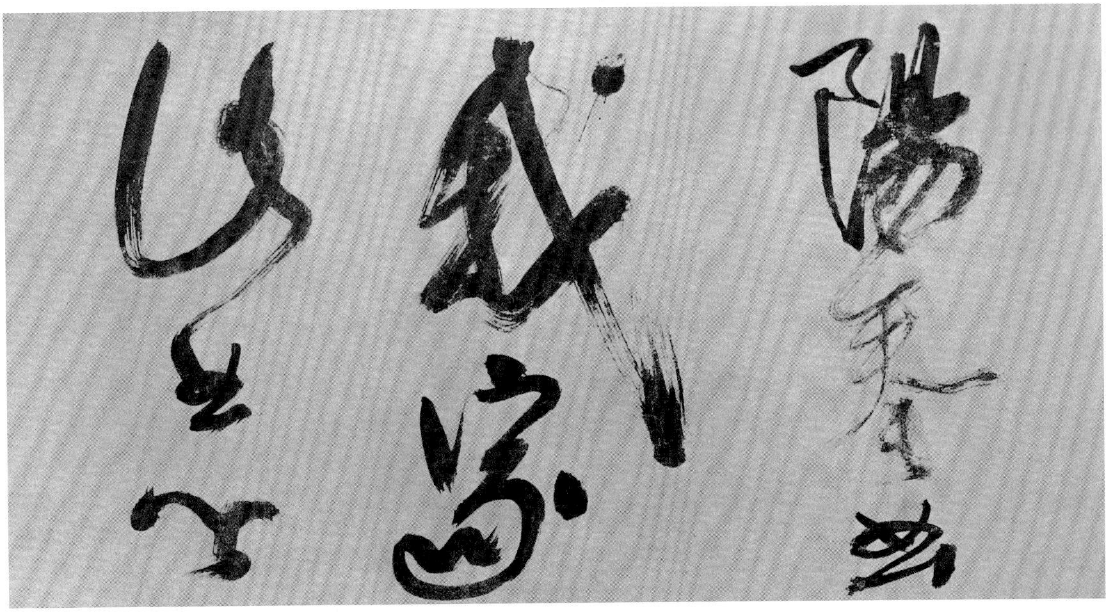

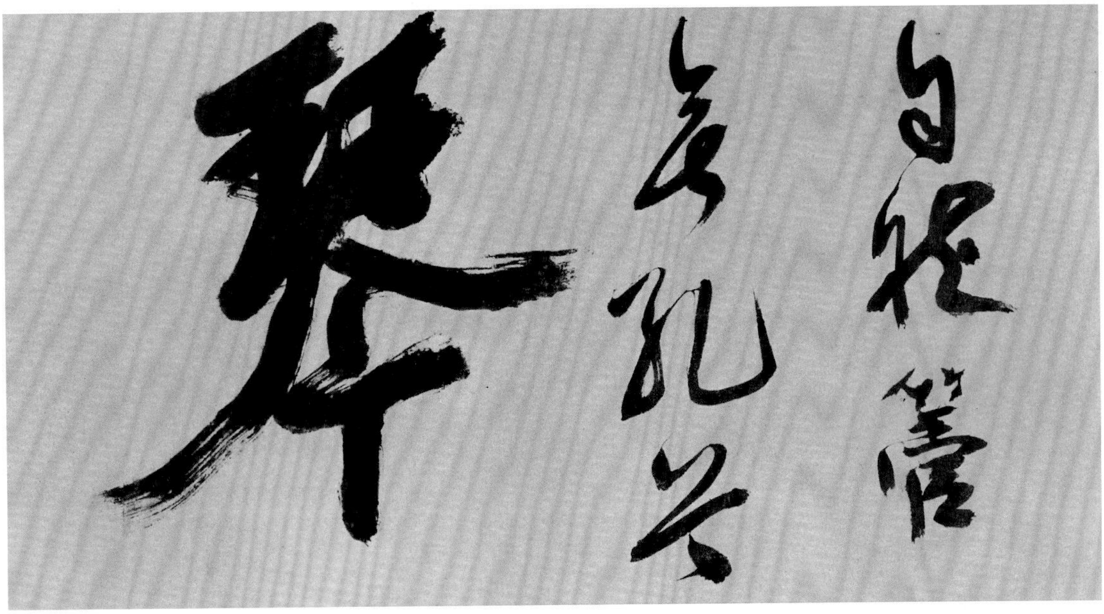

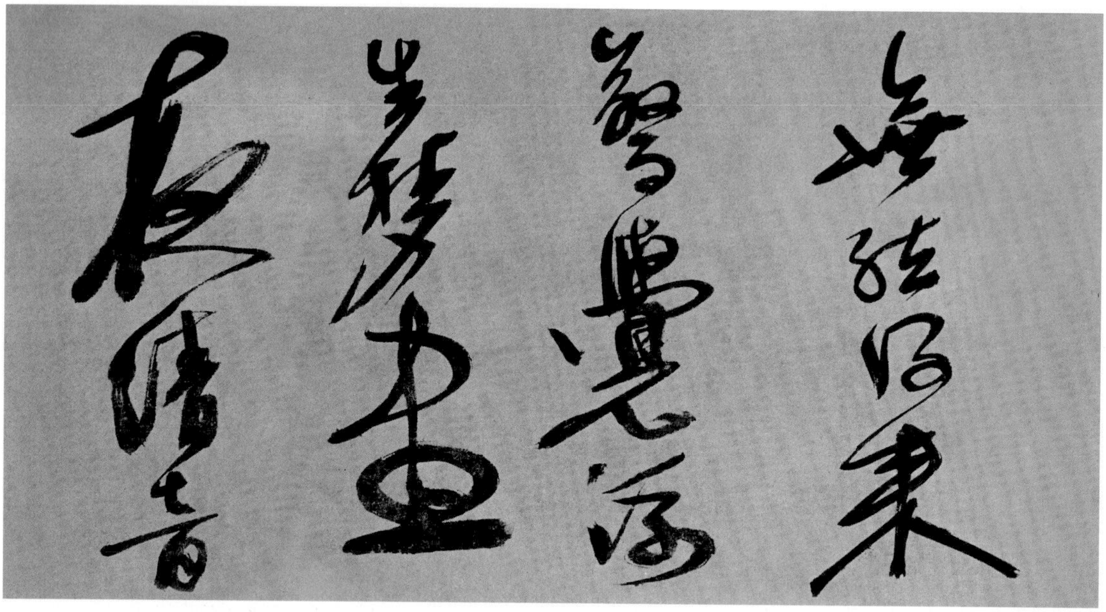

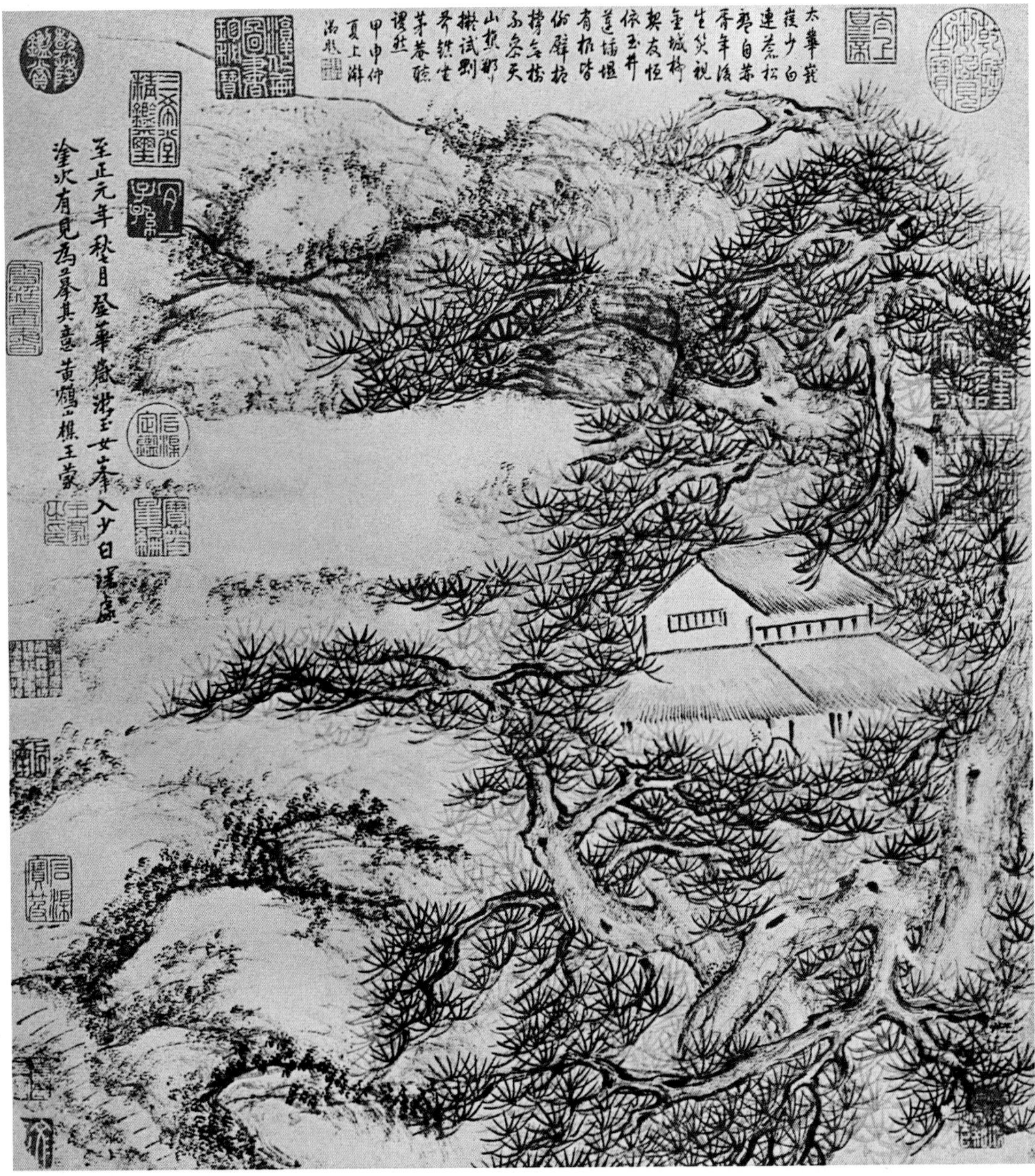

王蒙「少白雲松圖」——王蒙，元末明初大畫家，浙江吳興人，趙孟頫之外孫。本圖題字有云：「登華嶽，游玉女峯，入少白深處，塗次有見，為摹其意。」

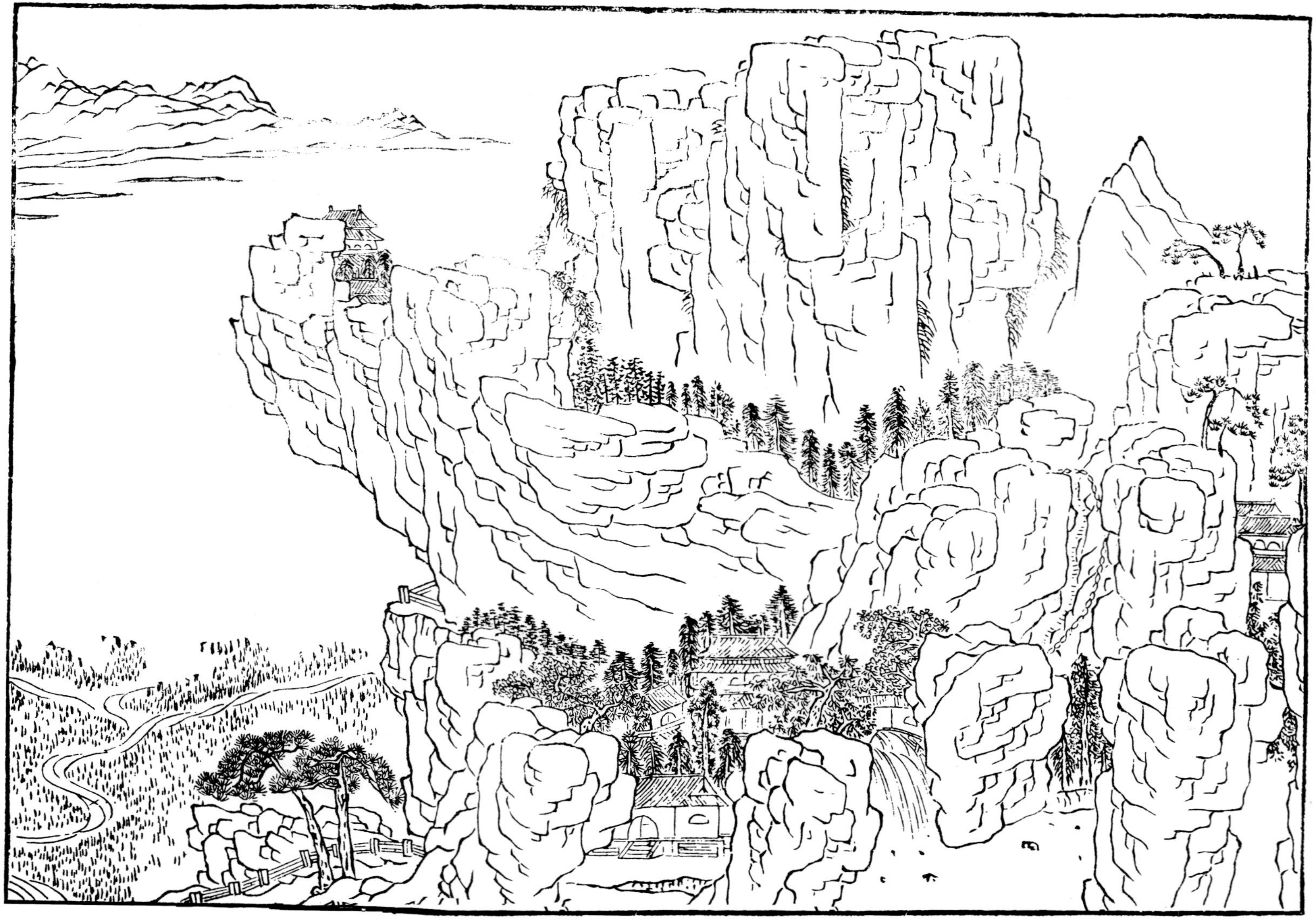

明代版畫「華山圖」——錄自明刊《名山圖》。

笑傲江湖

大字版

②獨孤九劍

金庸

大字版金庸作品集㊻

笑傲江湖 (2)獨孤九劍 「公元2006年金庸新修版」

The Smiling, Proud Wanderer, Vol. 2

作　　者／金　庸

封面設計／唐壽南　內頁插畫／王司馬

發 行 人／王 榮 文

出版・發行／遠流出版事業股份有限公司

臺北市中山北路一段11號13樓

電話／2571-0297　**傳真**／2571-0197　**郵撥**／0189456-1

□2006年 8 月16日　初版一刷

□2022年 4 月 1 日　二版五刷

大字版　每冊 *380* 元（本作品全八冊，共3040元）

〔另有典藏版共36冊（不分售），平裝版共36冊，新修版共36冊，新修文庫版共72冊〕

ISBN　978-957-32-8112-2（**套：大字版**）

ISBN　978-957-32-8105-4（**第二冊：大字版**）

Printed in Taiwan

YLib 遠流博識網

http://www.ylib.com　E-mail:ylib@ylib.com

目錄

劉正風臉露微笑，捲起了衣袖，伸出雙手，便要放入金盆，忽聽得大門外有人厲聲喝道：「且住！」劉正風微微一驚，雙手便不入水，側身抬頭，要看喝止自己的竟是何人。

六　洗手

岳不羣收錄林平之於門牆後，休息了一天，第二日率領衆弟子逕往劉府拜會。劉正風得到訊息，又驚又喜，武林中鼎鼎大名的「君子劍」華山掌門居然親身駕到，忙迎了出來，沒口子的道謝。岳不羣甚是謙和，滿臉笑容的致賀，和劉正風攜手走進大門。天門道人、定逸師太、余滄海、聞先生、何三七等也都降階相迎。

余滄海心懷鬼胎，尋思：「華山掌門親自到此，諒那劉正風也沒這般大的面子，必是爲我而來。他五嶽劍派雖人多勢衆，我青城派可也不是好惹的，岳不羣倘若口出不遜之言，我先問他令狐冲嫖妓宿娼，是甚麼行逕。當眞說翻了臉，也只好動手。」那知岳不羣見到他時，一般的深深一揖，說道：「余觀主，多年不見，神清氣旺，好了不起！」余滄海作揖還禮，說道：「岳先生，你好。岳先生神功了得，可越來越年輕了。」

各人寒暄得幾句，劉府中又有各路賓客陸續到來。這天是劉正風「金盆洗手」的正日，到得巳時二刻，劉正風便返入內堂，由門下弟子接待客人。

將近午時，五六百位遠客流水般湧到。丐幫副幫主張金鰲，鄭州六合門夏老拳師率領了三個女婿，川鄂三峽神女峯鐵姥姥，東海海砂幫幫主潘吼，曲江二友神刀白克、神筆盧西思等人先後到來。這些人有的互相熟識，有的只慕名而從沒見過面，一時大廳上招呼引見，喧聲大作。

天門道人和定逸師太分別在廂房中休息，不去和衆人招呼，均想：「今日來客之中，有的固然在江湖上頗有名聲地位，有的卻顯是不三不四之輩。劉正風是衡山派高手，怎地這般不知自重，如此濫交，豈不墮了我五嶽劍派的名頭？」岳不羣名字雖叫作「不羣」，卻十分喜愛朋友，來賓中許多藉藉無名、或名聲不甚清白之徒，只要過來和他說話，岳不羣一樣跟他們有說有笑，絲毫不擺華山派掌門、高人一等的架子。

劉府的衆弟子指揮廚伕僕役，裏裏外外擺設了二百來席。劉正風的親戚、門客、帳房，和劉門弟子向大年、米爲義等肅請衆賓入席。依照武林中的地位聲望，以及班輩年紀，泰山派掌門天門道人該坐首席，只是五嶽劍派結盟，天門道人和岳不羣、定逸師太等有一半是主人身分，不便上坐，一衆前輩名宿便羣相退讓，誰也不肯坐首席。

忽聽得門外砰砰兩聲銃響，跟著鼓樂之聲大作，又有鳴鑼喝道的聲音，顯是甚麼官府來到門外。羣雄一怔之下，只見劉正風穿著嶄新熟羅長袍，匆匆從內堂奔出。羣雄歡聲道賀。劉正風略一拱手，便走向門外，過了一會，見他恭恭敬敬的陪著一個身穿公服的官員進來。羣雄都感奇怪：「難道這官兒也是個武林高手？」眼見他雖衣履皇然，但雙眼昏昏然，一臉酒色之氣，顯非身具武功。

岳不羣等人則想：「劉正風是衡山城大紳士，平時免不了要結交官府，今日是他大喜的好日子，地方上的官員來敷衍一番，那也不足爲奇。」

卻見那官員昂然直入，居中一站，身後的衙役右腿跪下，雙手高舉過頂，呈上一隻用黃緞覆蓋的托盤，盤中放著一個卷軸。那官員躬著身子，接過了卷軸，朗聲道：「聖旨到，劉正風聽旨。」

羣雄一聽，都吃了一驚：「劉正風金盆洗手，封劍歸隱，那是江湖上的事情，與朝廷有甚麼相干？怎麼皇帝下起聖旨來？難道劉正風有逆謀大舉，給朝廷發覺了，那可是殺頭抄家誅九族的大罪啊。」各人不約而同的想到了這一節，登時便都站起，沉不住氣的便去抓身上兵刃，料想這官員既來宣旨，劉府前後左右一定已密布官兵，一場大廝殺已難避免，自己和劉正風交好，決不能袖手不理，再說覆巢之下，焉有完卵，自己既來劉府赴會，自是逆黨中人，縱欲置身事外，又豈可得？只待劉正風變色喝罵，衆人白刃交加，頃刻間便要將那官員斬爲肉醬。

那知劉正風竟鎮定如恆，雙膝一屈，便跪了下來，向那官員連磕了三個頭，朗聲道：「微臣劉正風聽旨，我皇萬歲萬歲萬萬歲！」羣雄一見，無不愕然。

那官員展開卷軸，唸道：「奉天承運皇帝詔曰：據湖南省巡撫奏知，衡山縣庶民劉正風，急公好義，功在桑梓，弓馬嫻熟，才堪大用，著實授參將之職，今後報效朝廷，不負朕望，欽此。」

劉正風又磕頭道：「微臣劉正風謝恩，我皇萬歲萬歲萬萬歲！」站起身來，向那官員彎腰道：「多謝張大人栽培提拔。」那官員撚鬚微笑，說道：「恭喜，恭喜，劉將軍，此後你我一殿爲臣，卻又何必客氣？」劉正風道：「小將本是一介草莽匹夫，今日蒙朝廷授官，固是皇上恩澤廣被，令小將光宗耀祖，卻也是當道恩相、巡撫周大人和張大人的逾格栽培。」那官員笑道：「那裏，那裏。」劉正風轉頭向他妹夫方千駒道：「方賢弟，奉敬張大人的禮物呢？」方千駒道：「早就預備在這裏了。」轉身取過一隻圓盤，盤中是個錦袱包裹。

劉正風托過圓盤，笑道：「些些微禮，不成敬意，請張大人賞臉哂納。」那張大人笑道：「自己兄弟，劉將軍卻又這般多禮。」使個眼色，身旁的差役便接了過去。那差役接過盤子時，雙臂向下一沉，顯然盤中之物份量著實不輕，並非白銀而是黃金。那張大人眉花眼笑，道：「小弟公務在身，不克久留，來來來，斟三杯酒，恭賀劉將軍今日封官授職，不久又再陞官晉爵，皇上恩澤，綿綿加被。」早有左右斟過酒來。張大人連盡三杯，拱拱手，轉身出門。劉正風滿臉笑容，直送到大門外。只聽鳴鑼喝道之聲響起，劉府又放禮銃相送。

這一幕大出羣雄意料之外，人人面面相覷，做聲不得，各人臉色又尷尬，又詫異。來到劉府的一衆賓客雖然並非黑道中人，也不是犯上作亂之徒，但在武林中各具名望，均是自視甚高的人物，對官府向來不瞧在眼中，此刻見劉正風趨炎附勢，給皇帝封個「參將」那樣芝麻綠豆的小小武官，便感激涕零，作出種種肉麻的神態來，更且公然行賄，心中都瞧他不起，有些人忍不住便露出鄙夷之色。年紀較大的來賓均想：「看這情形，他這頂官帽定是用金銀買來的，不知他花了多少黃金白銀，才買得巡撫的保舉。劉正風向來爲人正派，怎地臨到老來，利祿薰心，竟不擇手段的買個官來過癮？」

劉正風走到羣雄身前，滿臉堆歡，揖請各人就座。無人肯坐首席，居中那張太師椅便任其空著。左首是年壽最高的六合門夏老拳師，右首是丐幫副幫主張金鰲。張金鰲本人雖無驚人藝業，但丐幫是江湖上第一大幫，丐幫幫主解風武功及名望均高，人人都敬他三分。

羣雄紛紛坐定，僕役上來獻茶斟酒。米爲義端出一張茶几，上面鋪了錦緞。向大年雙手捧著一隻金光燦爛、徑長尺半的黃金盆子，放上茶几，盆中已盛滿了清水。只聽得門外砰砰砰放了三聲銃，跟著砰啪、砰啪的連放了八響大爆竹。在後廳、花廳坐席的一衆後輩子弟，都擁到大廳來瞧熱鬧。

劉正風笑嘻嘻的走到廳中，抱拳團團一揖。羣雄都站起還禮。

劉正風朗聲說道：「衆位前輩英雄，衆位好朋友，衆位年輕朋友。各位遠道光臨，劉正風當眞臉上貼金，感激不盡。兄弟今日金盆洗手，從此不過問江湖上的事，各位想必已知其中原因。兄弟已受朝廷恩典，做一個小小官兒。常言道：食君之祿，忠君之事。江湖上行事講究義氣；國家公事，卻須奉公守法，以報君恩。這兩者如有衝突，叫劉正風不免爲難。從今以後，劉正風退出武林，也不算是衡山派的弟子了。我門下弟子如願意改投別門別派，各任自便。劉某邀請各位到此，乃是請衆位好朋友作個見證。以後各位來到衡山城，自然仍是劉某人的好朋友，不過武林中的種種恩怨是非，劉某卻恕不過問、也不參預了。」說著又抱拳團團爲揖。

羣雄早料到他有這一番說話，均想：「他一心只想做官，人各有志，也勉強不來。反正他也沒得罪我，從此武林中就算沒了這號人物便是。」有的則想：「此舉實在有損衡山派光采，想必衡山掌門莫大先生十分惱怒，是以竟沒到來。」更有人想：「五嶽劍派近年來在江湖上行俠仗義，好生得人欽仰，劉正風卻做出這等事來。人家當面不敢說甚麼，背後卻不免齒冷。」也有人幸災樂禍，尋思：「說甚麼五嶽劍派是俠義門派，一遇到升官發財，還不是巴巴的向官員磕頭？還提甚麼『俠義』二字？」

羣雄各懷心事，一時之間，大廳上鴉雀無聲。本來在這情景之下，各人應紛紛向劉正風道賀，恭維他甚麼「福壽全歸」、「急流勇退」、「大智大勇」等等才是，可是一千餘人濟濟一堂，竟誰也不開口說話。

劉正風轉身向外，朗聲說道：「弟子劉正風蒙恩師收錄門下，授以武藝，未能張大衡山派門楣，甚是慚愧。好在本門有莫師哥主持，劉正風庸庸碌碌，多劉某一人不多，少劉某一人不少。從今而後，劉某人金盆洗手，專心仕宦，卻也決計不用師傳武藝，以求陞官進爵，至於江湖上的恩怨是非，門派爭執，劉正風更加決不過問。若違是言，有如此劍。」右手一翻，從袍底抽出長劍，雙手一扳，啪的一聲，將劍鋒扳得斷成兩截。他折斷長劍，順手將兩截斷劍揮落，嗤嗤兩聲輕響，斷劍插入了青磚。

羣雄一見，盡皆駭異，自這兩截斷劍插入青磚的聲音中聽來，這口劍顯是砍金斷玉的利器，以手勁折斷一口尋常鋼劍，以劉正風這等人物自毫不希奇，但如此舉重若輕、毫不費力的折斷一口寶劍，則手指上功夫之純，實是武林中一流高手的造詣。瞧他養尊處優，便似是一位面團團的富家翁模樣，眞料不到武功如此了得。聞先生嘆了口氣，說道：「可惜，可惜！」也不知他是可惜這口寶劍，還是可惜劉正風這樣一位高手，竟甘心去投靠官府。

劉正風臉露微笑，捲起了衣袖，伸出雙手，便要放入金盆，忽聽得大門外有人厲聲喝道：「且住！」

劉正風微微一驚，雙手便不入水，側身抬頭，要看喝止自己的竟是何人。只見大門口走進四個身穿黃衫的漢子，這四人一進門，分往兩邊一站，又有一名身材甚高的黃衫漢子從四人之間昂首直入。這人手中高舉一面五色錦旗，旗上綴滿珍珠寶石，一展動處，發出燦爛寶光。許多人認得這面旗子的，心中都是一凜：「五嶽劍派盟主的令旗到了！」

那人走到劉正風身前，舉旗說道：「劉師叔，奉五嶽劍派左盟主旗令：劉師叔金盆洗手大事，請暫行押後。」劉正風躬身說道：「但不知盟主此令，是何用意？」那漢子道：「弟子奉命行事，實不知盟主的意旨，請劉師叔恕罪。」

劉正風微笑道：「不必客氣。賢姪是千丈松史賢姪吧？」他臉上雖露笑容，但語音已微微發顫，顯然這件事來得十分突兀，以他如此多歷陣仗之人，也不免大爲震動。

那漢子正是嵩山派門下的弟子千丈松史登達，他聽得劉正風知道自己的名字和外號，心中不免得意，微微躬身，道：「弟子史登達拜見劉師叔。」他搶上幾步，又向天門道人、岳不羣、定逸師太等人行禮，道：「嵩山門下弟子，拜見衆位師伯、師叔。」其餘四名黃衣漢子同時躬身行禮。

定逸師太甚爲歡喜，一面欠身還禮，說道：「你師父出來阻止這件事，那再好也沒有了。我說呢，咱們學武之人，俠義爲重，在江湖上逍遙自在，去做甚麼勞什子的官兒？只是我見劉賢弟一切早已安排妥當，決不肯聽老尼姑的勸，也不想多費一番唇舌了。」

劉正風臉色鄭重，說道：「當年我五嶽劍派結盟，約定攻守相助，維護武林中的正氣，遇上跟五派有關之事，大夥兒須得聽盟主號令。這面五色令旗是我五派所共製，見令旗如見盟主，原是不錯。不過在下今日金盆洗手，是劉某的私事，既沒違背武林的道義規矩，更與五嶽劍派並不相干，那便不受盟主旗令約束。請史賢姪轉告尊師，劉某不奉旗令，請左師兄恕罪。」說著走向金盆。

史登達身子一晃，搶著攔在金盆之前，右手高舉錦旗，說道：「劉師叔，我師父千叮萬囑，務請師叔暫緩金盆洗手。我師父言道，五嶽劍派，同氣連枝，大家情若兄弟。我師父傳此旗令，既是顧全五嶽劍派的情誼，亦爲了維護武林中的正氣，同時也是爲劉師叔的好。」

劉正風道：「我這可不明白了。劉某金盆洗手喜筵的請柬，早已恭恭敬敬的派人送上嵩山，另有長函稟告左師兄。左師兄倘若眞有這番好意，何以事先不加勸止？直到此刻才發旗令攔阻，那不是明著要劉某在天下英雄之前出爾反爾，叫江湖上好漢恥笑於我？」

史登達道：「我師父囑咐弟子，言道劉師叔是衡山派鐵錚錚的好漢子，義薄雲天，武林中同道向來對劉師叔甚為敬仰，我師父心下也十分欽佩，要弟子萬萬不可有絲毫失禮，否則嚴懲不貸。劉師叔大名播於江湖，這一節卻不必過慮。」

劉正風微微一笑，道：「這是左盟主過獎了，劉某焉有這等聲望？」

定逸師太見二人僵持不決，忍不住又插口道：「劉賢弟，這事便擱一擱又有何妨。今日在這裏的，個個都是好朋友，又會有誰來笑話於你？就算有一二不知好歹之徒，妄肆譏評，縱然劉賢弟不和他計較，貧尼就先放他不過。」說著眼光在各人臉上一掃，大有挑戰之意，要看誰有這麼大膽，來得罪她五嶽劍派中的同道。

劉正風點頭道：「既然定逸師太也這麼說，在下金盆洗手之事，延至明日午時再行。請各位好朋友誰都不要走，在衡山多盤桓一日，待在下向嵩山派的眾位賢姪詳加討教。」

便在此時，忽聽得後堂一個女子的聲音叫道：「喂，你這是幹甚麼？我愛跟誰在一起玩兒，你管得著麼？」羣雄一怔，聽她口音便是早一日和余滄海大抬其槓的少女曲非煙。

又聽得一個男子的聲音道：「你給我安安靜靜的坐著，不許亂說亂動，過得一會，我自然放你走。」曲非煙道：「咦，這倒奇了，這是你的家嗎？我喜歡跟劉家姊姊到後園子去，為甚麼你攔著不許？」那人道：「好罷！你要去，自己去好了，請劉姑娘在這裏躭一會兒。」曲非煙道：「劉姊姊說見到你便討厭，你快給我走得遠遠地。劉姊姊又不認得你，誰要你在這裏纏七纏八。」只聽得另一個女子聲音說道：「妹妹，咱們去罷，別理他。」那男子道：「劉姑娘，請你在這裏稍待片刻。」

劉正風愈聽愈氣，尋思：「那一個大膽狂徒到我家來撒野，竟敢向我菁兒無禮？」

劉門二弟子米爲義聞聲趕到後堂，只見師妹和曲非煙手攜著手，站在天井之中，一個黃衫青年張開雙手，攔住了她二人。米爲義一見那人服色，認得是嵩山派的弟子，不禁心中有氣，咳嗽一聲，大聲道：「這位師兄是嵩山派門下罷，怎不到廳上坐地？」

那人傲然道：「不用了。奉盟主號令，要看住劉家的眷屬，不許走脫了一人。」

這幾句話聲音並不甚響，但說得驕矜異常，大廳上羣雄人人聽見，無不爲之變色。

劉正風大怒，向史登達道：「這是從何說起？」史登達道：「萬師弟，出來罷，說話小心些。劉師叔已答應不洗手了。」後堂那漢子應道：「是！那就再好不過。」說著從後堂轉了來，向劉正風微一躬身，道：「嵩山門下弟子萬登平，參見劉師叔。」

劉正風氣得身子微微發抖，朗聲說道：「嵩山派來了多少弟子，大家一齊現身罷！」

他一言甫畢，猛聽得屋頂上、大門外、廳角落、後院中，前後左右，數十人齊聲應道：「是，嵩山派弟子參見劉師叔！」幾十人的聲音同時叫了出來，聲旣響亮，又是出其不意，羣雄都吃了一驚。但見屋頂上站著十餘人，一色的身穿黃衫。大廳中諸人卻各樣打扮都有，顯是早就混了進來，暗中監視著劉正風，在一千餘人之中，誰都沒發覺。

定逸師太第一個沉不住氣，大聲道：「這……這是甚麼意思？太欺侮人了！」

史登達道：「定逸師伯恕罪。我師父傳下號令，說甚麼也得勸阻劉師叔，不可讓他金盆洗手，深恐劉師叔不服號令，因此上多有得罪。」

便在此時，後堂又走出十幾個人來，卻是劉正風的夫人，他的兩個幼子，以及劉門的七名弟子，每一人身後都有一名嵩山弟子，手中都持匕首，抵住了劉夫人等人後心。

劉正風朗聲道：「衆位朋友，非是劉某一意孤行，今日左師兄竟然如此相脅，劉某若為威力所屈，有何面目立於天地之間？左師兄不許劉某金盆洗手，嘿嘿，劉某頭可斷，志不可屈。」說著上前一步，雙手便往金盆中伸去。

史登達叫道：「且慢！」令旗一展，攔在他身前。劉正風左手疾探，兩根手指往他眼中插去。史登達雙臂向上擋格，劉正風左手縮回，右手兩根手指又插向他雙眼。史登達無可招架，只得後退。劉正風兩招將他逼開，雙手又伸向金盆。只聽得背後風聲颯然，有兩人撲將上來，劉正風更不回頭，左腿反彈而出，砰的一聲，將一名嵩山弟子遠遠踢了出去，右手辨聲抓出，抓住另一名嵩山弟子的胸口，順勢提起，向史登達擲去。他左腿反踢，右手反抓，便如背後生了眼睛一般，部位既準，動作又快得出奇，確是內家高手，大非尋常。

嵩山羣弟子一怔之下，一時沒人再敢上來。站在他兒子身後的嵩山弟子叫道：「劉師叔，你不住手，我可要殺你公子了。」

金盆伸去。

劉正風回過頭來，向兒子望了一眼，冷冷的道：「天下英雄在此，你膽敢動我兒一根寒毛，你數十名嵩山弟子盡皆身爲肉泥。」此言倒非虛聲恫嚇，這嵩山弟子倘若當眞傷了他幼子，定會激起公憤，羣起而攻，嵩山弟子那就難逃公道。他一回身，雙手又向金盆伸去。

眼見這一次再也沒人能加阻止，突然銀光閃動，一件細微的暗器破空而至。劉正風退後兩步，只聽得叮的一聲輕響，那暗器打在金盆邊緣。金盆傾側，掉下地來，嗆啷啷一聲響，盆子翻轉，盆底向天，滿盆清水都潑在地下。

同時黃影晃動，屋頂上躍下一人，右足一起，往金盆底踹落，一隻金盆登時變成平平的一片。這人四十來歲，中等身材，瘦削異常，上唇留了兩撇鼠鬚，拱手說道：「劉師兄，奉盟主號令，你不可金盆洗手！」

劉正風識得此人是嵩山派掌門左冷禪的第四師弟費彬，一套大嵩陽手武林中赫赫有名，瞧情形嵩山派今日前來對付自己的，不僅第二代弟子而已。金盆既已爲他踹爛，金盆洗手之舉已不可行，眼前之事是盡力一戰，還是暫且忍辱？霎時間心念電轉：「嵩山派雖執五嶽盟旗，但如此咄咄逼人，難道這裏千餘位英雄好漢，誰都不挺身出來說一句公道話？」當下拱手還禮，說道：「費師兄駕到，如何不來喝一杯水酒，卻躲在屋頂，受那日晒之苦？嵩山派多半另外尙有高手到來，一齊都請現身罷。單是對付劉某，費師兄一人已綽綽有餘，若要對付這裏許多英雄豪傑，嵩山派只怕尚嫌不足。」

費彬微微一笑，說道：「劉師兄何須出言挑撥離間？就算單是和劉師兄一人爲敵，在下也抵擋不了適才劉師兄這一手『小落雁式』。嵩山派決不敢和衡山派有甚麼過不去，決不敢得罪了此間那一位英雄，甚至連劉師兄也不敢得罪了，只是爲了武林中千百萬同道的身家性命，前來相求劉師兄不可金盆洗手。」

此言一出，廳上羣雄盡皆愕然，均想：「劉正風是否金盆洗手，怎麼會和武林中千百萬同道的身家性命相關？」

果然聽得劉正風接口道：「費師兄此言，未免太也抬舉小弟了。劉某只是衡山派中一介庸手，兒女俱幼，門下也只收了這麼八九個不成材的弟子，委實無足輕重之至。劉某一舉一動，怎能涉及武林中千百萬同道的身家性命？」

定逸師太又插口道：「是啊。劉賢弟金盆洗手，去做那芝麻綠豆官兒，老實說，貧尼也大大的不以爲然，可是人各有志，他愛陞官發財，只要不害百姓，不壞了武林同道的義氣，旁人也不能強加阻止啊。我瞧劉賢弟也沒這麼大的本領，居然能害到許多武林同道。」

費彬道：「定逸師太，你是佛門中有道之士，自然不明白旁人的鬼蜮伎倆。這件大陰謀倘若得逞，不但要害死武林中不計其數的同道，而且普天下善良百姓都會大受毒害。各位請想一想，衡山派劉三爺是江湖上名頭響亮的英雄豪傑，豈肯自甘墮落，去受那些骯髒狗官的齷齪氣？劉三爺家財萬貫，那裏還貪圖陞官發財？這中間自有不可告人的原因。」

羣雄均想：「這話倒也有理，我早在懷疑，以劉正風的爲人，去做這麼一個小小武官，實在太過不倫不類。」

劉正風不怒反笑，說道：「費師兄，你要血口噴人，也要看說得像不像。嵩山派別的師兄們，便請一起現身罷！」

只聽得屋頂上東邊西邊同時各有一人應道：「好！」黃影晃動，兩個人已站到了廳口，這輕身功夫，便和剛才費彬躍下時一模一樣。站在東首的是個胖子，身材魁偉，定逸師太等認得他是嵩山派掌門人的二師弟托塔手丁勉，西首那人卻極高極瘦，是嵩山派中坐第三把交椅的仙鶴手陸柏。這二人同時拱了拱手，道：「劉三爺請，衆位英雄請。」丁勉、陸柏二人在武林中俱大有威名，羣雄都站起身來還禮，眼見嵩山派的好手陸續到來，各人心中都隱隱覺得，今日之事不易善罷，只怕劉正風非吃大虧不可。

定逸氣忿忿的道：「劉賢弟，你不用躭心，天下事抬不過一個『理』字。別瞧人家人多勢衆，難道咱們泰山派、華山派、恆山派的朋友，都是來睜眼吃飯不管事的不成？」

劉正風苦笑道：「定逸師太，這件事說起來當眞好生慚愧，本來是我衡山派內裏的門戶之事，卻勞得諸位好朋友操心。劉某此刻心中已清清楚楚，想必是我莫師哥到嵩山派左盟主那裏告了我一狀，說了我種種不是，以致嵩山派的諸位師兄來大加問罪，好好好，是劉某對莫師哥失了禮數，由我向莫師哥認錯賠罪便是。」

費彬的目光在大廳上自東而西的掃射一周，他眼睛瞇成一線，但精光燦然，顯得內功深厚，說道：「此事怎地跟莫大先生有關了？莫大先生請出來，大家說個明白。」他說了這幾句話後，大廳中寂靜無聲，過了半晌，卻不見「瀟湘夜雨」莫大先生現身。

劉正風苦笑道：「我師兄弟不和，武林朋友衆所周知，那也不須相瞞。小弟仗著先人遺蔭，家中較為寬裕。我莫師哥卻家境貧寒。本來朋友都有通財之誼，何況是師兄弟？但莫師哥由此見嫌，絕足不上小弟之門，我師兄弟已有數年沒來往、不見面，莫師哥今日自是不會光臨了。在下心中所不服者，是左盟主只聽了我莫師哥的一面之辭，便派了這麼多位師兄來對付小弟，連劉某的老妻子女，也都成為階下之囚，那……那未免是小題大做了。」

費彬向史登達道：「舉起令旗。」史登達道：「是！」高舉令旗，往費彬身旁一站。費彬森然說道：「劉師兄，今日之事，跟衡山派掌門莫大先生沒半分干係，你不須牽扯到他身上。左盟主吩咐了下來，要我們向你查明：劉師兄跟魔教教主東方不敗暗中有甚麼勾結？設下了甚麼陰謀，來對付我五嶽劍派以及武林中一衆正派同道？」

此言一出，羣雄登時聳然動容，不少人都驚噫一聲。魔教和白道中的英俠勢不兩立，雙方結仇已逾百年，纏鬥不休，互有勝敗。這廳上千餘人中，少說也有半數曾身受魔教之害，有的父兄遭戮，有的師長受戕，一提到魔教，誰都切齒痛恨。五嶽劍派所以結盟，最大的原因便是爲了對付魔教。魔教人多勢衆，武功高強，名門正派雖各有絕藝，卻往往不敵，魔教教主東方不敗更有「當世第一高手」之稱，他名字叫做「不敗」，果眞是藝成以來，從未敗過一次，實是非同小可。羣雄聽得費彬指責劉正風與魔教勾結，此事確與各人身家性命有關，本來對劉正風同情之心立時消失。

劉正風道：「在下一生之中，從未見過魔教教主東方不敗一面，所謂勾結，所謂陰謀，卻是從何說起？」

費彬側頭瞧著三師兄陸柏，等他說話。陸柏細聲細氣的道：「劉師兄，這話恐怕有些不盡不實了。魔教中有一位護法長老，名字叫作曲洋的，不知劉師兄是否相識？」

劉正風本來十分鎭定，但聽到他提起「曲洋」二字，登時變色，口唇緊閉，並不答話。

那胖子丁勉自進廳後從未出過一句聲，這時突然厲聲問道：「你識不識得曲洋？」他話聲洪亮之極，這七個字吐出口來，人人耳中嗡嗡作響。他站在那裏一動不動，身材本已魁梧奇偉，在各人眼中看來，似乎更突然高了尺許，顯得威猛無比。

劉正風仍不置答，數千道眼光都集中在他臉上。各人都覺劉正風答與不答，都是一樣，他既然答不出來，便等於默認了。過了良久，劉正風點頭道：「不錯！曲洋曲大哥，我不但識得，而且是我生平唯一知己，最要好的朋友。」

霎時之間，大廳中嘈雜一片，羣雄紛紛議論。劉正風這幾句話大出衆人意料之外，各人猜到他若非抵賴不認，也不過承認和這曲洋曾有一面之緣，萬沒想到他竟然會說這魔教長老是他的知交朋友。

費彬臉上微現笑容，道：「你自己承認，那是再好也沒有，大丈夫一人作事一身當。劉正風，左盟主定下兩條路，憑你抉擇。」

劉正風宛如沒聽到費彬的說話，神色木然，緩緩坐下，右手提起酒壺，斟了一杯，舉杯就唇，慢慢喝了下去。羣雄見他綢衫衣袖筆直下垂，不起半分波動，足見他定力奇高，在這緊急關頭居然仍能絲毫不動聲色，那是膽色與武功兩者俱臻上乘，方克如此，兩者缺一不可，各人無不暗暗佩服。

費彬朗聲說道：「左盟主言道：劉正風乃衡山派中不可多得的人才，一時誤交匪人，入了歧途，倘若能深自悔悟，我輩均是俠義道中的好朋友，豈可不與人爲善，給他一條自新之路？左盟主吩咐兄弟轉告劉師兄：你若選擇這條路，限你一個月之內，殺了魔教長老曲洋，提頭來見，那麼過往一概不究，今後大家仍是好朋友、好兄弟。」

羣雄均想：正邪不兩立，魔教的旁門左道之士，和俠義道人物一見面就拚你死我活，左盟主要劉正風殺了曲洋自明心跡，那也不算是過份的要求。

劉正風臉上突然閃過一絲淒涼的笑容，說道：「曲大哥和我一見如故，傾蓋相交。他和我十餘次聯床夜話，偶然涉及門戶宗派的異見，他總是深自歎息，認爲雙方如此爭鬥，殊屬無謂。我和曲大哥相交，只研討音律。他是七絃琴高手，我喜愛吹簫，二人相見，大多時候總是琴簫相和，武功一道，從來不談。」他說到這裏，微微一笑，續道：「各位或者並不相信，然當今之世，劉正風以爲撫琴奏樂，無人及得上曲大哥，而按孔吹簫，在下也不作第二人想。曲大哥雖是魔教中人，但自他琴音之中，我深知他性行高潔，大有光風霽月的襟懷。劉正風不但對他欽佩，抑且仰慕。劉某雖是一介鄙夫，卻決計不肯加害這位君子。」

羣雄愈聽愈奇，萬料不到他和曲洋相交，竟然由於音樂，欲待不信，又見他說得十分誠懇，實無半分作僞之態，均想江湖上奇行特立之士甚多，自來聲色迷人，劉正風耽於音樂，也非異事。知道衡山派底細的人又想：衡山派歷代高手都喜音樂，當今掌門人莫大先生外號「瀟湘夜雨」，一把胡琴不離手，有「琴中藏劍，劍發琴音」八字外號，劉正風由吹簫而和曲洋相結交，自也大有可能。

費彬道：「你與曲魔頭由音律而結交，此事左盟主早已查得清清楚楚。左盟主言道：魔教包藏禍心，知我五嶽劍派近年來好生興旺，魔教難以對抗，便千方百計的想從中破壞，挑撥離間，無所不用其極。或動以財帛，或誘以美色。劉師兄素來操守謹嚴，那便設法投你所好，派曲洋來從音律入手。劉師兄，你須得清醒些，魔教過去害死過咱們多少人，怎地你受了人家鬼蜮伎倆的迷惑，竟然毫不醒悟？」

定逸師太道：「是啊，費師弟此言不錯。魔教的可怕，倒不在武功陰毒，還在種種詭計令人防不勝防。劉師弟，你是正人君子，上了卑鄙小人的當，那有甚麼關係？你儘快把曲洋這魔頭一劍殺了，乾淨爽快之極。我五嶽劍派同氣連枝，千萬不可受魔教奸人的挑撥，傷了同道的義氣。」

天門道人點頭道：「劉師弟，君子之過，如日月之食，人所共知，知過能改，善莫大焉。你只須殺了那姓曲的魔頭，俠義道中人，誰都會翹起大拇指，說一聲：『衡山派劉正風果然是個善惡分明的好漢子。』我們做你朋友的，也都面上有光。」

劉正風並不置答，目光射到岳不羣臉上，道：「岳師兄，你是位明辨是非的君子，這裏許多位武林高人都逼我出賣朋友，你卻怎麼說？」

岳不羣道：「劉賢弟，倘若眞是朋友，我輩武林中人，就爲朋友兩脅插刀，也不會皺一皺眉頭。但魔教中那姓曲的，顯然是笑裏藏刀，口蜜腹劍，設法來投你所好，那是最最陰毒的敵人。他旨在害得劉賢弟身敗名裂，家破人亡，包藏禍心之毒，不可言喻。這種人倘若也算是朋友，豈不是汚辱了『朋友』二字？古人大義滅親，親尚可滅，何況這種算不得朋友的大魔頭、大奸賊？」

羣雄聽他侃侃而談，都喝起采來，紛紛說道：「岳先生這話說得再也明白不過。對朋友自然要講義氣，對敵人卻是誅惡務盡，那有甚麼義氣好講？」

劉正風嘆了口氣，待人聲稍靜，緩緩說道：「在下與曲大哥結交之初，早就料到有今日之事。最近默察情勢，猜想過不多時，我五嶽劍派和魔教便有一場大火拚。一邊是同盟的師兄弟，一邊是知交好友，劉某沒法相助那一邊，因此才出此下策，今日金盆洗手，想要遍告天下同道，劉某從此退出武林，再也不與聞江湖上的恩怨仇殺，只盼置身事外，免受牽連。去捐了這個芝麻綠豆大的武官來做做，原是自污，以求掩人耳目。那想到左盟主神通廣大，劉某這一步棋，畢竟瞞不過他。」

羣雄一聽，這才恍然大悟，心中均道：「原來他金盆洗手，暗中含有這等深意，我本來說嘛，這樣一位衡山派高手，怎麼會甘心去做這等芝麻綠豆小官？」劉正風一加解釋，人人都發覺自己果然早有先見之明。

費彬和丁勉、陸柏三人對視一眼，均感得意：「若不是左師兄識破了你的奸計，及時攔阻，便給你得逞了。」

劉正風續道：「魔教和我俠義道百餘年來爭鬥仇殺，是是非非，一時也說之不盡。劉某只盼退出這腥風血雨的鬥毆，從此歸老林泉，吹簫課子，做一個安分守己的良民，自忖這份心願，並不違犯本門門規和五嶽劍派的盟約。」

費彬冷笑道：「如果人人都如你一般，危難之際，臨陣脫逃，豈不是便任由魔教橫行江湖，爲害人間？你要置身事外，那姓曲的魔頭卻又如何不置身事外？」

劉正風微微一笑，道：「曲大哥早已當著我的面，向他魔教祖師爺立下重誓，今後不論魔教和白道如何爭鬥，他一定置身事外，決不插手，人不犯我，我不犯人！」

費彬冷笑道：「好一個『人不犯我，我不犯人』！倘若咱們白道中人去犯了他呢？」

劉正風道：「曲大哥言道：他當盡力忍讓，決不與人爭強鬥勝，而且竭力彌縫雙方的誤會嫌隙。曲大哥今日早晨還派人來跟我說，華山派弟子令狐冲爲人所傷，命在垂危，是他出手給救活了的。」

此言一出，羣雄又羣相聳動，尤其華山派、恆山派以及青城派諸人，更交頭接耳的議論了起來。華山派的岳靈珊忍不住問道：「劉師叔，我大師哥在那裏？眞的是……是那位姓曲的……姓曲的前輩救了他性命麼？」

劉正風道：「曲大哥旣這般說，自非虛假。日後見到令狐賢姪，你可親自問他。」

費彬冷笑道：「那有甚麼奇怪？魔教中人拉攏離間，甚麼手段不會用？他能千方百計的來拉攏你，自然也會千方百計的去拉攏華山派弟子。說不定令狐冲也會由此感激，要報答他的救命之恩，咱們五嶽劍派之中，又多一個叛徒了。」轉頭向岳不羣道：「岳師兄，小弟這話只是打個比方，請勿見怪。」岳不羣微微一笑，說道：「不怪！」

劉正風雙眉一軒，昂然問道：「費師兄，你說又多一個叛徒，這個『又』字，是甚麼用意？」費彬冷笑道：「啞子吃餛飩，心裏有數，又何必言明。」劉正風道：「哼，你直指劉某是本派叛徒了。劉某結交朋友，乃是私事，旁人卻也管不著。劉正風不敢欺師滅祖，背叛衡山派本門，『叛徒』二字，原封奉還。」

他本來恂恂有禮，便如一個財主鄉紳，有些小小的富貴之氣，又有些土氣，但這時突然顯出勃勃英氣，與先前大不相同。羣雄眼見他處境十分不利，卻仍與費彬針鋒相對的論辯，絲毫不讓，都不禁佩服他的膽量。

費彬道：「如此說來，劉師兄第一條路是不肯走的了，決計不願誅妖滅邪，殺那大魔頭曲洋了？」

劉正風道：「左盟主若有號令，費師兄不妨就此動手，殺了劉某全家！」

費彬道：「你不須有恃無恐，只道天下的英雄好漢在你家裏作客，我五嶽劍派便有所顧忌，不能清理門戶。」伸手向史登達一招，說道：「過來！」史登達應道：「是！」走上三步。費彬從他手中接過五色令旗，高高舉起，說道：「劉正風聽者：左盟主有令，你若不應允在一月之內殺了曲洋，則五嶽劍派只好立時清理門戶，以免後患，斬草除根，決不容情。你再想想罷！」

劉正風慘然一笑，道：「劉某結交朋友，貴在肝膽相照，豈能殺害朋友，以求自保？左盟主既不肯見諒，劉正風勢孤力單，又怎能與左盟主相抗？你嵩山派早就布置好一切，只怕連劉某的棺材也給買好了，要動手便即動手，又等何時？」

費彬將令旗一展，朗聲道：「泰山派天門師兄，華山派岳師兄，恆山派定逸師太，衡山派諸位師兄師姪，左盟主有言吩咐：自來正邪不兩立，魔教和我五嶽劍派仇深似海，不共戴天。劉正風結交匪人，歸附仇敵，凡我五嶽同門，出手共誅之。接令者請站到左首。」

天門道人站起身來，大踏步走到左首，更不向劉正風瞧上一眼。天門道人的師父當年命喪魔教一名女長老之手，是以他對魔教恨之入骨。他一走到左首，門下眾弟子都跟了過去。

岳不羣起身說道：「劉賢弟，你只須點一點頭，岳不羣負責為你料理曲洋如何？你說大丈夫不能對不起朋友，難道天下便只曲洋一人才是你朋友，我們五嶽劍派和這裏許多英雄好漢，便都不是你朋友了？這裏千餘位武林同道，一聽到你要金盆洗手，都千里迢迢的趕來，滿腔誠意的向你祝賀，總算夠交情了罷？難道你全家老幼的性命，五嶽劍派師友的恩誼，這裏千百位同道的交情，一併加將起來，還及不上曲洋一人？」

劉正風緩緩搖了搖頭，說道：「岳師兄，你是讀書人，當知大丈夫有所不為。你這番良言相勸，劉某甚爲感激。人家逼我殺害曲洋，此事萬萬不能。正如倘若有人逼我殺害你岳師兄，或者要我加害這裏任何那一位好朋友，劉某縱然全家遭難，卻也決計不會點一點頭。曲大哥是我至交好友，那不錯，但岳師兄又何嘗不是劉某的好友？曲大哥倘若有一句提到，要暗害五嶽劍派中劉某那一位朋友，劉某便鄙視他的爲人，再也不當他是朋友了。」他這番話說得極是誠懇，羣雄不由得爲之動容，武林中義氣爲重，劉正風這般顧全與曲洋的交情，這些江湖漢子雖不以爲然，卻禁不住暗自讚嘆。

岳不羣搖頭道：「劉賢弟，你這話可不對了。劉賢弟顧全朋友義氣，原本令人佩服，卻未免不分正邪，不問是非。魔教作惡多端，殘害江湖上的正人君子、無辜百姓。劉賢弟只因一時琴簫投緣，便將全副身家性命都交了給他，可將『義氣』二字誤解了。」

劉正風淡淡一笑，說道：「岳師兄，你不喜音律，不明白小弟的意思。言語文字可以撒謊作僞，琴簫之音卻是心聲，萬萬裝不得假。小弟和曲大哥相交，以琴簫唱和，心意互通。小弟願意以全副身家性命擔保，曲大哥是魔教中人，卻沒半點分毫魔教的邪惡之氣。」

岳不羣長嘆一聲，走到了天門道人身側。勞德諾、岳靈珊、陸大有等衆弟子也都隨著過去。

定逸師太望著劉正風，問道：「從今而後，我叫你劉賢弟，還是劉正風？」劉正風臉露苦笑，道：「劉正風命在頃刻，師太以後也不會再叫我了。」

定逸師太合什唸道：「阿彌陀佛！」緩緩走到岳不羣之側，說道：「魔深孽重，罪過，罪過！」座下弟子也都跟了過去。

費彬道：「這是劉正風一人之事，跟旁人並不相干。衡山派的衆弟子只要不甘附逆，都站到左首去。」

大廳中寂靜片刻，一名年輕漢子說道：「劉師伯，弟子們得罪了。」便有三十餘名衡山派弟子走到恆山派羣尼身側，這些都是劉正風的師姪輩，並非劉正風的弟子。衡山派第一代的人物都沒到來。

費彬又道：「劉門親傳弟子，也都站到左首去。」

向大年朗聲道：「我們受師門重恩，義不相負，劉門弟子，和恩師同生共死。」

劉正風熱淚盈眶，道：「好，好！大年，你說這番話，已很對得起師父了。你們都過去罷。師父自己結交朋友，跟你們可沒干係。」

米爲義唰的一聲，拔出長劍，說道：「劉門一系，自非五嶽劍派之敵，今日之事，有死而已。那一個要害我恩師，先殺了姓米的。」說著便在劉正風身前一站，擋住了他。

丁勉左手一揚，嗤的一聲輕響，一絲銀光電射而出。劉正風一驚，伸手在米爲義右膀上一推，內力到處，米爲義向左撞出，那銀光便向劉正風胸口射來。向大年護師心切，縱身而上，只聽他大叫一聲，那銀針正好射中心臟，立時氣絕身亡。

劉正風左手將他屍體抄起，探了探他鼻息，回頭向丁勉道：「丁老二，是你嵩山派先殺了我弟子！」丁勉森然道：「不錯，是我們先動手，卻又怎樣？」

劉正風提起向大年的屍身，運力便要向丁勉擲去。丁勉見他運勁的姿式，素知衡山派的內功大有獨到之處，劉正風是衡山派中的一等高手，這一擲之勢非同小可，當即暗提內力，準備接過屍身，立時再向他反擲回去。那知劉正風提起屍身，明明是要向前擲出，突然間身子往斜裏竄出，雙手微舉，卻將向大年的屍身送到費彬胸前。這一下來得好快，費彬出其不意，只得雙掌豎立，運勁擋住屍身，便在此時，雙脅之下一麻，已給劉正風點了穴道。

劉正風一招得手，左手搶過他手中令旗，右手拔劍，橫架在他咽喉，左肘連撞，封了他背心三處穴道，任由向大年的屍身落在地下。這幾下兔起鶻落，變化快極，待得費彬受制，五嶽令旗遭奪，衆人這才省悟，劉正風所使的正是衡山派絕技，叫做「百變千幻衡山雲霧十三式」。衆人久聞其名，這一次才算是大開眼界。

岳不羣當年曾聽師父說過，這一套「百變千幻衡山雲霧十三式」乃衡山派上代一位高手所創。這位高手以走江湖變戲法賣藝爲生。那走江湖變戲法，仗的是聲東擊西，虛虛實實，幻人耳目。到得晚年，他武功愈高，變戲法的技能也是日增，竟然將內家功夫使用到戲法之中，街頭觀衆一見，無不稱賞，後來更是一變，反將變戲法的本領滲入了武功，五花八門，層出不窮。這位高手生性滑稽，當時創下這套武功遊戲自娛，不料傳到後世，竟成爲衡山派的三大絕技之一。只是這套功夫變化雖然極奇，但臨敵之際，卻也並無太大用處，高手過招，人人嚴加戒備，全身門戶無不守備綦謹，這些幻人耳目的花招多半使用不上，因此衡山派對這套功夫也不如何看重，如見徒弟是飛揚佻脫之人，便不傳授，以免他專務虛幻，於紮正根基的踏實功夫反而欠缺了。

劉正風一向深沉寡言，在師父手上學了這套功夫，平生從未一用，此刻臨急而使，一擊奏功，竟將嵩山派中這個大名鼎鼎、眞實功夫決不在他之下的「大嵩陽手」費彬制服。他左手舉著五嶽劍派的盟旗，右手長劍架在費彬咽喉之中，沉聲道：「丁師兄、陸師兄，劉某斗膽奪了五嶽令旗，也不敢向兩位要脅，只是向兩位求情。」

丁勉與陸柏對望了一眼，均想：「費師弟受了他暗算，只好且聽他有何話說。」丁勉道：「求甚麼情？」劉正風道：「求兩位轉告左盟主，准許劉某全家歸隱，從此不參預武林中的任何事務。劉某與曲洋曲大哥從此不再相見，與衆位師兄朋友，也……也就此分手。劉某攜帶家人弟子，遠走高飛，隱居海外，有生之日，絕足不履中原一寸土地。」

丁勉微一躊躇，道：「此事我和陸師弟可作不得主，須得歸告左師哥，請他示下。」

劉正風道：「這裏泰山、華山兩派掌門在此，恆山派有定逸師太，也可代她掌門師姊作主，此外，衆位英雄好漢，俱可作個見證。」他眼光向衆人臉上掃過，沉聲道：「劉某向衆位朋友求這個情，讓我顧全朋友義氣，也得保家人弟子的周全。」

定逸師太外剛內和，脾氣雖然暴躁，心地卻極慈祥，首先道：「如此甚好，也免得傷了大家的和氣。丁師兄、陸師兄，咱們答應了劉賢弟罷。他既不再跟魔教中人結交，又遠離中原，等如世上沒了這人，又何必定要多造殺業？」天門道人點頭道：「這樣也好，岳賢弟，你以爲如何？」岳不羣道：「劉賢弟言出如山，他既這般說，大家都信得過的。來來來，咱們化干戈爲玉帛，劉賢弟，你放了費賢弟，大夥兒喝一杯解和酒，明兒一早，你帶了家人弟子，便離開衡山城罷！」

陸柏卻道：「泰山、華山兩派掌門都這麼說，定逸師太更竭力爲劉正風開脫，我們又怎敢違抗衆意？但費師弟刻下遭受劉正風的暗算，我們倘若就此答允，江湖上勢必人人言道，嵩山派是受了劉正風的脅持，不得不低頭服輸，如此傳揚開去，嵩山派臉面何存？」

定逸師太道：「劉賢弟是在向嵩山派求情，又不是威脅逼迫，要說『低頭服輸』，低頭服輸的是劉正風，不是嵩山派。何況你們又已殺了一名劉門弟子。」

陸柏哼了一聲，說道：「狄修，預備著。」嵩山派弟子狄修應道：「是！」手中短劍輕送，抵進劉正風長子背心的肌肉。陸柏道：「劉正風，你要求情，便跟我們上嵩山去見左盟主，親口向他求情。我們奉命差遣，可作不得主。你即刻把令旗交還，放了我費師弟。」

劉正風慘然一笑，向兒子道：「孩兒，你怕不怕死？」劉公子道：「孩兒聽爹爹的話，孩兒不怕！」劉正風道：「好孩子！」陸柏喝道：「殺了！」狄修短劍往前一送，自劉公子的背心直刺入他心窩，短劍跟著拔出。劉公子俯身倒地，背心創口中鮮血泉湧。

劉夫人大叫一聲，撲向兒子屍身。陸柏又喝道：「殺了！」狄修手起劍落，又是一劍刺入劉夫人背心。

定逸師太大怒，呼的一掌，向狄修擊了過去，罵道：「禽獸！」丁勉搶上前來，也擊出一掌。雙掌相交，定逸師太退了三步，胸口一甜，一口鮮血湧到了嘴中，她要強好勝，硬生生將這口血咽入口腹中。丁勉微微一笑，道：「承讓！」

定逸師太原本不以掌力見長，何況適才這一掌擊向狄修，以長攻幼，本就未使全力，也不擬這一掌擊死了他，不料丁勉突然出手，他那一掌卻凝聚了十成功力。雙掌陡然相交，定逸師太欲待再催內力，已然不及，丁勉的掌力如排山倒海般壓到，定逸師太受傷嘔血，大怒之下，第二掌待再擊出，一運力間，只覺丹田中痛如刀割，心知受傷已然不輕，眼前無法與抗，一揮手，怒道：「咱們走！」大踏步向門外走去，門下羣尼都跟了出去。

陸柏喝道：「再殺！」兩名嵩山弟子推出短劍，又殺了兩名劉門弟子。陸柏道：

「劉門弟子聽著，若要活命，此刻跪地求饒，指斥劉正風之非，便可免死。」

劉正風的女兒劉菁怒罵：「奸賊，你嵩山派比魔教奸惡萬倍！」陸柏喝道：「殺了！」萬登平提起長劍，一劍劈下，從劉菁右肩直劈至腰。史登達等嵩山弟子一劍一個，將早已點了穴道制住的劉門親傳弟子都殺了。

大廳上羣雄雖然都是畢生在刀槍頭上打滾之輩，見到這等屠殺慘狀，也不禁心驚肉跳。有些前輩英雄本想出言阻止，但嵩山派動手實在太快，稍一猶豫之際，廳上已然屍橫遍地。各人又想：自來正邪不兩立，嵩山派此舉並非出於對劉正風的私怨，而是為了對付魔教，雖然出手未免殘忍，卻也未可厚非。再者，其時嵩山派已控制全局，連恆山派的定逸師太亦已鎩羽而去，眼見天門道人、岳不羣等高手都不作聲，這是他五嶽劍派之事，旁人倘若多管閒事，強行出頭，勢不免惹下殺身之禍，自以明哲保身的為是。

殺到這時，劉門徒弟子女已只賸下劉正風最心愛的十五歲幼子劉芹。陸柏向史登達道：「問這小子求不求饒？若不求饒，先割了他鼻子，再割耳朵，再挖眼珠，叫他零零碎碎的受苦。」史登達道：「是！」轉向劉芹，問道：「你求不求饒？」

劉芹臉色慘白，全身發抖。劉正風道：「好孩子，你哥哥姊姊何等硬氣，死就死了，怕甚麼？」劉芹顫聲道：「可是……爹，他們要……要割我鼻子，挖……挖我眼睛……」劉正風哈哈一笑，道：「到這地步，難道你還想他們放過咱們麼？」劉芹道：

「爹爹，你……你就答允殺了曲……曲伯伯……」劉正風大怒，喝道：「放屁！小畜生，你說甚麼？」

史登達舉起長劍，劍尖在劉芹鼻子前晃來晃去，道：「小子，你再不跪下求饒，我一劍削下來了。一……二……」他那「三」字還沒說出口，劉芹身子顫抖，跪倒在地，哀求道：「別……別殺我……」陸柏笑道：「很好，饒你不難。但你須得向天下英雄指斥劉正風的不是。」劉芹雙眼望著父親，目光中盡是哀求之意。

劉正風一直甚是鎮定，雖見妻子兒女死在他的眼前，臉上肌肉亦毫不牽動，這時卻憤怒難以遏制，大聲喝道：「小畜生，你對得起你娘麼？」

劉芹眼見母親、哥哥、姊姊的屍身躺在血泊之中，又見史登達的長劍不斷在臉前晃來晃去，已嚇得心膽俱裂，向陸柏道：「求求你饒了我，饒了……饒了我爹爹。」陸柏道：「你爹爹勾結魔教中的惡人，你說對不對？」劉芹低聲道：「不……不對！」陸柏道：「這樣的人，該不該殺？」劉芹低下了頭，不敢答話。陸柏道：「這小子不說話，一劍把他殺了。」

史登達道：「是！」知道陸柏這句話意在恫嚇，舉起了劍，作勢砍下。

劉芹忙道：「該……該殺！」陸柏道：「很好！從今而後，你不是衡山派的人了，也不是劉正風的兒子，我饒了你性命。」劉芹跪在地下，嚇得雙腿都軟了，竟站不起身。

羣雄瞧著這等模樣，忍不住爲他羞慚，有的轉過了頭，不去看他。

劉正風長嘆一聲，道：「姓陸的，是你贏了！」左手一揮，將五嶽令旗向他擲去，右足一抬，把費彬踢開，朗聲道：「劉某自求了斷，也不須多傷人命了。」右手橫過長劍，便往自己頸中刎去。

便在這時，簷頭突然掠下一個黑衣人影，行動如風，伸臂抓住了劉正風的右腕，喝道：「君子報仇，十年未晚，走！」右手向後舞了一個圈子，拉著劉正風向外急奔。

劉正風驚道：「曲大哥……你……」

羣雄聽他叫出「曲大哥」三字，知這黑衣人便是魔教長老曲洋，盡皆心頭一驚。

曲洋叫道：「不用多說！」足下加勁，只奔得三步，丁勉、陸柏二人四掌齊出，分向他二人後心拍來。曲洋向劉正風喝道：「快走！」出掌在劉正風背上一推，同時運勁於背，硬生生受了丁勉、陸柏兩大高手的併力一擊。砰的一聲響，曲洋身子向外飛出去，跟著一口鮮血急噴而出，回手連揮，一叢黑針如雨般散出。

丁勉叫道：「黑血神針，快避！」忙向旁閃開。羣雄見到這叢黑針，久聞魔教黑血神針的威名，無不驚心，你退我閃，亂成一團，只聽得「哎唷！」「不好！」十餘人齊聲叫嚷。廳上人衆密集，黑血神針又多又快，畢竟還是有不少人中了毒針。

混亂之中，曲洋與劉正風已逃得遠了。

山石後轉出三個人影，浮雲遮月，夜色朦朧，依稀可見三人二高一矮，高的是兩個男子，矮的是個女子。兩個男子走到一塊大巖石旁，坐了下來。

七　授譜

令狐冲所受劍傷及掌力震傷雖重，但得恆山派治傷聖藥天香斷續膠外敷、白雲熊膽丸內服，兼之他年輕力壯，內功又已有相當火候，在瀑布旁睡了一天一晚後，創口已然愈合。這一天一晚中只以西瓜爲食。令狐冲求儀琳捉魚射兔，她卻說甚麼也不肯，說道令狐冲得能死裏逃生，全憑觀世音菩薩保祐，最好吃一兩年長素，向觀世音菩薩感恩，要她破戒殺生，那是萬萬不可。令狐冲笑她迂腐無聊，可也沒法勉強，只索罷了。

這日傍晚，兩人背倚石壁，望著草叢間流螢飛來飛去，點點星火，煞是好看。

令狐冲道：「前年夏天，我曾捉了幾千隻螢火蟲兒，裝在十幾隻紗囊之中，掛在房裏，當眞有趣。」儀琳心想，憑他的性子，決不會去縫製十幾隻紗囊，問道：「你小師妹叫你捉的，是不是？」令狐冲笑道：「你當眞聰明，一猜就好準，怎知是小師妹叫我捉的？」儀琳微笑道：「你性子這麼急，又不是小孩子了，怎會有這般好耐心，去捉幾千隻螢火蟲來玩。」又問：「後來怎樣？」令狐冲笑道：「師妹拿來掛在她帳子裏，說滿床晶光閃爍，像是睡在天上雲端裏，一睜眼，前後左右都是星星。」儀琳道：「你小師妹眞會玩，偏你這個師哥也眞肯湊趣，她就是要你去捉天上的星星，只怕你也肯。」

令狐冲笑道：「捉螢火蟲，原是爲捉天上的星星而起。那天晚上我跟她一起乘涼，看到天上星星燦爛，小師妹忽然嘆了口氣，說道：『可惜過一會兒，便要去睡了，我眞想睡在露天，半夜裏醒來，見到滿天星星都在向我眨眼，那多有趣。但媽媽一定不會答允。』我就說：『咱們捉些螢火蟲來，放在你蚊帳裏，不就像星星一樣嗎？』」

儀琳輕聲道：「原來還是你想的主意。」

令狐冲微微一笑，說道：「小師妹說：『螢火蟲飛來飛去，撲在臉上身上，那可討厭死了。有了，我去縫些紗布袋兒，把螢火蟲裝在裏面。』就這麼，她縫袋子，我捉飛螢，忙了整整一天一晚，可惜只看得一晚，第二晚螢火蟲全都死了。」

儀琳一震，顫聲道：「幾千隻螢火蟲，都給害死了？你們……你們怎地如此……」

令狐冲笑道：「你說我們殘忍得很，是不是？唉，你是佛門子弟，良心特別好。其實螢火蟲兒一到天冷，還是會都凍死的，只不過早死幾天，那又有甚麼干係？」

儀琳隔了半晌，才幽幽的道：「其實世上每個人也都這樣，有的人早死，有的人遲死，或早或遲，終歸要死。無常，苦，我佛說人人都不免生老病死之苦。但大徹大悟，解脫輪迴，卻又談何容易？」令狐冲道：「是啊，因此你何必念念不忘那些清規戒律，甚麼不可殺生，不可偷盜。佛祖要是每一件事都管，可真忙壞了他。」

儀琳側過了頭，不知說甚麼好，便在此時，左首山側天空中一個流星疾掠而過，在天空劃成了一道長長的火光。儀琳道：「儀淨師姊說，有人看到流星，如在衣帶上打一個結，同時心中許一個願，只要在流星隱沒之前先打好結，又許完願，那麼這個心願便能得償。你說是不是眞的？」

令狐冲笑道：「我不知道。咱們不妨試試，只不過恐怕手腳沒這麼快。」說著拈起了衣帶，道：「你也預備啊，慢得一忽兒，便來不及了。」

儀琳拈起了衣帶，怔怔望著天邊。夏夜流星甚多，片刻間便有一顆流星劃過長空，但流星一瞬即逝，儀琳的手指只一動，流星便已隱沒。她輕輕「啊」了一聲，又再等待。第二顆流星自西至東，拖曳甚長，儀琳動作敏捷，竟爾打了個結。

令狐冲喜道：「好，好！你打成了！觀世音菩薩保祐，一定教你得償所願。」儀琳嘆了口氣，道：「我只顧著打結，心中卻甚麼也沒想。」令狐冲笑道：「那你快些先想好了罷，在心中先默念幾遍，免得到時顧住了打結，卻忘了許願。」

儀琳拈著衣帶，心想：「我許甚麼願好？我許甚麼願好？」向令狐冲望了一眼，突然暈紅雙頰，忙轉開了頭。

這時天上連續劃過了幾顆流星，令狐冲大呼小叫，不住的道：「又是一顆，咦，這顆好長，你打了結沒有？這次又來不及嗎？」

儀琳心亂如麻，內心深處，隱隱有一個渴求的願望，可是這願望自己想也不敢想，更不用說向觀世音菩薩祈求了，一顆心怦怦亂跳，只覺說不出的害怕，卻又是說不出的喜悅。只聽令狐冲又問：「想好了心願沒有？」儀琳心底輕輕的說：「我要許甚麼願？我要許甚麼願？」眼見一顆顆流星從天邊劃過，她仰起了頭瞧著，竟是痴了。

令狐冲笑道：「你不說，我便猜上一猜。」儀琳急道：「不，不，你不許說。」令狐冲笑道：「那有甚麼打緊？我猜三次，且看猜不猜得中。」儀琳站起身來，道：「你再說，我可要走了。」令狐冲哈哈大笑，道：「好，我不說。就算你心裏想做恆山派掌門，那也沒甚麼可害臊的。」儀琳一怔，心道：「他……他猜我想做恆山派掌門？我可從來沒這麼想過。我又怎做得來掌門人？」

忽聽得遠處傳來錚錚幾聲，似乎有人彈琴。令狐冲和儀琳對望了一眼，都大感奇怪：「怎地這荒山野嶺之中有人彈琴？」琴聲不斷傳來，甚是優雅，過得片刻，有幾下柔和的簫聲夾入琴韻之中。七絃琴的琴音和平中正，夾著清幽的洞簫，更是動人，琴韻簫聲似在一問一答，同時漸漸移近。令狐冲湊身過去，在儀琳耳邊低聲道：「這音樂來得古怪，只怕於我們不利，不論有甚麼事，你千萬別出聲。」儀琳點了點頭，只聽琴音漸漸高亢，簫聲卻慢慢低沉下去，但簫聲低而不斷，有如遊絲隨風飄盪，卻連綿不絕，更增迴腸盪氣之意。

只見山石後轉出三個人影，其時月亮爲一片浮雲遮住了，夜色朦朧，依稀可見三人二高一矮，高的是兩個男子，矮的是個女子。兩個男子緩步走到一塊大巖石旁，坐了下來，一個撫琴，一個吹簫，那女子站在撫琴者的身側。令狐冲縮身石壁之後，不敢再看，生恐給那三人發見。只聽琴簫悠揚，甚是和諧。

令狐冲心道：「瀑布便在旁邊，但流水轟轟，竟然掩不住柔和的琴簫之音，看來撫琴吹簫的二人內功著實不淺。嗯，是了，他們所以到這裏吹奏，正是爲了這裏有瀑布聲響，那麼跟我們是不相干的。」便放寬了心。

忽聽瑤琴中突然發出鏘鏘之音，似有殺伐之意，但簫聲仍溫雅婉轉。過了一會，琴聲也轉柔和，兩音忽高忽低，驀地裏琴韻簫聲陡變，便如有七八具瑤琴、七八支洞簫同時在奏樂一般。琴簫之聲雖極盡繁複變幻，每個聲音卻又抑揚頓挫，悅耳動心。令狐冲只聽得血脈賁張，忍不住便要站起身來，又聽了一會，琴簫之聲忽然又變，簫聲變成了主調，七絃琴只玎玎璫璫的伴奏，但簫聲卻愈來愈高。令狐冲心中莫名其妙的感到一陣酸楚，側頭看儀琳時，只見她淚水正涔涔而下。突然間錚的一聲急響，琴音立止，簫聲也即住了。霎時間四下裏一片寂靜，唯見明月當空，樹影在地。

只聽一人緩緩說道：「劉賢弟，你我今日畢命於此，那也是大數使然，只愚兄未能及早出手，累得你家眷弟子盡數殉難，愚兄心下實是不安。」另一人道：「你我肝膽相照，還說這些話幹麼……」

儀琳聽到他的口音，心念一動，在令狐冲耳邊低聲道：「是劉正風師叔。」他二人於劉正風府中所發生大事，絕無半點知聞，忽見劉正風在這曠野中出現，另一人又說甚麼「你我今日畢命於此」，甚麼「家眷弟子盡數殉難」，自都驚訝不已。

只聽劉正風續道：「人生莫不有死，得一知己，死亦無憾。」另一人道：「劉賢弟，聽你簫中之意，卻猶有遺恨，莫不是為了令郎臨危之際，貪生怕死，羞辱了你的令名？」劉正風長嘆一聲，道：「曲大哥猜得不錯，芹兒這孩子我平日太過溺愛，少了教誨，沒想到竟是個沒半點氣節的軟骨頭。」曲洋道：「有氣節也好，沒氣節也好，百年之後，均歸黃土，又有甚麼分別？愚兄早已伏在屋頂，本該及早出手，只是料想賢弟不願為我之故，與五嶽劍派的故人傷了和氣，又想到愚兄曾為賢弟立下重誓，決不傷害俠義道中人士，是以遲遲不發，又誰知嵩山派為五嶽盟主，下手竟如此毒辣。」

劉正風半晌不語，長長嘆了口氣，說道：「此輩俗人，怎懂得你我以音律相交的高量雅致？他們以常情忖度，料定你我結交，必將大不利於五嶽劍派與俠義道。唉，他們不懂，須也怪他們不得。曲大哥，你是大椎穴受傷，震動了心脈？」

曲洋道：「正是，嵩山派內功果然厲害，沒料到我背上挺受了這一擊，內力所及，居然將你的心脈也震斷了。早知賢弟也仍不免，那一叢黑血神針倒也不必再發了，多傷無辜，於事無補。幸好針上並沒餵毒。」

令狐冲聽得「黑血神針」四字，心頭一震：「難道他竟是魔教中的高手？劉師叔又怎會跟他結交？」

劉正風輕輕一笑，說道：「但你我卻也因此而得再合奏一曲，從今而後，世上再也無此琴簫之音了。」曲洋一聲長嘆，說道：「昔日嵇康臨刑，撫琴一曲，嘆息〈廣陵散〉從此絕響。嘿嘿，〈廣陵散〉縱然精妙，又怎及得上咱們這一曲〈笑傲江湖〉？只是當年嵇康的心情，卻也和你我一般。」劉正風笑道：「曲大哥剛才還甚達觀，卻又如何執著起來？你我今晚合奏，將這一曲〈笑傲江湖〉發揮得淋漓盡致。世上已有過了這一曲，你我已奏過了這一曲，人生於世，夫復何恨？」

曲洋輕輕拍掌道：「賢弟說得不錯。」過得一會，卻又嘆了口氣。劉正風道：「大哥卻又為何嘆息？啊，是了，定然是放心不下非非。」

儀琳心念一動：「非非，就是那個非非？」果然聽得曲非煙的聲音說道：「爺爺，你和劉公公慢慢養好了傷，咱們去將嵩山派的惡徒一個個斬盡殺絕，為劉婆婆他們報仇！」

猛聽得山壁後傳來一聲長笑。笑聲未絕，山壁後竄出一個黑影，青光閃動，一人站在曲洋與劉正風身前，手持長劍，正是嵩山派的大嵩陽手費彬，嘿嘿一聲冷笑，說道：「女娃子好大的口氣，將嵩山派斬盡殺絕，世上可有這等稱心如意之事？」

劉正風站起身來，說道：「費彬，你已殺我全家，劉某中了你兩位師兄的掌力，也已命在頃刻，你還想幹甚麼？」

費彬哈哈一笑，傲然道：「這女娃子說要斬盡殺絕，在下便是來斬盡殺絕啊！女娃子，你先過來領死罷！」

儀琳在令狐冲耳邊道：「你是非非和她爺爺救的，咱們怎生想個法子，也救他們一救才好？」令狐冲不等她出口，早已在盤算如何設法解圍，以報答他祖孫的救命之德，但一來對方是嵩山派高手，自己縱在未受重傷之時，也就遠不是他對手，二來此刻已知曲洋是魔教中人，華山派一向與魔教爲敵，如何可以反助對頭？心中好生委決不下。

只聽劉正風道：「姓費的，你也算是名門正派中有頭有臉的人物，曲洋和劉正風今日落在你手中，要殺要剮，死而無怨，你去欺侮一個女娃娃，那算是甚麼英雄好漢？非非，你快走！」曲非煙道：「我陪爺爺和劉公公死在一塊，決不獨生。」劉正風道：「快走，快走！我們大人的事，跟你孩子有甚麼相干？」

曲非煙道：「我不走！」唰唰兩聲，從腰間拔出兩柄短劍，搶過去擋在劉正風身前，叫道：「費彬，先前劉公公饒了你不殺，你反而來恩將仇報，你要不要臉？」

費彬陰森森的道：「你這女娃娃說過要將我們嵩山派斬盡殺絕，你這可不是來斬盡殺絕了麼？難道姓費的袖手任你宰割，還是掉頭逃走？」

劉正風拉住曲非煙的手臂，急道：「快走，快走！」但他受了嵩山派內力劇震，心脈已斷，再加適才演奏了這一曲〈笑傲江湖〉，心力交瘁，手上已無內勁。曲非煙輕輕一掙，掙脫了劉正風的手，便在此時，眼前青光閃動，費彬的長劍已刺到面前。

曲非煙左手短劍一擋，右手劍跟著遞出。費彬嘿的一聲笑，長劍圈轉，啪的一聲，擊在她右手短劍上。曲非煙右臂酸麻，虎口劇痛，右手短劍登時脫手。費彬長劍斜晃反挑，啪的一聲響，曲非煙左手短劍又給震脫，飛出數丈之外。費彬的長劍已指住她咽喉，向曲洋笑道：「曲長老，我先把你孫女的左眼刺瞎，再割去她鼻子，再割了她兩隻耳朵……」

曲非煙大叫一聲，向前縱躍，往長劍上撞去。費彬長劍疾縮，左手食指點出，曲非煙翻身栽倒。費彬哈哈大笑，說道：「邪魔外道，作惡多端，便要死卻也沒這麼容易，還是先將你的左眼刺瞎了再說。」提起長劍，便要往曲非煙左眼刺落。

忽聽得身後有人喝道：「且住！」費彬大吃一驚，急速轉身，揮劍護身。他不知令狐冲和儀琳早就隱伏在山石之後，一動不動，否則以他功夫，決不致有人欺近而竟不察覺。月光下只見一個青年漢子雙手叉腰而立。

費彬喝問：「你是誰？」令狐冲道：「小姪華山派令狐冲，參見費師叔。」說著躬身行禮，身子一晃一晃，站立不定。費彬點頭道：「罷了！原來是岳師兄的大弟子，你在這裏幹甚麼？」令狐冲道：「小姪爲青城派弟子所傷，在此養傷，有幸拜見費師叔。」

費彬哼了一聲，道：「你來得正好。這女娃子是魔教中的邪魔外道，該當誅滅，倘若由我出手，未免顯得以大欺小，你把她殺了罷。」說著伸手向曲非煙指了指。

令狐冲搖了搖頭，說道：「這女娃娃的祖父和衡山派劉師叔結交，攀算起來，她比我還矮著一輩，小姪如殺了她，江湖上也道華山派以大壓小，傳揚出去，名聲甚是不雅。再說，這位曲前輩和劉師叔都已身負重傷，在他們面前欺侮他們的小輩，決非英雄好漢行逕，這種事情，我華山派是決計不會做的。尙請費師叔見諒。」言下之意甚是明白，華山派所不屑做之事，嵩山派倘若做了，那麼顯然嵩山派是大大不及華山派了。

費彬雙眉揚起，目露凶光，厲聲道：「原來你和魔教妖人也在暗中勾結。是了，適才劉正風言道，這姓曲的妖人曾爲你治傷，救了你性命，沒想到你堂堂華山弟子，這麼快也投了魔教。」手中長劍顫動，劍鋒上冷光閃動，似是挺劍便欲向令狐冲刺去。

劉正風道：「令狐賢姪，你跟此事毫不相干，不必來趕這淌渾水，快快離去，免得將來讓你師父爲難。」

令狐冲哈哈一笑，說道：「劉師叔，咱們自居俠義道，與邪魔外道誓不兩立，這『俠義』二字，是甚麼意思？欺辱身負重傷之人，算不算俠義？殘殺無辜幼女，算不算俠義？要是這種事情都幹得出，跟邪魔外道又有甚麼分別？」

曲洋嘆道：「這種事情，我們日月教也是不做的。令狐兄弟，你自己請便罷，嵩山派愛幹這種事，且由他幹便了。」

令狐冲笑道：「我才不走呢。大嵩陽手費大俠在江湖上大名鼎鼎，是嵩山派中數一數二的英雄好漢，他不過說幾句嚇嚇女娃兒，那能當眞做這等不要臉之事。費師叔決不是那樣的人。」說著雙手抱胸，背脊靠上一株松樹的樹幹。

費彬殺機陡起，獰笑道：「你以爲用言語僵住我，便能逼我饒了這三個妖人？嘿嘿，當眞痴心夢想。你旣已投了魔教，費某殺三人是殺，殺四人也是殺。」說著踏上了一步。

令狐冲見到他獰惡的神情，不禁吃驚，暗自盤算解圍之策，臉上卻絲毫不動聲色，說道：「費師叔，你連我也要殺了滅口，是不是？」

費彬道：「你聰明得緊，這話一點不錯。」說著又向前逼近一步。

突然之間，山石後又轉出一個妙齡女尼，說道：「費師叔，苦海無邊，回頭是岸，你眼下只有做壞事之心，眞正的壞事還沒做，懸崖勒馬，猶未爲晚。」這人正是儀琳。

令狐冲囑她躲在山石之後，千萬不可讓人瞧見了，但她眼見令狐冲處境危殆，不及多想，還想以一片良言勸得費彬罷手。

費彬卻也吃了一驚，問道：「你是恆山派的，是不是？怎麼鬼鬼祟祟躲在這裏？」

儀琳臉上一紅，囁嚅道：「我……我……」

曲非煙給點中穴道，躺在地下，動彈不得，口中卻叫了出來：「儀琳姊姊，我早猜到你和令狐大哥在一起。你果然醫好了他的傷，只可惜……只可惜咱們都要死了。」

儀琳搖頭道：「不會的，費師叔是武林中大大有名的英雄豪傑，怎會眞的去傷害身受重傷之人和你這樣的小姑娘？」曲非煙嘿嘿冷笑，道：「他眞是大英雄、大豪傑麼？」儀琳道：「嵩山派是五嶽劍派的盟主，江湖上俠義道的領袖，不論做甚麼事，自當顧及俠義之道。」

她這幾句話出自一片誠意，在費彬耳中聽來，卻全成了譏嘲之言，尋思：「一不做，二不休，今日但教走漏了一個活口，費某從此聲名受污，雖然殺的是魔教妖人，但誅戮傷俘，非英雄豪傑之所爲，勢必讓人瞧得低了。」長劍一挺，指著儀琳道：「你既非身受重傷，也不是動彈不得的小姑娘，我總殺得你了罷？」

儀琳大吃一驚，退了幾步，顫聲道：「我……我……我？你爲甚麼要殺我？」

費彬道：「你和魔教妖人勾勾搭搭，姊妹相稱，也已成了妖人一路，自然容你不得。」說著踏上一步，挺劍要向儀琳刺去。

令狐冲急忙搶過，攔在儀琳身前，叫道：「師妹快走，去請你師父來救命。」他自知遠水難救近火，所以要儀琳去討救兵，只不過支使她開去，逃得性命。

費彬長劍晃動，劍尖向令狐冲右側刺到。令狐冲斜身急避。費彬唰唰唰連環三劍，攻得他險象環生。儀琳大急，忙抽出腰間斷劍，向費彬肩頭刺去，叫道：「令狐師兄，你身上有傷，快快退下。」

費彬哈哈一笑，道：「小尼姑動了凡心啦，見到英俊少年，自己命也不要了。」揮劍直斬，噹的一聲響，雙劍相交，儀琳手中斷劍登時脫手而飛。費彬長劍挑起，指向她心口。費彬眼見要殺的有五人之多，雖個個無甚抵抗之力，但夜長夢多，只須走脫了一個，便有無窮後患，是以出手便下殺招。

令狐冲和身撲上，左手雙指揷向費彬眼珠。費彬雙足急點，向後躍開，長劍拖回時乘勢一帶，在令狐冲左臂上劃了長長一道口子。

令狐冲拚命撲擊，救得儀琳的危難，卻也已喘不過氣來，身子搖搖欲墜。儀琳搶上去扶住，哽咽道：「讓他把咱們一起殺了！」令狐冲喘息道：「你……你快走……」

曲非煙笑道：「傻子，到現在還不明白人家的心意，她要陪你一塊兒死……」一句話沒說完，費彬長劍送出，刺入了她心窩。

曲洋、劉正風、令狐冲、儀琳齊聲驚呼。

費彬臉露獰笑，向著令狐冲和儀琳緩緩踏上一步，跟著又踏前了一步，劍尖上鮮血一滴滴的滴落。

令狐冲腦中一片混亂：「他……他竟將這小姑娘殺了，好不狠毒！我這也就要死了。儀琳師妹爲甚麼要陪我一塊死？我雖救過她，但她也救了我，已補報了欠我之情。我跟她以前素不相識，不過同是五嶽劍派的師兄妹，雖有江湖上的道義，卻用不著以性命相陪啊。沒想到恆山派門下弟子，竟如此顧全武林義氣，定逸師太實是個了不起的人物。嘿，是這個儀琳師妹陪著我一起死，卻不是我那靈珊小師妹。她……她這時候在幹甚麼？」眼見費彬獰笑的臉漸漸逼近，令狐冲微微一笑，嘆了口氣，閉上了眼睛。

忽然間耳中傳入幾下幽幽的胡琴聲，琴聲淒涼，似是嘆息，又似哭泣，跟著琴聲顫抖，發出瑟瑟瑟瑟斷續之音，猶如一滴滴小雨落上樹葉。令狐冲大爲詫異，睜開眼來。

費彬心頭一震：「瀟湘夜雨莫大先生到了。」但聽胡琴聲越來越淒苦，莫大先生卻始終不從樹後出來。費彬叫道：「莫大先生，怎不現身相見？」

琴聲突然止歇，松樹後一個瘦瘦的人影走了出來。令狐冲久聞「瀟湘夜雨」莫大先生之名，但從未見過他面，這時月光之下，只見他骨瘦如柴，雙肩拱起，眞如一個時時刻刻便會倒斃的癆病鬼，沒想到大名滿江湖的衡山派掌門，竟是這樣一個形容猥葸之人。莫大先生左手握著胡琴，雙手向費彬拱了拱，說道：「費師兄，左盟主好。」

費彬見他並無惡意，又素知他和劉正風不睦，便道：「多謝莫大先生，俺師哥好。貴派的劉正風和魔教妖人結交，意欲不利我五嶽劍派。莫大先生，你說該當如何處置？」

莫大先生慢吞吞的向劉正風走近兩步，森然道：「該殺！」這「殺」字剛出口，寒光陡閃，手中已多了一柄又薄又窄的長劍，猛地反刺，直指費彬胸口。這一下出招快極，抑且如夢如幻，正是「百變千幻衡山雲霧十三式」中的絕招。費彬在劉府曾著了劉正風這門武功的道兒，此刻再度中計，大駭之下，急向後退，嗤的一聲，胸口已給利劍割了一道長長的口子，衣衫盡裂，胸口肌肉也給割傷了，受傷雖不重，卻已驚怒交集，銳氣大失。

費彬立即還劍相刺，但莫大先生一劍既佔先機，後著綿綿而至，一柄薄劍猶如靈蛇，顫動不絕，在費彬的劍光中穿來插去，只逼得費彬連連倒退，半句喝罵也叫不出口。曲洋、劉正風、令狐冲三人眼見莫大先生劍招變幻，猶如鬼魅，無不心驚神眩。劉正風和他同門學藝，做了數十年師兄弟，卻也萬料不到師兄的劍術竟一精至斯。

一點點鮮血從兩柄長劍間濺了出來，費彬騰挪閃躍，竭力招架，始終脫不出莫大先生的劍光籠罩，鮮血漸漸在二人身周濺成了一個紅圈。猛聽得費彬長聲慘呼，高躍而起。莫大先生退後兩步，將長劍插入胡琴，轉身便走，一曲〈瀟湘夜雨〉在松樹後響起，漸漸遠去。

費彬躍起後便即摔倒，胸口一道血箭如湧泉般向上噴出，適才激戰，他運起了嵩山派內力，胸口中劍後內力未消，將鮮血逼得從傷口中急噴而出，旣詭異，又可怖。

儀琳扶著令狐冲的手臂，只嚇得心中突突亂跳，低聲問道：「你沒受傷罷？」

曲洋嘆道：「劉賢弟，你曾說你師兄弟不和，沒想到他在你臨危之際，出手相救。」劉正風道：「我師哥行爲古怪，教人好生難解。我和他不睦，決不是爲了甚麼貧富之見，只是說甚麼也性子不投。」曲洋搖了搖頭，說道：「他劍法如此之精，但所奏胡琴一味淒苦，引人下淚，未免太也俗氣，脫不了市井味兒。」劉正風道：「是啊，師哥奏琴往而不復，曲調又是儘量往哀傷的路上走。好詩好詞講究樂而不淫，哀而不傷，好曲子何嘗不是如此？我一聽到他的胡琴，就想避而遠之。」

令狐冲心想：「這二人愛音樂入了魔，在這生死關頭，還在研討甚麼哀而不傷，甚麼風雅俗氣。幸虧莫大師伯及時趕到，救了我們性命。」

只聽劉正風又道：「但說到劍法武功，我卻萬萬不及了。平日我對他頗失恭敬，此時想來，委實好生慚愧。」曲洋點頭道：「衡山掌門，果然名不虛傳。」轉頭向令狐冲道：「小兄弟，你挺身要救我孫女，英風俠骨，當眞難得。我另有一事相求，不知你能答允麼？」

令狐冲道：「可惜曲姑娘還是給費彬害了！前輩但有所命，自當遵從。」

曲洋向劉正風望了一眼，說道：「我和劉賢弟醉心音律，以數年之功，創製了一曲〈笑傲江湖〉，自信此曲之奇，千古所未有。今後縱然世上再有曲洋，不見得又有劉正風，有劉正風，不見得又有曲洋。就算又有曲洋、劉正風一般的人物，二人又未必生於同時，相遇結交。要兩個既精音律，又精內功之人，志趣相投，修爲相若，一同創製此曲，實是千難萬難了。此曲絕響，我和劉賢弟在九泉之下，不免時發浩嘆。」他說到這裏，從懷中摸出一本册子來，說道：「這是〈笑傲江湖曲〉的琴譜簫譜，請小兄弟念著我二人一番心血，將這琴譜簫譜攜至世上，覓得傳人。」

劉正風道：「這〈笑傲江湖曲〉倘能流傳於世，我和曲大哥死也瞑目了。」

令狐冲躬身從曲洋手中接過曲譜，放入懷中，說道：「二位放心，晚輩自當盡力。」他先前聽說曲洋有事相求，只道是十分艱難危險之事，更躭心去辦理此事，只怕要違犯門規，得罪正派中的同道，但在當時情勢之下卻又不便不允，那知只不過是要他找兩個人來學琴學簫，登時大爲寬慰，輕輕吁了口氣。

劉正風道：「令狐賢姪，這曲子不但是我二人畢生心血之所寄，還關聯到一位古人。這〈笑傲江湖曲〉中間的一大段琴曲，是曲大哥依據晉人嵇康的〈廣陵散〉而改編的。」

曲洋對此事甚是得意，微笑道：「自來相傳，嵇康死後，〈廣陵散〉從此絕響，你可猜得到我卻又何處得來？」

令狐冲尋思：「音律之道，我一竅不通，何況你二人行事大大的與衆不同，我又怎猜得到。」便道：「尙請前輩賜告。」

曲洋笑道：「嵇康這個人，是很有點意思的，史書上說他『文辭壯麗，好言老莊而尙奇任俠』，這性子很對我的脾胃。鍾會當時做大官，慕名去拜訪他，嵇康自顧自打鐵，不予理會。鍾會討了個沒趣，只得離去。嵇康問他：『何所聞而來，何所見而去？』鍾會說：『聞所聞而來，見所見而去。』鍾會這傢伙，也算得是個聰明才智之士了，就可惜胸襟太小，爲了這件事心中生氣，向司馬昭說嵇康的壞話，司馬昭便把嵇康殺了。嵇康臨刑時撫琴一曲，的確很有氣度，但他說『廣陵散從此絕矣』，這句話卻未免把後世之人都看得小了。這曲子又不是他作的。他是西晉時人，此曲就算西晉之後失傳，難道在西晉之前也沒有了嗎？」

令狐冲不解，問道：「西晉之前？」曲洋道：「是啊！我對他這句話挺不服氣，便去發掘西漢、東漢兩朝皇帝和大臣的墳墓，一連掘了二十九座古墓，終於在蔡邕的墓中覓到了〈廣陵散〉的曲譜。」說罷呵呵大笑，甚是得意。

令狐冲心下駭異：「這位前輩爲了一首琴曲，竟致去連掘二十九座古墓。」

只聽曲洋續道：「小兄弟，你是正教中的名門大弟子，我本來不該託你，只是事在危急，迫不得已的牽累於你，莫怪，莫怪。這〈廣陵散〉琴曲，說的是聶政刺韓王的故事。全曲甚長，我們這曲〈笑傲江湖〉，只引了他曲中最精妙的一段。劉兄弟所加簫聲那一段，譜的正是聶政之姊收葬弟屍的情景。聶政、荊軻這些人，慷慨重義，是我等的先輩，我託你傳下此曲，也是爲了看重你的俠義心腸。」令狐冲躬身道：「不敢當！」

曲洋笑容收歛，神色黯然，轉頭向劉正風道：「兄弟，咱們這就可以去了。」劉正風道：「是！」伸出手來，兩人雙手相握，齊聲長笑，內力運處，迸斷內息主脈，二人閉目而逝。

令狐冲吃了一驚，叫道：「前輩、劉師叔。」伸手去探二人鼻息，已無呼吸。

儀琳驚道：「他們……他們都死了？」令狐冲點點頭，說道：「師妹，咱們趕快將四個人的屍首埋了，免得再有人尋來，另生枝節。費彬爲莫大先生所殺之事，千萬不可洩漏半點風聲。」他說到這裏，壓低了聲音，道：「此事倘若洩漏了出去，莫大先生自然知道是咱們兩人說出去的，禍患那可不小。」儀琳道：「是。如師父問起，我說不說？」令狐冲道：「跟誰都不能說。你一說，莫大先生來跟你師父鬥劍，豈不糟糕？」儀琳想到適才所見莫大先生的劍法，忍不住打了個寒噤，忙道：「我不說。」

令狐冲慢慢俯身，拾起費彬的長劍，一劍又一劍的在費彬的屍體上戳了十七八個窟窿。儀琳心中不忍，道：「令狐師兄，他人都死了，何必還這般恨他，蹧蹋他的屍身？」

令狐冲道：「莫大先生的劍刃又窄又薄，行家一看到費師叔的傷口，便知是誰下的手。我不是蹧蹋他屍身，是將他身上每一個傷口都通得亂七八糟，教誰也看不出線索來。」

儀琳嘆了口氣，心想：「江湖上偏有這許多機心，眞……眞是難得很了。」見令狐冲拋下長劍，拾起石塊，往費彬的屍身上拋去，忙道：「你別動，坐下來休息，我來。」拾起石塊，輕輕放在費彬屍身上，倒似死屍尚有知覺，生怕壓痛了他一般。

她執拾石塊，將劉正風等四具屍體都掩蓋了，向著曲非煙的石墳道：「小妹子，你若不是爲了我，也不會遭此危難。但盼你升天受福，來世轉爲男身，多積功德福報，終於能到西方極樂世界，南無阿彌陀佛，南無救苦救難觀世音菩薩……」

令狐冲倚石而坐，想到曲非煙於自己有救命之恩，小小年紀，竟無辜喪命，心下也甚傷感。他素不信佛，但忍不住跟著儀琳唸了幾句「南無阿彌陀佛」。

歇了一會，令狐冲傷口疼痛稍減，從懷中取出《笑傲江湖》曲譜，翻了開來，只見全書滿是古古怪怪的奇字，竟一字不識。他所識文字本就有限，不知七弦琴的琴譜本來都是奇形怪字，還道譜中文字古奧艱深，自己沒讀過，隨手將册子往懷中一揣，仰起頭來，吁了口長氣，心想：「劉師叔結交朋友，將全副身家性命都爲朋友而送了，雖結交的是魔教長老，但兩人肝膽義烈，都不愧爲鐵錚錚的好漢子，委實令人欽佩。劉師叔今天金盆洗手，要退出武林，卻不知如何竟和嵩山派結下了冤仇，當眞奇怪。」

正想到此處，忽見西北角上青光閃了幾閃，劍路縱橫，一眼看去甚是熟悉，似是本門高手和人鬥劍，他心中一凜，道：「小師妹，你在這裏等我片刻，我過去一會兒便回來。」儀琳兀自在堆砌石墳，沒看到那青光，還道他是要解手，便點了點頭。

令狐冲撑著樹枝，走了十幾步，拾起費彬的長劍插在腰間，向著青光之處走去。走了一會，已隱隱聽到兵刃撞擊之聲，密如聯珠，鬥得甚是緊迫，尋思：「莫非是師父在和人動手？居然鬥得這麼久，顯然對方也是高手了。」

他伏低了身子，慢慢移近，耳聽得兵刃相交聲相距不遠，當即躲在一株大樹之後，向外張望，月光下只見一個儒生手執長劍，端立當地，正是師父岳不羣，一個矮小道人繞著他快速無倫的旋轉，手中長劍疾刺，每繞一個圈子，便刺出十餘劍，正是青城派掌門余滄海。

令狐冲陡然間見到師父和人動手，對手又是青城派掌門，不由得大是興奮，但見師父氣度閒雅，余滄海每一劍刺到，他總是隨手一格，余滄海轉到他身後，他並不跟著轉身，只揮劍護住後心。余滄海出劍越來越快，岳不羣卻只守不攻。令狐冲心下佩服：「師父在武林中人稱『君子劍』，果然蘊藉儒雅，與人動手過招也是毫無霸氣。」又看了一會，再想：「師父不動火氣，只因他不但風度高，更由於武功甚高之故。」

岳不羣極少和人動手，令狐冲往常見到他出手，只是和師母過招，向門人弟子示範，那只是假打，此番眞鬥自是大不相同；又見余滄海每劍之出，都發出極響的嗤嗤之聲，足見劍力強勁。令狐冲心下暗驚：「我一直瞧不起青城派，那知這矮道士竟如此了得，就算我沒受傷，也決不是他對手，下次撞到，倒須小心在意，還是儘早遠而避之的爲妙。」

又瞧了一陣，只見余滄海愈轉愈快，似乎化作一圈青影，繞著岳不羣轉動，雙劍相交聲實在太快，上一聲和下一聲已連成一片，再不是叮叮噹噹，而是化成了連綿的長聲。令狐冲心道：「倘若這幾十劍都是向我身上招呼，只怕我一劍也擋不掉，全身要給他刺上幾十個透明窟窿了。這矮道士比之田伯光，似乎又要高出半籌。」眼見師父仍不轉攻勢，不由得暗暗擔憂：「這矮道士的劍法當眞了得，師父可別一個疏神，敗在他劍下。」猛聽得錚的一聲大響，余滄海如一枝箭般向後平飛丈餘，隨即站定，不知何時已將長劍入鞘。令狐冲吃了一驚，看師父時，見他長劍也已入鞘，一聲不響的穩站當地。這一下變故來得太快，令狐冲竟沒瞧出誰勝誰敗，不知有否那一人受了內傷。

二人凝立半晌，余滄海冷哼一聲，道：「好，後會有期！」身形飄動，便向右側奔去。岳不羣大聲道：「余觀主慢走！那林震南夫婦怎麼樣了？」說著身形一晃，追了下去，餘音未了，兩人身影皆已杳然。

令狐冲從兩人語意之中，已知師父勝過了余滄海，心中暗喜，他重傷之餘，這番勞頓，甚感吃力，心忖：「師父追趕余滄海去了。他兩人展開輕功，在這片刻之間，早已在數里之外！」他撐著樹枝，想走回去和儀琳會合，突然間左首樹林中傳出一下長聲慘呼，聲音淒厲。令狐冲吃了一驚，向樹林走了幾步，見樹隙中隱隱現出一堵黃牆，似是一座廟宇。他躭心是同門師弟妹和青城派弟子爭鬥受傷，快步向那黃牆處行去。

離廟尚有數丈，只聽得廟中一個蒼老而尖銳的聲音說道：「那辟邪劍譜此刻在那裏？你只須老老實實的跟我說了，我便給你誅滅青城派全派，爲你夫婦報仇。」令狐冲在羣玉院床上，隔窗曾聽到過這人說話，知道是塞北明駝木高峯，尋思：「師父正在找尋林震南夫婦的下落，原來這兩人卻落入了木高峯手中。」

只聽一個男子聲音說道：「我不知有甚麼辟邪劍譜。我林家的辟邪劍法世代相傳，都是口授，並無劍譜。」令狐冲心道：「說這話的，自必是林師弟的父親，福威鏢局總鏢頭林震南。」又聽他說道：「前輩肯爲在下報仇，自是感激不盡。青城派余滄海多行不義，日後必無好報，就算不爲前輩所誅，也必死於另一位英雄好漢的刀劍之下。」

木高峯道：「如此說來，你是不肯說的了。『塞北明駝』的名頭，或許你也聽見過。」林震南道：「木前輩威震江湖，誰人不知，那個不曉？」木高峯道：「很好，很好！威震江湖，倒也不見得，但姓木的下手狠辣，從來不發善心，想來你也聽到過。」林震南道：「木前輩意欲對林某用強，此事早在意料之中。莫說我林家並無辟邪劍譜，就算眞的有，不論別人如何威脅利誘，那也決計不說。林某自遭青城派擒獲，無日不受酷刑，林某武功雖低，幾根硬骨頭卻還是有的。」木高峯道：「是了，是了！」

令狐冲在廟外聽著，尋思：「甚麼『是了，是了』？嗯，是了，原來如此。」

果然聽得木高峯續道：「你自誇有硬骨頭，熬得住酷刑，不論青城派的矮鬼牛鼻子如何逼迫於你，你總是堅不吐露。倘若你林家根本就無辟邪劍譜，那麼你不吐露，只不過是無可吐露，談不上硬骨頭不硬骨頭。是了，你辟邪劍譜是有的，就是說甚麼也不肯交出來。」過了半晌，嘆道：「我瞧你實在蠢得厲害。林總鏢頭，你爲甚麼死也不肯交出劍譜？這劍譜於你半分好處也沒有。依我看啊，這劍譜上所記劍法多半平庸之極，否則你爲甚麼連青城派的幾名弟子也鬥不過？這等武功，不提也罷。」

林震南道：「是啊，木前輩說得不錯，別說我沒辟邪劍譜，就算眞的有，這等稀鬆平常的三腳貓劍法，連自己身家性命也保不住，木前輩又怎會瞧在眼裏？」

木高峯笑道：「我只不過好奇，那矮鬼牛鼻子如此興師動衆，苦苦逼你，料來其中必有古怪之處。說不定那劍譜中所記的劍法倒是高的，只因你資質魯鈍，領悟不到，這才辱沒了你林家祖上的英名。你快拿出來，給我老人家看上一看，指出你林家辟邪劍法中的妙處，教天下英雄盡皆知曉，豈不是於你林家的聲名大有鎰處？」

林震南道：「木前輩的好意，在下只有心領了。你不妨在我全身搜搜，且看是否有那辟邪劍譜。」木高峯道：「那倒不用。你遭青城派擒獲，已有多日，只怕他們在你身上沒搜過十遍，也搜過八遍。林總鏢頭，我覺得你愚蠢得緊，你明不明白？」林震南道：「在下確是愚蠢得緊，不勞前輩指點，在下早有自知之明。」木高峯道：「不對，你沒明白。或許林夫人能夠明白，也未可知。愛子之心，慈母往往勝過嚴父。」

林夫人尖聲道：「你說甚麼？那跟我平兒又有甚麼干係？平兒怎麼了？他……他在那裏？」木高峯道：「林平之這小子聰明伶俐，老夫一見就很喜歡，這孩子倒也識趣，知道老夫功夫厲害，便拜在老夫門下了。」林震南道：「原來我孩子拜了木前輩爲師，那眞是他的造化。我夫婦遭受酷刑，身受重傷，性命已在頃刻之間，盼木前輩將我孩兒喚來，和我夫婦見上一面。」木高峯道：「你要孩子送終，那也是人之常情，此事不難。」林夫人道：「平兒在那兒？木前輩，求求你，快將我孩子叫來，大恩大德，永不敢忘。」木高峯道：「好，這我就去叫，只是木高峯素來不受人差遣，我去叫你兒子來，那是易如反掌，你們卻須先將辟邪劍譜的所在，老老實實的跟我說。」

林震南嘆道：「木前輩當眞不信，那也無法。我夫婦命如懸絲，只盼和兒子再見一面，眼見已難如願。如眞有甚麼辟邪劍譜，你就算不問，在下也會求前輩轉告我孩兒。」

木高峯道：「是啊，我說你愚蠢，就是爲此。你心脈已斷，我不用在你身上加一根小指頭兒，你也活不上一時三刻了。你死也不肯說劍譜的所在，那爲了甚麼？自然是爲了要保全林家的祖傳功夫。可是你死了之後，林家只賸下林平之一個孩兒，倘若連他也死了，世上徒有劍譜，卻無林家的子孫去練劍，這劍譜留在世上，對你林家又有甚麼用處？」

林夫人驚道：「我孩兒……我孩兒安好吧？」木高峯道：「此刻自然是安好無恙。你們將劍譜的所在說了出來，我取到之後，保證交給你的孩兒，他看不明白，我還可從旁指點，免得像林總鏢頭一樣，鑽研了一世辟邪劍法，臨到老來，還是莫名其妙，一竅不通。那不是比之將你孩兒一掌劈死爲高麼？」跟著只聽得喀喇喇一聲響，顯是他一掌將廟中一件大物劈得垮了下來。

林夫人驚問：「你怎……怎麼要將我孩兒一掌劈死？」木高峯哈哈一笑，道：「林平之是我徒兒，我要他活，他便活著，要他死，他便死了。我喜歡甚麼時候將他一掌劈死，便提掌劈將過去。」喀喇、喀喇幾聲響，他又以掌力擊垮了甚麼東西。

林震南道：「娘子，不用多說了。咱們孩兒不會是在他手中，否則的話，他怎地不將他帶來，在咱們面前威迫？」

木高峯哈哈大笑，道：「我說你蠢，你果然蠢得厲害。『塞北明駝』要殺你兒子，有甚麼難？就算此刻他不在我手中，我如決意去找他來殺，難道還辦不到？」

林夫人低聲道：「相公，倘若他眞要找我們孩兒晦氣……」木高峯接口道：「是啊，你們說了出來，即使你夫婦性命難保，留下了林平之這孩子一脈香煙，豈不是好？」

林震南哈哈一笑，說道：「夫人，倘若我們將辟邪劍譜的所在說了給他聽，這駝子第一件事，便是去取劍譜；第二件事，便是殺咱們的孩兒。倘若我們不說，這駝子要得劍譜，非保護平兒性命周全不可，平兒一日不說，這駝子便一日不敢傷他，此中關竅，不可不知。」

林夫人道：「不錯！駝子，你快把我們夫婦殺了罷。」

令狐沖聽到此處，心想木高峯已然大怒，再不設法將他引開，林震南夫婦性命難保，當即朗聲道：「木前輩，華山派弟子令狐沖奉業師之命，恭請木前輩移駕，有事相商。」

木高峯狂怒之下，舉起了手掌，正要往林震南頭頂擊落，突然聽得令狐沖在廟外朗聲說話，不禁吃了一驚。他生平甚少讓人，但對華山掌門岳不羣卻確有忌憚，尤其在羣玉院外親身領略過岳不羣「紫霞神功」的厲害。他向林震南夫婦威逼，這種事情自為名門正派所不齒，岳不羣師徒多半已在廟外竊聽多時，心道：「岳不羣叫我出去有甚麼事情相商？還不是明著好言相勸，實則是冷嘲熱諷，損我一番。好漢不吃眼前虧，及早溜開的爲是。」當即說道：「木某另有要事，不克奉陪。便請拜上尊師，何時有暇，請到塞北來玩玩，木某人掃榻恭候。」說著雙足一登，從殿中竄到天井，左足在地下輕輕一點，已上了屋頂，跟著落於廟後，唯恐給岳不羣攔住質問，一溜煙般走了。

令狐沖聽得他走遠，心下大喜，尋思：「這駝子原來對我師父如此怕得要死。他倘若眞的不走，要向我動粗，倒也凶險得緊。」當下撑著樹枝，走進土地廟中，殿中黑沉沉地並無燈燭，但見一男一女兩個人影，半坐半臥的倚傍在一起，當即躬身說道：「小姪是華山派門下令狐冲，現與平之師弟已有同門之誼，拜上林伯父、林伯母。」

林震南喜道：「少俠多禮，太不敢當。老朽夫婦身受重傷，難以還禮，還請恕罪。我那孩兒，確是拜在華山派岳大俠的門下了嗎？」說到最後一句話時語音已然發顫。岳不羣的名氣在武林中比余滄海要響得多。林震南爲了巴結余滄海，每年派人送禮，但岳不羣等五嶽劍派的掌門人，林震南自知不配結交，連禮也不敢送，眼見木高峯凶神惡煞一般，但一聽到華山派的名頭，立即逃之夭夭，自己兒子居然有幸拜入華山派門中，實是不勝之喜。

令狐冲道：「正是。那駝子木高峯想強收令郎爲徒，令郎執意不允，那駝子正欲加害，我師父恰好經過，出手救了。令郎苦苦相求，要投入我門，師父見他意誠，又爲可造之材，便答允了。適才我師父和余滄海鬥劍，將他打得服輸逃跑，我師父追了下去，要查問伯父、伯母的所在。想不到兩位竟在這裏。」

林震南道：「但願……但願平兒即刻到來才好，遲了……遲了可來不及啦。」

令狐冲見他說話出氣多而入氣少，顯是命在頃刻，說道：「林伯父，你且莫說話。我師父和余滄海算了帳後，便會前來找你，他老人家必有醫治你的法子。」

林震南苦笑了一下，閉上了雙目，過了一會，低聲道：「令狐賢弟，我……我……是不成的了。平兒得在華山派門下，我委實大喜過望，求……求你日後多……多加指點照料。」令狐冲道：「伯父放心，我們同門學藝，便如親兄弟一般，小姪自當照顧林師弟。」林夫人揷口道：「令狐少俠的大恩大德，我夫婦便死在九泉之下，也必時時刻刻記得。」令狐冲道：「請兩位凝神靜養，不可說話。」

林震南呼吸急促，斷斷續續的道：「請……請你告訴我孩子，福州向陽巷老宅中的物事，是……我林家祖傳之物，須得……須得好好保管，但……但他曾祖遠圖公留有遺訓，凡我子孫，千萬不得翻看，否則有無窮禍患，要……要他好好記住了。」令狐冲點頭道：「好，這幾句話我傳到便是。」

林震南道：「多……多……多……」一個「謝」字始終沒說出口，已然氣絕。他先前苦苦支撐，只盼能見到兒子，說出心中這句要緊言語，此刻得令狐冲應允傳話，又知兒子得了極佳的歸宿，大喜之下，更無牽掛，便即撒手而逝。

林夫人道：「令狐少俠，盼你叫我孩兒不可忘了父母的深仇。」側頭向廟中柱子的石階上用力撞去。她本已受傷不輕，這麼一撞，便亦斃命。

令狐冲嘆了口氣，心想：「余滄海和木高峯逼他吐露辟邪劍譜的所在，他寧死不說，到此刻自知大限已到，才不得不託我轉言。但他終於怕我去取了他林家的劍譜，說甚麼『千萬不得翻看，否則有無窮禍患』。嘿嘿，你當令狐沖是甚麼人了，會來覬覦你林家的劍譜？當眞以小人之心……」此時疲累已極，當下靠柱坐地，閉目養神。

過了良久，只聽廟外岳不羣的聲音說道：「咱們到廟裏瞧瞧。」令狐沖叫道：「師父，師父！」岳不羣喜道：「是沖兒嗎？」令狐沖道：「是！」扶著柱子慢慢站起身來。

這時天將黎明，只見岳不羣率同七弟子陶鈞、八弟子英白羅走進廟中，岳不羣見到林氏夫婦的屍身，皺眉道：「是林總鏢頭夫婦？」令狐沖道：「是！」當下將木高峯如何逼迫、自己如何以師父之名將他嚇走、林氏夫婦如何不支逝世等情一一說了，將林震南最後的遺言也悄聲稟告了師父。

岳不羣沉吟道：「嗯，余滄海一番徒勞，作下的罪孽也眞不小。」令狐沖道：「師父，余矮子向你賠了罪麼？」岳不羣道：「余觀主腳程快極，我追了好久，沒能追上，反越離越遠。他青城派的輕功，確是勝我華山一籌。」令狐沖笑道：「余矮子的劍法，可比師父差得遠了，鬥到後來，他只好三十六著。青城派屁股向後、逃之夭夭的功夫，原比別派爲高。」岳不羣臉一沉，責道：「沖兒，你就是口齒輕薄，說話沒點正經，怎能作衆師弟、師妹的表率？」令狐沖轉過了頭，向陶鈞和英白羅伸了伸舌頭，應道：「是！」陶英二人見師父在旁，想笑又不敢笑。

岳不羣道：「你答應便答應，怎地要伸一伸舌頭，豈不是其意不誠？」令狐沖應道：「是！」他自幼由岳不羣撫養長大，情若父子，雖對師父敬畏，卻也並不如何拘謹，笑問：「師父，你怎知我伸了伸舌頭？」岳不羣哼了一聲，說道：「你耳下肌肉牽動，不是伸舌頭是甚麼？你無法無天，這一次可吃了大虧啦！傷勢可好了些嗎？」令狐冲道：「是，好得多了。」又道：「吃一次虧，學一次乖！」

岳不羣哼了一聲，道：「你早已乖成精了，還不夠乖？」從懷中取出一枚火箭炮來，走到天井之中，晃火摺點燃了藥引，向上擲出。

火箭炮衝天飛上，砰的一聲響，爆上半天，幻成一把銀白色的長劍，在半空中停留了好一會，這才緩緩落下，下降十餘丈後，化爲滿天流星。這是華山掌門召集門人的信號火箭。

過不到一頓飯時分，便聽得遠處有腳步聲響，向著土地廟奔來，不久高根明在廟外叫道：「師父，你老人家在這裏麼？」岳不羣道：「我在廟裏。」高根明奔進廟來，躬身叫道：「師父！」見到令狐冲在旁，喜道：「大師哥，你身子安好？聽到你受了重傷，大夥兒可眞躭心得緊。」令狐冲微笑道：「總算命大，這一次沒死。」

說話之間，隱隱又聽到了遠處腳步之聲，這次來的是勞德諾和陸大有。陸大有一見令狐冲，也不及先叫師父，衝上去就一把抱住，大叫大嚷，喜悅無限。跟著三弟子梁發和四弟子施戴子先後進廟。又過了一盞茶功夫，岳不羣之女岳靈珊，以及方入門的林平之一同到來。

林平之見到父母的屍身，撲上前去，伏在屍身上放聲大哭。衆同門無不慘然。

岳靈珊見到令狐冲無恙，本是驚喜不勝，但見林平之如此傷痛，卻也不便即向令狐冲說甚麼歡喜的話，走近身去，輕輕一握他的右手，低聲道：「你……你沒事麼？」令狐冲道：「沒事！」

這幾日來，岳靈珊爲大師哥躭足了心事，此刻乍然相逢，數日來積蓄的激動再也難以抑制，突然拉住他衣袖，哇的一聲哭了出來。

令狐冲輕拍她肩頭，低聲道：「小師妹，怎麼啦？有誰欺侮你了，我去給你出氣！」岳靈珊不答，就只哭泣，哭了一會，心中舒暢，拉起令狐冲的衣袖來擦了擦眼淚，道：「你沒死，你沒死！」令狐冲搖頭道：「我沒死！」岳靈珊道：「聽說你又給青城派那余滄海打了一掌，這人的摧心掌殺人不見血，我親眼見他殺過不少人，只嚇得我……嚇得我……」想起這幾日中柔腸百結、心神煎熬之苦，忍不住眼淚簌簌流下。

令狐冲微笑道：「幸虧他那一掌沒打中我。剛才師父打得余滄海沒命價飛奔，那才教好看呢，就可惜你沒瞧見。」

岳不羣道：「這件事大家可別跟外人提起。」令狐冲等衆弟子齊聲答應。

岳靈珊淚眼模糊的瞧著令狐冲，見他容顏憔悴，更沒半點血色，心下甚爲憐惜，說道：「大師哥，你這次……你這次受傷可眞不輕，回山後可須得好好將養才是。」

岳不羣見林平之兀自伏在父母屍身上哀哀痛哭，說道：「平兒，別哭了，料理你父母的後事要緊。」林平之站起身來，應道：「是！」眼見母親頭臉滿是鮮血，忍不住眼淚又簌簌而下，哽咽道：「爹爹、媽媽去世，連最後一面也見我不到，也不知……也不知他們有甚麼話要對我說。」

令狐冲道：「林師弟，令尊令堂去世之時，我是在這裏。他二位老人家要我好好照料你，那是該做的事，倒也不須多囑。令尊另外有兩句話，要我向你轉告。」

林平之躬身道：「大師哥……我爹爹、媽媽去世之時，有你相伴，不致身旁連一個人也沒有，小弟……小弟實在感激不盡。」

令狐冲道：「令尊令堂爲青城派的惡徒狂加酷刑，逼問辟邪劍譜的所在，兩位老人家絕不稍屈，以致給震斷了心脈。後來那木高峯又逼迫他二位老人家。木高峯本是無行小人，那也罷了。余滄海枉爲一派宗師，這等行爲卑汚，實爲天下英雄所不齒。」

林平之咬牙切齒的道：「此仇不報，林平之禽獸不如！」挺拳重重擊在柱子之上。他武功平庸，但因心中憤激，這一拳打得甚是有力，只震得樑上灰塵四散落下。

岳靈珊道：「林師弟，此事可說由我身上起禍，你將來報仇，做師姊的決不會袖手。」林平之躬身道：「多謝師姊。」

岳不羣嘆了口氣，說道：「我華山派向來的宗旨是『人不犯我，我不犯人』，除了跟魔教是死對頭之外，與武林中各門各派均無嫌隙。但自今而後，青城派……青城派……唉，既已身涉江湖，要想事事都不得罪人，那可談何容易？」

勞德諾道：「林師弟，這樁禍事，倒不是由於你打抱不平而殺了余滄海的兒子，全因余滄海覬覦你林家的家傳辟邪劍譜而起。當年青城派掌門長青子敗在林師弟曾祖遠圖公的辟邪劍法之下，那時就已種下禍根了。」

岳不羣道：「不錯，武林中爭強好勝，向來難免，一聽到有甚麼武林秘笈，也不理會是眞是假，便都拚了命的去搶奪。其實，以余觀主、塞北明駝那樣武功高強的好手，原不必更去貪圖你林家的劍譜。」林平之道：「師父，弟子家裏實在沒甚麼辟邪劍譜。這七十二路辟邪劍法，我爹爹手傳口授，要弟子用心記憶，倘若眞有甚麼劍譜，我爹爹就算不向外人吐露，卻決無向弟子守秘之理。」岳不羣點頭道：「我原不信另有甚麼辟邪劍譜，否則的話，余滄海就不是你爹爹的對手，這件事再明白也沒有了。」

令狐冲道：「林師弟，令尊的遺言說道：福州向陽巷……」

岳不羣擺手道：「這是平兒令尊的遺言，你單獨告知平兒便了，旁人不必知曉。」令狐冲應道：「是。」岳不羣道：「德諾、根明，你二人到衡山城中去買兩具棺木來。」

收殮林震南夫婦後，僱了人佚將棺木抬到水邊，一行人乘了一艘大船，向北進發。

到得豫西，改行陸道。令狐冲躺在大車之中養傷，傷勢日漸痊愈。

不一日到了華山玉女峯下。山高峯險，林震南夫婦的棺木暫厝在峯側的小廟之中，再行擇日安葬。高根明和陸大有先行上峯報訊，華山派其餘二十多名弟子都迎下峯來，拜見師父。林平之見這些弟子年紀大的已過三旬，年幼的不過十五六歲，其中有六名女弟子，一見到岳靈珊，便都咭咭咯咯的說笑不休。勞德諾為林平之一一引見。華山派規矩以入門先後為序，因此就算是年紀最幼的舒奇，林平之也得稱他一聲師兄。只勞德諾年紀實在太老，入門雖然較遲，若叫舒奇等十幾歲的孩子做師兄，畢竟不稱，岳不羣便派了他做二師兄；岳靈珊是岳不羣的女兒，沒法排列入門先後之序，也只好按年紀稱呼，比她大的叫她師妹。她本來比林平之小著一二歲，但一定爭著要做師姊，岳不羣既不阻止，林平之便以「師姊」相稱。

五嶽之中，華山形勢最為險峭，好在各人均有武功，倘若換作常人，便上山也難。林平之跟在衆師兄師姊之後，也攀了大半天，這才上峯。但見山勢險峻，樹木清幽，鳥鳴嚶嚶，流水淙淙，一處平地上，四五座粉牆大屋依著山坡或高或低的構築。

一個中年美婦緩步走近，岳靈珊飛奔著過去，撲入她懷中，叫道：「媽，我又多了個師弟。」一面笑，一面伸手指著林平之。

林平之早聽師兄們說過，師娘岳夫人寧中則和師父本是同門師兄妹，劍術之精不在師父之下，忙上前叩頭，說道：「弟子林平之叩見師娘。」

岳夫人笑吟吟的道：「很好！起來，起來。」向岳不羣笑道：「你下山一次，若不搜羅幾件寶貝回來，一定不過癮。這一次衡山大會，我猜想你至少要收三四個弟子，怎麼只收一個？」岳不羣笑道：「你常說兵貴精不貴多，你瞧這一個怎麼樣？」岳夫人笑道：「就是生得太俊了，不像是練武的胚子。不如跟著你念四書五經，將來去考秀才、中狀元罷。」林平之臉上一紅，心想：「師娘見我生得文弱，便有輕視之意。我非努力用功不可，決不能趕不上衆位師兄，教人瞧不起。」岳不羣笑道：「那也好啊。華山派中出了個狀元郎，倒是千古佳話。」

岳夫人向令狐冲瞪了一眼，說道：「又跟人打架受了傷，是不是？怎地臉色這麼難看？傷得重不重？」令狐冲微笑道：「已經好得多了，這一次倘若不是命大，險些兒便見不著師娘了。」岳夫人又瞪了他一眼，道：「好教你得知天外有天，人上有人，輸得服氣麼？」令狐冲道：「田伯光那廝的快刀，冲兒抵擋不了，正要請師娘指點。」

岳夫人聽他說是傷在田伯光手下，登時臉有喜色，點頭道：「原來是跟田伯光這惡賊打架，那好得很啊，我還道你又去惹事生非的闖禍呢。他的快刀怎麼樣？咱們好好琢磨一下，下次跟他再打過。」一路上途中，令狐冲曾數次向師父請問破解田伯光快刀的法門，岳不羣始終不說，要他回華山向師娘討教，果然岳夫人一聽，便即興高采烈。

一行人走進岳不羣所居的「有所不爲軒」中，互道別來種種遭遇。六個女弟子聽岳靈珊述說在福州與衡山所見，大感艷羨。陸大有則向衆師弟大吹大師哥如何力鬥田伯光，如何手刃羅人傑，加油添醬，倒似田伯光爲大師哥打敗、而不是大師哥給他打得一敗塗地一般。衆人吃過點心，喝了茶，岳夫人便要令狐冲比劃田伯光的刀法，又問他如何拆解。

令狐冲笑道：「田伯光這廝的刀法當眞了得，當時弟子只瞧得眼花繚亂，拚命抵擋也不成，那裏還說得上拆解？」

岳夫人道：「你這小子既然抵擋不了，那必定是耍無賴、使詭計，混蒙了過去。」令狐冲自幼是她撫養長大，他的性格本領，豈有不知？

令狐冲臉上一紅，微笑道：「那時在山洞內相鬥，恆山派那位師妹已經走了，弟子心無牽掛，便跟田伯光這廝全力相拚。那知鬥不多久，他便使出快刀刀法來。弟子只擋了兩招，心中便暗暗叫苦：『此番性命休矣！』當即哈哈大笑。田伯光收刀不發，問道：『有甚麼好笑？你擋得了我這「飛沙走石」十三式刀法麼？』弟子笑道：『原來大名鼎鼎的田伯光，竟然是我華山派的棄徒，料想不到，當眞料想不到！是了，定是你操守惡劣，給本派逐出了門牆。』田伯光道：『甚麼華山派棄徒，胡說八道。田某武功另成一家，跟你華山派有個屁相干？』

「弟子笑道：『你這路刀法，共有一十三式，是不是？甚麼「飛沙走石」，自己胡亂安上個好聽名稱。我便曾經見師父和師娘拆解過。那是我師娘在繡花時觸機想出來的，我華山有座玉女峯，你聽見過沒有？』田伯光道：『華山有玉女峯，誰不知道，那又怎樣？』我說：『我師娘創的是劍法，叫做「玉女金針十三劍」，其中一招「穿針引線」，一招「天衣無縫」，一招「夜繡鴛鴦」。』弟子一面說，一面屈指計數，繼續說道：『是了，你剛才那兩招刀法，是從我師娘所創的第八招「織女穿梭」中化出來的。你這樣雄赳赳的一條大漢，卻學我師娘嬌怯怯的模樣，好似那如花如玉的天上織女，坐在布機旁織布，玉手纖纖，將梭子從這邊擲過去，又從那邊擲過來，千嬌百媚，豈不令人好笑……』」他一番話沒說完，岳靈珊和一眾女弟子都已格格格的笑了起來。

岳不羣莞爾而笑，斥道：「胡鬧，胡鬧！」岳夫人「呸」了一聲，道：「你要亂嚼舌根，甚麼不好說，卻把你師娘給拉扯上了？當眞該打。」

令狐冲笑道：「師娘你不知道，那田伯光甚爲自負，聽得弟子將他比作女子，又把他這套神奇的刀法說成是師娘所創，他非辯個明白不可，決不會當時便將弟子殺了。果然他將那套刀法慢慢的一招招使了出來，使一招，問一句：『這是你師娘創的麼？』弟子故作神秘，沉吟不語，心中暗記他的刀法，待他一十三式使完，才道：『你這套刀法，和我師娘所創雖然小異，卻大致相同。你如何從華山派偷師學得，可眞奇怪得很了。』田伯光怒道：『你擋不了我這套刀法，便花言巧語，拖延時刻，想瞧明白我這套刀法的招式，我豈有不知？你說華山派也有這套刀法，那便施展出來，好令田某開開眼界。』

「弟子說道：『敝派使劍不使刀，再說，我師娘這套「玉女金針劍」只傳女弟子，不傳男弟子。咱們堂堂男子漢大丈夫，卻來使這等姐兒腔的劍法，豈不令武林中的朋友恥笑？』田伯光更加惱怒，說道：『恥笑也罷，不恥笑也罷，今日定要你承認，華山派其實並沒這樣一套武功。勞兄，田某佩服你是個好漢，才沒使快刀殺了你，你不該如此信口開河，戲侮於我。』」

岳靈珊插口道：「這等無恥惡賊，誰希罕他來佩服了？戲弄他一番，原是活該。」令狐冲道：「但瞧他當時情景，我若不將這套杜撰的『玉女金針劍』試演一番，立時便有性命之憂，只得依著他的刀法，胡亂加上些扭扭揑揑的花招，演了出來。」岳靈珊笑道：「你這些扭扭揑揑的花招，可使得像不像？」令狐冲笑道：「平時瞧你使劍使得多了，又怎能不像？」岳靈珊道：「啊，你笑人家使劍扭扭揑揑，我三天不睬你。」

岳夫人一直沉吟不語，這時才道：「珊兒，你將佩劍給大師哥。」岳靈珊拔出長劍，倒轉了劍把，交給令狐冲，笑道：「媽要瞧你扭扭揑揑使劍的那副鬼模樣。」岳夫人道：「冲兒，別理珊兒胡鬧，當時你是怎生使來？」

令狐冲知道師娘要看的是田伯光的刀法，當下接過長劍，向師父、師娘躬身行禮，說道：「師父、師娘，弟子試演田伯光的刀招。」岳不羣點了點頭。

陸大有向林平之道：「林師弟，咱們門中規矩，小輩在尊長面前使拳動劍，須得先行請示。」林平之道：「是。多謝六師哥指點。」

只見令狐冲臉露微笑，懶洋洋的打個呵欠，雙手軟軟的提起，似乎要伸個懶腰，突然間右腕陡振，接連劈出三劍，當眞快似閃電，嗤嗤有聲。衆弟子都吃了一驚，幾名女弟子不約而同的「啊」了一聲。令狐冲長劍使了開來，恍似雜亂無章，但在岳不羣與岳夫人眼中，數十招盡皆看得淸淸楚楚，只見每一劈刺、每一砍削，無不旣狠且準。倏忽之間，令狐冲收劍而立，向師父、師娘躬身行禮。

岳靈珊微感失望，道：「這樣快？」岳夫人點頭道：「須得這樣快才好。這一十三式快刀，每式有三四招變化，在這頃刻之間便使了四十幾招，當眞是世間少有的快刀。」令狐冲道：「田伯光那廝使出之時，比弟子還快得多了。」岳夫人和岳不羣對望了一眼，心下均有驚嘆之意。

岳靈珊道：「大師哥，怎地你一點也沒扭扭揑揑？」令狐冲笑道：「這些日來，我時時想著這套快刀，使出時自是迅速了些。當日在荒山之中向田伯光試演，卻沒這般敏捷，而且既要故意與他的刀法似是而非，又得加上許多裝模作樣的女人姿態，那就更加慢了。」岳靈珊笑道：「你怎生搔首弄姿？快演給我瞧瞧！」

岳夫人側過身來，從一名女弟子腰間拔出一柄長劍，向令狐冲道：「使快刀！」令狐冲道：「是！」嗤的一聲，長劍繞過了岳夫人的身子，劍鋒向她後腰勾了轉來。岳靈珊驚呼：「媽，小心！」岳夫人彈身縱出，更不理會令狐冲從後削來的一劍，手中長劍逕取令狐冲胸口，也是快捷無倫。岳靈珊又是驚呼：「大師哥，小心！」令狐冲也不擋架，反劈一劍，說道：「師娘，他還要快得多。」岳夫人唰唰唰連刺三劍，令狐冲同時還了三劍。兩人以快打快，盡是進手招數，並無一招擋架防身。瞬息之間，師徒倆已拆了二十餘招。

林平之只瞧得目瞪口呆，心道：「大師哥說話行事瘋瘋顛顛，武功卻恁地了得，我以後須得片刻也不鬆懈的練功，才不致給人小看了。」

便在此時，岳夫人嗤的一劍，劍尖已指住了令狐冲咽喉。令狐冲無法閃避，說道：「他擋得住。」岳夫人道：「好！」手中長劍抖動，數招之後，又指住了令狐冲的心口。令狐冲仍道：「他擋得住。」意思說我雖擋不住，但田伯光的刀法快得多，這兩招都能擋住。

二人越鬥越快，令狐冲到得後來，已無暇再說「他擋得住」，每逢給岳夫人一劍制住，只搖頭示意，表明這一劍仍不能制得田伯光的死命。岳夫人長劍使得興發，突然間一聲清嘯，劍鋒閃爍不定，圍著令狐冲身周疾刺，銀光飛舞，衆人看得眼都花了。猛地裏她一劍挺出，直刺令狐冲心口，當眞是捷如閃電，勢若奔雷。令狐冲大吃一驚，叫道：「師娘！」其時長劍劍尖已刺破他衣衫。岳夫人右手向前疾送，長劍護手已碰到令狐冲的胸膛，眼見這一劍是在他身上對穿而過，直沒至柄。

岳靈珊驚呼：「娘！」只聽得叮叮噹噹之聲不絕，一片片寸來長的斷劍掉在令狐冲腳邊。岳夫人哈哈一笑，縮回手來，只見她手中的長劍已只賸下一個劍柄。

岳不羣笑道：「師妹，你內力精進如此，卻連我也瞞過了。」他夫婦是同門結褵，年輕時叫慣了，成婚後仍是師兄妹相稱。

岳夫人笑道：「大師兄過獎，雕蟲小技，何足道哉！」

令狐冲瞧著地下一截截斷劍，心下駭然，才知師娘這一劍刺出時使足了全力，否則內力不到，出劍難以如此迅捷，但劍尖一碰到肌膚，立即把這一股渾厚的內力縮了轉來，將直勁化爲橫勁，劇震之下，登時將一柄長劍震得寸寸斷折，這中間內勁的運用之巧，實已臻於化境，嘆服之餘，說道：「田伯光刀法再快，也決計逃不過師娘這一劍。」

林平之見他一身衣衫前後左右都是窟窿，全是給岳夫人長劍刺破了的，心想：「世間竟有如此高明的劍術，我只須學得幾成，便能報得父母之仇。」又想：「青城派和木高峯都貪圖得到我家的辟邪劍譜，其實我家的辟邪劍法和師娘的劍法相比，相去天差地遠！」

岳夫人甚是得意，道：「冲兒，你既說這一劍能制得田伯光的死命，你好好用功，我便傳了你。」令狐冲道：「多謝師娘。」

岳靈珊道：「媽，我也要學。」岳夫人搖了搖頭，道：「你內功還不到火候，這一劍是學不來的。」岳靈珊呶起了小嘴，心中老大不願意，說道：「大師哥的內功比我也好不了多少，怎麼他能學，我便不能學？」岳夫人微笑不語。岳靈珊拉住父親衣袖，道：「爹，你傳我一門破解這一劍的功夫，免得大師哥學會這一劍後儘來欺侮我。」

岳不羣搖頭笑道：「你娘這一劍叫做『無雙無對，寧氏一劍』，天下無敵，我怎有破解的法門？」

岳夫人笑道：「你胡謅甚麼？給我頂高帽戴不打緊，要是傳了出去，可給武林同道笑掉了牙齒。」岳夫人這一劍乃臨時觸機而創出，其中包含了華山派內功、劍法的絕詣，又加上她自己的巧心慧思，確是厲害無比，但臨時創制，自無甚麼名目。岳不羣本想給取個名字叫作「岳夫人無敵劍」，但轉念一想，夫人心高氣傲，即是成婚之後，仍喜歡武林同道叫她作「寧女俠」，不喜歡叫她作「岳夫人」，要知「寧女俠」三字是恭維她自身的本領作為，「岳夫人」三字卻不免有依傍一個大名鼎鼎的丈夫之嫌。她口中嗔怪丈夫胡說，心裏對「無雙無對，寧氏一劍」這八個字卻著實喜歡，暗讚丈夫畢竟是讀書人，給自己這一劍取了這麼個好聽名稱，當眞是其詞若有憾焉，其實乃深喜之。

岳靈珊道：「爹，你幾時也來創幾招『無比無敵，岳家十劍』，傳給女兒，好和大師哥比拚比拚。」岳不羣搖頭笑道：「不成，爹爹不及你媽聰明，創不出甚麼新招！」岳靈珊將嘴湊到父親耳邊，低聲道：「你不是創不出，你是怕老婆，不敢創！」岳不羣哈哈大笑，伸手在她臉頰上輕輕一扭，笑道：「胡說八道。」

岳夫人道：「珊兒，別儘纏住爹胡鬧了。德諾，你去安排香燭，讓林師弟參拜本派列代祖師的靈位。」勞德諾應道：「是！」

片刻間安排已畢，岳不羣引著衆人來到後堂。林平之見樑間一塊匾上寫著「以氣御劍」四個大字，堂上布置肅穆，兩壁懸著一柄柄長劍，劍鞘黝黑，劍穗陳舊，料想是華山派前代各宗師的佩劍，尋思：「華山派今日在武林中這麼大的聲譽，不知道曾有多少奸邪惡賊，喪生在這些前代宗師的長劍之下。」

岳不羣在香案前跪下磕了四個頭，禱祝道：「弟子岳不羣，今日收錄福州林平之爲徒，願列代祖宗在天之靈庇祐，教林平之用功向學，潔身自愛，恪守本派門規，不墮了華山派的聲譽。」林平之聽師父這麼說，忙恭恭敬敬跟著跪下。

岳不羣站起身來，森然道：「林平之，你今日入我華山派門下，須得恪守門規，若有違反，按情節輕重處罰，罪大惡極者立斬不赦。本派立足武林數百年，武功上雖然也能和別派互爭雄長，但一時的強弱勝敗，殊不足道。眞正要緊的是，本派弟子人人愛惜師門令譽，這一節你須好好記住了。」林平之道：「是，弟子謹記師父教訓。」

岳不羣道：「令狐冲，背誦本派門規，好教林平之得知。」

令狐冲道：「是。林師弟，你聽好了。本派首戒欺師滅祖，不敬尊長。二戒恃強欺弱，擅傷無辜。三戒奸淫好色，調戲婦女。四戒同門嫉妒，自相殘殺。五戒見利忘義，偷竊財物。六戒驕傲自大，得罪同道。七戒濫交匪類，勾結妖邪。這是華山七戒，本門弟子，一體遵行。」

林平之道：「是，小弟謹記大師哥所揭示的華山七戒，努力遵行，不敢違犯。」

岳不羣微笑道：「好了，就是這許多。本派不像別派那樣，有許許多多清規戒律。你只須好好遵行這七戒，時時記得仁義為先，做個正人君子，師父師娘就歡喜得很了。」

林平之道：「是！」又向師父師娘叩頭，向衆師兄師姊跪拜行禮。

岳不羣道：「平兒，咱們先給你父母安葬了，讓你盡了人子的心事，這才傳授本門的基本功夫。」林平之熱淚盈眶，拜倒在地，道：「多謝師父、師娘。」岳不羣伸手扶起，溫言道：「本門之中，大家親如家人，不論那一個有事，人人都是休戚相關，此後不須多禮。」

他轉過頭來，向令狐冲上上下下的打量，過了好一會才道：「冲兒，你這次下山，犯了華山七戒的多少戒條？」

令狐冲心中一驚，知道師父平時對衆弟子十分親和慈愛，但若那一個犯了門規，卻是嚴責不貸，當即在香案前跪下，道：「弟子知罪了，弟子不聽師父、師娘的教誨，犯了第六戒驕傲自大，得罪同道的戒條，在衡陽迴雁樓上，殺了青城派的羅人傑。」岳不羣哼了一聲，臉色甚是嚴峻。

岳靈珊道：「爹，那是羅人傑來欺侮大師哥的。當時大師哥和田伯光惡鬥之後，身受重傷，羅人傑乘人之危，大師哥豈能束手待斃？」岳不羣道：「不要你多管閒事。這件事還是由當日冲兒足踢兩名青城弟子而起。若無以前的嫌隙，那羅人傑好端端地，又怎會來乘冲兒之危？」岳靈珊道：「大師哥足踼青城弟子，你已打了他三十棍，責罰過了，前帳已淸，不能再算。大師哥身受重傷，不能再挨棍子了。」

岳不羣向女兒瞪了一眼，厲聲道：「此刻是論究本門戒律，你是華山弟子，休得胡亂插嘴。」岳靈珊極少見父親對自己如此疾言厲色，心中大受委屈，眼眶一紅，便要哭了出來。若在平時，岳不羣縱然不理，岳夫人也要溫言慰撫，但此時岳不羣是以掌門人身分，究理門戶戒律，岳夫人也不便理睬女兒，只當作沒瞧見。

岳不羣向令狐冲道：「羅人傑乘你之危，大加折辱，你寧死不屈，原是男子漢大丈夫義所當爲，那也罷了。可是你怎地出言對恆山派無禮，說甚麼『一見尼姑，逢賭必輸』？又說連我也怕見尼姑？」岳靈珊噗哧一聲笑，叫道：「爹！」岳不羣向她搖了搖手，卻也不再峻色相對了。

令狐冲說道：「弟子當時只想要恆山派的那個師妹及早離去。弟子自知不是田伯光的對手，沒法相救恆山派那個師妹，可是她顧念同道義氣，不肯先退，弟子只得胡說八道一番，這種言語聽在恆山派的師伯、師叔們耳中，確是極爲無禮。」岳不羣道：「你要儀琳師姪離去，用意雖然不錯，可是甚麼話不好說，偏偏要口出傷人之言？總是平素太過輕浮。這一件事，五嶽劍派中已然人人皆知，旁人背後定然說你不是正人君子，責我管教無方。」令狐冲道：「是，弟子知罪。」

岳不羣又道：「你在羣玉院中養傷，還可說迫於無奈，但你將儀琳師姪和魔教中那個小魔女藏在被窩裏，對青城派余觀主說道是衡山的煙花女子，此事冒著多大危險？倘若事情敗露，我華山派聲名掃地，還在其次，累得恆山派數百年清譽毀於一旦，咱們又怎對得住人家？」令狐冲背上出了一陣冷汗，顫聲道：「這件事弟子事後想起，也是揑著偌大一把冷汗。原來師父早知道了。」

岳不羣道：「魔教的曲洋將你送至羣玉院養傷，我是事後方知，但你命那兩個小女孩鑽入被窩之時，我已在窗外。」令狐冲道：「幸好師父知道弟子並非無行的浪子。」岳不羣森然道：「倘若你眞在妓院中宿娼，我早已取下你項上人頭，焉能容你活到今日？」令狐冲道：「是！」

岳不羣臉色愈來愈嚴峻，隔了半晌，才道：「你明知那姓曲的少女是魔教中人，何不一劍將她殺了？雖說她祖父於你有救命之恩，然而這明明是魔教中人沽恩市義、挑撥我五嶽劍派的手段，你又不是傻子，怎會不知？人家救你性命，其實內裏伏有一個極大陰謀。劉正風何等精明能幹，卻也不免著了道兒，到頭來鬧得身敗名裂，家破人亡。魔教這等陰險毒辣的手段，是你親眼所見。可是咱們從衡山來到華山，一路之上，我沒聽到你說過一句譴責魔教的言語。冲兒，我瞧人家救了你一命之後，你於正邪忠奸之分這一點上，已十分胡塗了。此事關涉到你今後安身立命的大關節，我華山第七戒，所戒者便是在此，這中間可半分含糊不得。」

令狐冲回想那日荒山之夜，傾聽曲洋和劉正風琴簫合奏，若說曲洋是包藏禍心，故意陷害劉正風，那是萬萬不像。

岳不羣見他臉色猶豫，顯然對自己的話並未深信，又問：「冲兒，此事關係到我華山一派的興衰榮辱，也關係到你一生的安危成敗，你不可對我有絲毫隱瞞。我只問你，今後見到魔教中人，是否嫉惡如仇，格殺無赦？」

令狐冲怔怔的瞧著師父，心中一個念頭不住盤旋：「日後我若見到魔教中人，是不是不問是非，拔劍便殺？倘若曲老前輩和曲非煙這小姑娘沒死，我是不是見了便殺？」

他自己實在不知道，師父這個問題當眞無法回答。

岳不羣注視他良久，見他始終不答，長嘆一聲，說道：「這時就算勉強要你回答，也是無用。你此番下山，大損我派聲譽，但你勇救恆山派的儀琳師姪，算是一件功勞，將功折罪，罰你面壁一年，將這件事從頭至尾的好好想一想。」

令狐冲躬身道：「是，弟子恭領責罰。」

岳靈珊道：「面壁一年？那麼這一年之中，每天面壁幾個時辰？」岳不羣道：「甚麼幾個時辰？每日自朝至晚，除了吃飯睡覺之外，便得面壁思過。」岳靈珊急道：「那怎麼成？豈不是將人悶也悶死了？難道連大小便也不許？」岳夫人喝道：「女孩兒家，說話沒半點斯文！」岳不羣道：「面壁一年，有甚麼希罕？當年你祖師犯過，便曾在這玉女峯上面壁三年另六個月，不曾下峯一步。」

岳靈珊伸了伸舌頭，道：「那麼面壁一年，還算是輕的了？其實大師哥說『一見尼姑，逢賭必輸』，全是出於救人的好心，又不是故意罵人！」

岳不羣道：「正因爲出於好心，這才罰他面壁一年，要是出於歹意，我不打掉他滿口牙齒、割了他的舌頭才怪。」

岳夫人道：「珊兒不要囉唆爹爹啦。大師哥在玉女峯上面壁思過，你可別去跟他聊天說話，否則爹爹成全他的一番美意，可全教你給毀了。」岳靈珊道：「罰大師哥在玉女峯上坐牢，還說是成全哪！不許我去跟他聊天，那麼大師哥寂寞之時，有誰給他說話解悶？這一年之中，誰陪我練劍？」岳夫人道：「你跟他聊天，他還面甚麼壁、思甚麼過？這山上多少師兄師姊，誰都可和你切磋劍術。」

岳靈珊側頭想了一會，又問：「那麼大師哥吃甚麼呢？一年不下峯，豈不餓死了他？」岳夫人道：「你不用躭心，自會有人送飯菜給他。」

令狐冲情急之下，伸手便拉住她左手袖子。岳靈珊怒道：「放手！」用力一掙，嗤的一聲，登時將那衣袖扯了下來，露出雪白的大半條手膀。

八　面壁

當日傍晚，令狐冲拜別了師父、師娘，與衆師弟、師妹作別，攜了一柄長劍，自行到玉女峯絕頂的一個危崖之上。

危崖上有個山洞，是華山派歷代弟子犯規後囚禁受罰之所。崖上光禿禿地寸草不生，更沒一株樹木，除一個山洞之外，一無所有。華山本來草木淸華，景色極幽，這危崖卻是例外，自來相傳是玉女髮釵上的一顆珍珠。當年華山派的祖師以此危崖爲懲罰弟子之所，主要便因此處無草無木，無蟲無鳥，受罰的弟子在面壁思過之時，不致爲外物所擾，心有旁騖。

令狐冲進得山洞，見地下有塊光溜溜的大石，心想：「數百年來，我華山派不知有多少前輩曾在這裏坐過，以致這塊大石頭竟坐得這等滑溜。令狐冲是今日華山派第一搗蛋鬼，這塊大石我不來坐，由誰來坐？師父直到今日才派我來坐石頭，對我可算是寬待之極了。」伸手拍了拍大石，說道：「石頭啊石頭，你寂寞了多年，今日令狐冲又來跟你相伴了。」

坐上大石，雙眼離石壁不過尺許，只見石壁左側刻著「風清揚」三個大字，是以利器所刻，筆劃蒼勁，深有半寸，尋思：「這位風清揚是誰？多半是本派的一位前輩，曾受罰在這裏面壁的。啊，是了，師父是『不』字輩，我祖師爺是『清』字輩，這位風前輩是我的太師伯或是太師叔。這三字刻得這麼勁力非凡，他武功一定十分了得，師父、師娘怎地從來沒提到過？想必這位前輩早不在人世了。」

閉目行了大半個時辰坐功，站起來鬆散半晌，又回入石洞，面壁尋思：「我日後見到魔教中人，是否不問是非，拔劍便將他們殺了？難道魔教之中當眞便沒一個好人？但若他是好人，爲甚麼又入魔教？就算一時誤入歧途，也當立即抽身退出才是，既不退出，便是甘心和妖邪爲伍、禍害世人了。」

霎時之間，腦海中湧現許多情景，都是平時聽師父、師娘以及江湖上前輩所說魔教中人如何行兇害人的惡事：江西于老拳師一家二十三口遭魔教擒住了，活活的釘在大樹之上，連三歲孩兒也是不免，于老拳師的兩個兒子呻吟了三日三夜才死；濟南府龍鳳刀掌門人趙登魁娶兒媳婦，賓客滿堂之際，魔教中人闖將進來，將新婚夫婦的首級雙雙割下，放在筵前，說是賀禮；漢陽郝老英雄做七十大壽，各路好漢齊來祝壽，不料壽堂下給魔教埋了炸藥，點燃藥引，突然爆炸，英雄好漢炸死炸傷不計其數，泰山派的紀師叔便在這一役中斷送了一條膀子，這是紀師叔親口所言，自然絕無虛假。想到這裏，又記起兩年前在鄭州大路上遇到嵩山派的孫師叔，他雙手雙足齊遭截斷，兩眼也給挖出，不住大叫：「魔教害我，定要報仇，魔教害我，定要報仇！」那時嵩山派已有人到來接應，但孫師叔傷得這麼重，如何又能再治？令狐冲想到他臉上那兩個眼孔，兩個窟窿中不住淌出鮮血，不由得打了個寒噤，心想：「魔教中人如此作惡多端，曲洋祖孫出手救我，定然不安好心。師父問我，日後見到魔教中人是否格殺不論，那還有甚麼猶豫的？當然是拔劍便殺。」

想通了這一節，心情登時十分舒暢，一聲長嘯，倒縱出洞，在半空輕輕巧巧一個轉身，向前縱出，落下地來，站定腳步，這才睜眼，只見雙足剛好踏在危崖邊上，與崖緣相距只不過兩尺，適才縱起時倘若用力稍大，落下時超前兩尺，那便墮入萬丈深谷，化爲肉泥了。他這一閉目轉身，原是事先算好了的，既已打定了主意，見到魔教中人出手便殺，心中更無煩惱，便來行險玩上一玩。

他正想：「我膽子畢竟還不夠大，至少該得再踏前一尺，那才好玩。」忽聽得身後有人拍手笑道：「大師哥，好得很啊！」正是岳靈珊的聲音。令狐冲大喜，轉過身來，只見岳靈珊手中提著一隻飯籃，笑吟吟的道：「大師哥，我給你送飯來啦。」放下飯籃，走進石洞，轉身坐在大石上，說道：「你這下閉目轉身，十分好玩，我也來試試。」

令狐冲心想玩這遊戲可危險萬分，自己來玩也是隨時準擬陪上一條性命，岳靈珊武功遠不及自己，力量稍一拿捏不準，那可糟了，但見她興致甚高，也便不阻止，當即站在峯邊。

岳靈珊一心要賽過大師哥，心中默念力道部位，雙足一點，身子縱起，也在半空這麼輕輕巧巧一個轉身，跟著向前竄出。她只盼比令狐冲落得更近峯邊，竄出時運力便大了些，身子落下之時，突然害怕起來，睜眼一看，只見眼前便是深不見底的深谷，嚇得大叫起來。令狐冲一伸手，拉住她左臂。岳靈珊落下地來，只見雙足距崖邊約有一尺，確是比令狐冲更前了些，她驚魂略定，笑道：「大師哥，我比你落得更遠。」

令狐冲見她已駭得臉上全無血色，在她背上輕輕拍了拍，笑道：「這玩意下次可不能再玩了，師父、師娘知道了，非大罵不可，只怕要罰我多面壁一年。」

岳靈珊定了定神，退後兩步，笑道：「那我也得受罰，咱兩個就在這兒一同面壁，豈不好玩？天天可以比賽誰跳得更遠。」令狐冲道：「咱們天天一同在這兒面壁？」向石洞瞧了一眼，不由得心頭一蕩：「我若得和小師妹在這裏日夕不離的共居一年，豈不是連神仙也不如我快活？唉，那有此事！」說道：「就只怕師父叫你在正氣軒中面壁，一步也不許離開，那麼咱們就一年不能見面了。」

岳靈珊道：「那不公平，爲甚麼你可以在這裏玩，卻將我關在正氣軒中？」但想父母決不會讓自己日夜在這崖上陪伴大師哥，便轉過話頭道：「大師哥，媽媽本來派六猴兒每天給你送飯，我對六猴兒說：『六師哥，每天在思過崖間爬上爬下，雖然你是猴兒，畢竟也很辛苦，不如讓我來代勞罷，可是你謝我甚麼？』六猴兒說：『師娘派給我做的功夫，我可不敢偷懶。再說，大師哥待我最好，給他送一年飯，每天見上他一次，我心中才喜歡呢，有甚麼辛苦？』大師哥，你說六猴兒壞不壞？」

令狐冲笑道：「他說的倒也是實話。」

岳靈珊道：「六猴兒還說：『平時我想向大師哥多討教幾手功夫，你一來到，便過來將我趕開，不許我跟大師哥多說話。』大師哥，幾時有這樣的事啊？六猴兒當眞胡說八道。他又說：『今後這一年之中，可只有我能上思過崖去見大師哥，你卻見不到他了。』我發起脾氣來，他卻不理我，後來……後來……」

令狐冲道：「後來你拔劍嚇他？」岳靈珊搖頭道：「不是，後來我氣得哭了，六猴兒才過來央求我，讓我送飯來給你。」令狐冲瞧著她的小臉，見她雙目微微腫起，果然是哭過來的，不禁甚是感動，暗想：「她待我如此，我便爲她死上百次千次，也所甘願。」

岳靈珊打開飯籃，取出兩碟菜餚，又將兩副碗筷取出，放在大石之上。令狐冲道：

「兩副碗筷？」岳靈珊笑道：「我陪你一塊吃，你瞧，這是甚麼？」從飯籃底下取出一個小小的酒葫蘆來。令狐冲嗜酒如命，一見有酒，站起來向岳靈珊深深一揖，道：「多謝你了！我正發愁，只怕這一年之中沒酒喝呢。」岳靈珊拔開葫蘆塞子，將葫蘆送到令狐冲手中，笑道：「便是不能多喝，我每日只能偷這麼一小葫蘆給你，再多只怕給娘知覺了。」

令狐冲慢慢將一小葫蘆酒喝乾了，這才吃飯。華山派規矩，門人在思過崖上面壁之時戒葷茹素，因此廚房中給令狐冲所煮的只是一大碗青菜、一大碗豆腐。岳靈珊想到自己正在和大師哥共經患難，卻也吃得津津有味。兩人吃過飯後，岳靈珊又和令狐冲有一搭、沒一搭的說了半個時辰，眼見天色已黑，這才收拾碗筷下山。

自此每日黃昏，岳靈珊送飯上崖，兩人共膳。次日中午令狐冲便吃昨日賸下的飯菜。

令狐冲雖在危崖獨居，倒也不感寂寞，一早起來，便打坐練功，溫習師授的氣功劍法，更默思田伯光的快刀刀法，以及師娘所創的那招「無雙無對，寧氏一劍」。這「寧氏一劍」雖只一劍，卻蘊蓄了華山派氣功和劍法的絕詣。令狐冲自知修為尚未到這境界，如勉強學步，只有弄巧成拙，是以每日裏加緊用功。這麼一來，他雖受罰面壁思過，其實壁既未面，過亦不思，除了傍晚和岳靈珊聊天說話以外，每日心無旁鶩，只是練功。

如此過了兩個多月，華山頂上一日冷似一日。又過了些日子，岳夫人爲令狐冲新縫一套棉衣，命陸大有送上峯來給他。這天一早北風怒號，到得午間，便下起雪來。

令狐冲見天上積雲如鉛，這場雪勢必不小，心想：「山道險峻，這雪下到傍晚，地下便十分滑溜，小師妹不該再送飯來了。」可是沒法向下邊傳訊，甚是焦慮，只盼師父、師娘得知情由，出言阻止，尋思：「小師妹每日代六師弟給我送飯，師父、師娘豈有不知，只是不加理會而已。今日若再上崖，一個失足，便有性命之憂，料想師娘定然不許她上崖。」眼巴巴等到黃昏，每過片刻便向崖下張望，眼見天色漸黑，岳靈珊果然不來了。令狐冲心下寬慰：「到得天明，六師弟定會送飯來，只求小師妹不要冒險。」

正要入洞安睡，忽聽得上崖的山路上腳步歘歘聲響，岳靈珊在大聲呼叫：「大師哥，大師哥……」

令狐冲又驚又喜，搶到崖邊，鵝毛般大雪飄揚之下，只見岳靈珊一步一滑的走上崖來。令狐冲以師命所限，不敢下崖一步，只伸長了手去接她，直到岳靈珊的左手碰到他右手，令狐冲抓住她手，將她凌空提上崖來。暮色朦朧中只見她全身是雪，連頭髮也都白了，左額上卻撞破了老大一塊，像個小鷄蛋般高高腫起，鮮血兀自在流。令狐冲道：「你……你……」岳靈珊小嘴一扁，似欲哭泣，道：「摔了一交，將你的飯籃掉到山谷裏去啦，你……你今晚可要挨餓了。」

令狐冲又感激，又憐惜，提起衣袖在她傷口上輕輕按了數下，柔聲道：「小師妹，山道這樣滑溜，你實在不該上來。」岳靈珊道：「我掛念你沒飯吃，再說……再說，我要見你。」令狐冲道：「倘若你因此掉下了山谷，教我怎對得起師父、師娘？」岳靈珊微笑道：「瞧你急成這副樣子！我可不是好端端的麼？就可惜我不中用，快到崖邊時，卻把飯籃和酒葫蘆都摔掉了。」令狐冲道：「只求你平安，我便十天不吃飯也不打緊。」岳靈珊道：「上峯上到一半時，地下滑得不得了，我提氣縱躍了幾下，居然躍上了五株松旁的那個陡坡，那時我眞怕掉到了下面谷中。」

令狐冲道：「小師妹，你答允我，以後你千萬不可爲我冒險，倘若你掉了下去，我一定非陪著你也跳下去不可。」

岳靈珊雙目中流露出喜悅無限的光芒，道：「大師哥，其實你不用著急，我爲你送飯而失足，是自己不小心，你又何必心中不安？」

令狐冲緩緩搖頭，說道：「不是爲了心中不安。倘若送飯的是六師弟，他因此而掉入谷中送了性命，我會不會也跳下谷去陪他？」說著仍緩緩搖頭，說道：「我當盡力奉養他父母，照料他家人，卻不會因此而跳崖殉友。」岳靈珊低聲道：「但如是我死了，你便不想活了？」令狐冲道：「正是。小師妹，那不是爲了你給我送飯，如果你是給旁人送飯，因而遇到凶險，我也決計不能活了。」

岳靈珊緊緊握住他雙手，心中柔情無限，低低叫了聲「大師哥」。令狐冲想張臂將她摟入懷中，卻是不敢。兩人四目交投，你望著我，我望著你，一動也不動，大雪繼續飄下，逐漸，逐漸，似乎將兩人堆成了兩個雪人。

過了良久，令狐冲才道：「今晚你自己一個人可不能下去。師父、師娘知道你上來麼？最好能派人來接你下去。」岳靈珊道：「爹爹今早突然收到嵩山派左盟主來信，說有要緊事商議，已和媽媽趕下山去啦。」令狐冲道：「那麼有人知道你上崖來沒有？」岳靈珊笑道：「沒有，沒有。二師哥、三師哥、四師哥和六猴兒四個人跟了爹爹媽媽去嵩山，沒人知道我上崖來會你。否則的話，六猴兒定要跟我爭著送飯，那可麻煩啦。啊！是了，林平之這小子見我上來的，但我吩咐了他，不許多嘴多舌，否則明兒我就揍他。」令狐冲笑道：「哎呀，師姊的威風好大。」岳靈珊笑道：「這個自然，不擺擺架子，豈不枉了？不像是你，個個都叫你大師哥，那就沒甚麼希罕。」

兩人笑了一陣。令狐冲道：「那你今晚是不能回去的了，只好在石洞裏躲一晚，明天一早下去。」當下攜了她手，走入洞中。

石洞窄小，兩人僅可容身，已無多大轉動餘地。兩人相對而坐，東拉西扯的談到深夜，岳靈珊說話越來越含糊，終於合眼睡去。

令狐冲怕她著涼，解下身上棉衣，蓋在她身上。洞外雪光映射進來，朦朦朧朧的看到她的小臉，令狐冲心中默念：「小師妹待我如此情重，我便爲她粉身碎骨，也心甘情願。」支頤沉思，自忖從小沒了父母，全蒙師父師母撫養長大，對待自己猶如親生愛子一般，自己是華山派的掌門大弟子，入門固然最早，武功亦非同輩師弟所能及，他日勢必要承受師父衣缽，執掌華山一派，而小師妹更待我如此，師門厚恩，實所難報，只是自己天性跳盪不羈，不守規矩，時時惹得師父師母生氣，有負他二位的期望，此後須得痛改前非才是，否則不但對不起師父師母，連小師妹也對不起了。

他望著岳靈珊微微飛動的秀髮，正自出神，忽聽得她輕輕叫了一聲：「姓林的小子，你不聽話！過來，我揍你！」令狐冲一怔，見她雙目兀自緊閉了，側個身，又即呼吸勻淨，知道她剛才是說夢話，不禁好笑，心想：「她一做師姊，神氣得了不得，這些日子中，林師弟定然給她呼來喝去，受飽了氣。她在夢中也不忘罵人。」

令狐冲守護在她身旁，直到天明，始終不曾入睡。岳靈珊前一晚勞累得很了，睡到辰牌時分，這才醒來，見令狐冲正微笑著注視自己，當下打了個呵欠，報以一笑，道：「你一早便醒了。」令狐冲沒說一晚沒睡，笑道：「你做了個甚麼夢？林師弟挨了你打麼？」

岳靈珊側頭想了片刻，笑道：「你聽到我說夢話了，是不是？林平之這小子倔得緊，便是不聽我的話，嘻嘻，我白天罵他，睡著了也罵他。」令狐冲笑道：「他怎麼得罪你了？」岳靈珊笑道：「我夢見叫他陪我去瀑布中練劍，他推三阻四的不肯去，我騙他走到瀑布旁，一把將他推了下去。」令狐冲笑道：「哎喲，那可使不得，這可不鬧出人命來嗎？」岳靈珊笑道：「這是做夢，又不是眞的，你躭心甚麼？還怕我眞的殺了這小子麼？」令狐冲笑道：「日有所思，夜有所夢。你白天裏定然眞的想殺了林師弟，想啊想的，晚上便做起夢來。」

岳靈珊小嘴一扁，道：「這小子不中用得很，一套入門劍法練了三個月，還是沒半點樣子，偏生用功得緊，日練夜練，教人瞧著生氣。我要殺他，用得著想嗎？提起劍來，手一揮就殺了。」說著右手橫著一掠，作勢使出一招華山劍法。令狐冲笑道：「『白雲出岫』，姓林的人頭落地！」岳靈珊格格嬌笑，說道：「我要是眞的使這招『白雲山岫』，可眞非教他人頭落地不可。」

令狐冲笑道：「你做師姊的，師弟劍法不行，你該點撥點撥他才是，怎麼動不動揮劍便殺？以後師父再收弟子，都是你的師弟。師父收一百個弟子，給你幾天之中殺了九十九個，那怎麼辦？」岳靈珊扶住石壁，笑得花枝招展，說道：「你說得眞對，我可只殺九十九個，非留下一個不可。要是都殺光了，誰來叫我師姊啊？」令狐冲笑道：「你要是殺了九十九個師弟，第一百個也逃之夭夭了，你還是做不成師姊。」岳靈珊笑道：「那時我就逼你叫我師姊。」令狐冲笑道：「叫師姊不打緊，不過你殺我不殺？」岳靈珊笑道：「聽話就不殺，不聽話就殺。」令狐冲笑道：「小師姊，求你劍下留情。」

令狐冲見大雪已止，生怕師弟師妹們發覺不見了岳靈珊，若有風言蜚語，那可大大對不起小師妹了，說笑了一陣，便催她下崖。岳靈珊兀自戀戀不捨，道：「我要在這裏多玩一會兒，爹爹媽媽都不在家，悶也悶死了。」令狐冲道：「乖師妹，這幾日我又想出了幾招冲靈劍法，等我下崖之後，陪你到瀑布中去練劍。」說了好一會，才哄得她下崖。

當日黃昏，高根明送飯上來，說道岳靈珊受了風寒，發燒不退，臥病在床，卻記掛著大師哥，命他送飯之時，最要緊別忘了帶酒。令狐冲吃了一驚，極是躭心，知她昨晚摔了那一交，受了驚嚇，恨不得奔下崖去探望她病勢。他雖餓了兩天一晚，但拿起碗來，竟然喉嚨哽住了，難以下咽。高根明知道大師哥和小師妹兩情愛悅，一聽到她有病，便焦慮萬分，勸道：「大師哥卻也不須太過躭心，昨日天下大雪，小師妹定是貪著玩雪，以致受了些涼。咱們都是修習內功之人，一點小小風寒，礙得了甚麼，服一兩劑藥，那便好了。」

豈知岳靈珊這場病卻生了十幾天，直到岳不羣夫婦回山，以內功爲她驅除風寒，這才漸漸痊愈，到得她又再上崖，卻是二十餘日之後了。

兩人隔了這麼久見面，均是悲喜交集。岳靈珊凝望他臉，驚道：「大師哥，你也生了病嗎？怎地瘦得這般厲害？」令狐冲搖搖頭，道：「我沒生病，我……我……」岳靈珊陡地醒悟，突然哭了出來，道：「你……你是記掛著我，以致瘦成了這個樣子。大師哥，我現下全好啦。」令狐冲握著她手，低聲道：「這些日來，我日日夜夜望著這條路，就只盼著這一刻的時光，謝天謝地，你終於來了。」

岳靈珊道：「我卻時時見到你的。」令狐冲奇道：「你時時見到我？」岳靈珊道：「是啊，我生病之時，一合眼，便見到你了。那一日發燒發得最厲害，媽說我老說囈語，儘是跟你說話。大師哥，媽知道了那天晚上我來陪你的事。」

令狐冲臉一紅，心下有些驚惶，問道：「師娘有沒生氣？」岳靈珊道：「媽沒生氣，不過……不過……」說到這裏，突然雙頰飛紅，不說下去了。令狐冲道：「不過怎樣？」岳靈珊道：「我不說。」令狐冲見她神態忸怩，心中一蕩，忙鎮定心神，道：「小師妹，你大病剛好了點兒，不該這麼早便上崖來。我知道你身子漸漸安好了，五師弟、六師弟給我送飯的時候，每天都說給我聽的。」岳靈珊道：「那你爲甚麼還這樣瘦？」令狐冲笑了笑，道：「你病一好，我即刻便胖了。」

岳靈珊道：「你跟我說實話，這些日子中到底你每餐吃幾碗飯？六猴兒說你只喝酒，不吃飯，勸你也不聽，大師哥，你……爲甚麼不自己保重？」說到這裏，眼眶兒又紅了。

令狐冲道：「胡說，你莫只聽他。不論說甚麼事，六猴兒都愛加上三分虛頭，我那裏只喝酒不吃飯了？」說到這裏，一陣寒風吹來，岳靈珊機伶伶的打了個寒戰。其時正當嚴寒，危崖四面受風，並無樹木遮掩，華山之巔本已十分寒冷，這崖上更加冷得厲害。令狐冲心中憐惜，伸臂便想將她摟在懷裏，但隨即想到師父師娘，便即縮回手臂，說道：「小師妹，你身子還沒大好，這時候千萬不能再著涼了，快快下崖去罷，等那一日出大太陽，你又十分健壯了，再來瞧我。」岳靈珊道：「我不冷。這幾天不是颳風，便是下雪，要等大太陽，才不知等到幾時呢。」令狐冲急道：「你再生病，那怎麼辦？我……我……」

岳靈珊見他形容憔悴，心想：「我倘若眞的再病，他也非病倒不可。在這危崖之上，沒人服侍，那不是要了他命嗎？」只得道：「好，那麼我去了。你千萬保重，少喝些酒，每餐吃三大碗飯。我去跟爹爹說，你身子不好，該得補一補才是，不能老吃素。」

令狐冲微笑道：「我可不敢犯戒吃葷。我見到你病好了，心裏歡喜，過不了三天，馬上便會胖起來。好妹子，你下崖去罷。」

岳靈珊目光中含情脈脈，雙頰暈紅，低聲道：「你叫我甚麼？」令狐冲頗感不好意思，道：「我衝口而出，小師妹，你別見怪。」岳靈珊道：「我怎會見怪？我喜歡你這樣叫。」令狐冲心口一熱，又想張臂將她摟在懷裏，但隨即心想：「她這等待我，我當敬她重她，豈可冒瀆了她？」忙轉過了頭，柔聲道：「你下崖時一步步的慢慢走，累了便歇一會，可別像平時那樣，一口氣奔下崖去。」岳靈珊道：「是！」慢慢轉過身子，走到崖邊。

令狐冲聽到她腳步聲漸遠，回過頭來，見岳靈珊站在崖下數丈之處，怔怔的正瞧著他。兩人這般四目交投，凝視良久。令狐冲道：「你慢慢走，這該去了。」岳靈珊道：「是！」這才眞的轉身下崖。

這一天中，令狐冲感到了生平從未經歷過的歡喜，坐在石上，忍不住自己笑出聲來，突然間縱聲長嘯，山谷鳴響，這嘯聲中似乎在叫喊：「我好歡喜，我好歡喜！」

第二日天又下雪，岳靈珊果然沒再來。令狐冲從陸大有口中得知她復原甚快，一天比一天壯健，不勝之喜。

過了二十餘日，岳靈珊提了一籃粽子上崖，向令狐冲臉上凝視了一會，微笑道：「你沒騙我，果眞胖得多了。」令狐冲見她臉頰上隱隱透出血色，也笑道：「你也大好啦，見到你這樣，我眞開心。」

岳靈珊道：「我天天吵著要來給你送飯，可是媽說甚麼也不許，又說天氣冷，又說濕氣重，倒好似一上思過崖來，便會送了性命一般。我說大師哥日日夜夜都在崖上，又不見他生病。媽說大師哥內功高強，我怎能和他相比。媽背後讚你呢，你高興不高興？」令狐冲笑著點了點頭，道：「我常想念師父、師娘，兩位老人家都好罷？只盼能早點見到他兩位一面。」

岳靈珊道：「昨兒我幫媽裹了一日粽子，心裏想，我要拿幾隻粽子來給你吃就好啦。那知道今日媽沒等我開口，便說：『這籃粽子，你拿去給冲兒吃。』當眞意想不到。」

令狐冲喉頭一酸，心想：「師娘待我眞好。」岳靈珊道：「粽子剛煮好，還是熱的，我剝兩隻給你吃。」提著粽子走進石洞，解開粽繩，剝開了粽箬。

令狐冲聞到一陣清香，見岳靈珊將剝開了的粽子遞過來，便接過咬了一口。粽子雖是素餡，但草菇、香菌、腐衣、蓮子、豆瓣等物混在一起，滋味鮮美。岳靈珊道：「這草菇，小林子和我前日一起去採來的……」令狐冲問：「小林子？」岳靈珊笑了笑，道：「啊，是林師弟，最近我一直叫他小林子。前天他來跟我說，東邊山坡的松樹下有草菇，陪我一起去採了半天，卻只採了小半籃兒。雖然不多，滋味卻好，是不是？」令狐冲道：「當眞鮮得緊，我險些連舌頭也吞了下去。小師妹，你不再罵林師弟了嗎？」

岳靈珊道：「爲甚麼不罵？他不聽話便罵。不過近來他乖了些，我便少罵他幾句。他練劍用功，有進步時，我也誇獎他幾句：『喏，喏，小林子，這一招使得還不錯，比昨天好得多了，就是還不夠快，再練，再練。』嘻嘻！」

令狐冲道：「你在教他練劍麼？」岳靈珊道：「嗯！他說的福建話，師兄師姊們都聽不大懂，我去過福州，懂得他話，爹爹就叫我閒時指點他。大師哥，我不能上崖來瞧你，悶得緊，反正沒事，便教他幾招。小林子倒也不笨，學得很快。」令狐冲笑道：

「原來師姊兼做了師父，他自然不敢不聽你的話了。」岳靈珊道：「當真聽話，卻也不見得。昨天我叫他陪我去捉山鷄，他便不肯，說那兩招『白虹貫日』和『天紳倒懸』還沒學好，要加緊練練。」

令狐冲微感詫異，道：「他上華山來還只幾個月，便練到『白虹貫日』和『天紳倒懸』了？小師妹，本派劍法須得按部就班，可不能躁進。」

岳靈珊道：「你別躭心，我才不會亂教他呢。小林子要強好勝得很，日也練，夜也練，要跟他閒談一會，他總是說不了三句，便問到劍法上來。旁人要練三個月的劍法，他只半個月便學會了。我拉他陪我玩兒，他總是不肯爽爽快快的陪我。」

令狐冲默然不語，突然之間，心中湧現了一股說不出的煩擾，一隻粽子只吃了兩口，手中拿著半截粽子，只感一片茫然。

岳靈珊拉了拉他衣袖，笑道：「大師哥，你把舌頭吞下肚去了嗎？怎地不說話了？」令狐冲一怔，將半截粽子送到口中，粽子清香鮮美，但黏在嘴裏，竟沒法下咽。岳靈珊指住了他，格格嬌笑，道：「吃得這般性急，黏住了牙齒。」令狐冲臉現苦笑，努力把粽子吞下咽喉，心想：「我恁地傻！小師妹愛玩，我又不能下崖，她便拉林師弟作伴，那也尋常得很，我竟這等小氣，爲此介意！」言念及此，登時心平氣和，笑道：「這隻粽子定是你裹的，裹得也眞黏，可將我牙齒和舌頭都黏在一起啦。」岳靈珊哈哈大笑，隔了一會，說道：「可憐的大師哥，在這崖上坐牢，饞成了這副樣子。」

這次她過了十餘日才又上崖，酒飯之外又有一隻小小竹籃，盛著半籃松子、栗子。

令狐冲早盼得頭頸也長了，這十幾日中，向送飯來的陸大有問起小師妹，陸大有神色總有些古怪，說話不大自然。令狐冲心下起疑，卻又問不出半點端倪，問得急了，陸大有便道：「小師妹身子很好，每日裏練劍用功得很，想是師父不許她上崖來，免得打擾了大師哥的功課。」他日等夜想，陡然見到岳靈珊，如何不喜？只見她神采奕奕，比生病之前更顯得嬌艷婀娜，心中不禁湧起一個念頭：「她身子早已大好了，怎地隔了這許多日子才上崖來？難道是師父、師娘不許？」

岳靈珊見到令狐冲眼光中困惑的神色，臉上突然一紅，道：「大師哥，這麼多天沒來看你，你怪我不怪？」令狐冲道：「我怎會怪你？定是師父、師娘不許你上崖來，是不是？」岳靈珊道：「是啊，媽教了我一套新劍法，說這路劍法變化繁複，我倘若上崖來跟你聊天，便分心了。」令狐冲道：「甚麼劍法？」岳靈珊道：「你倒猜猜？」令狐冲道：「『養吾劍』？」岳靈珊道：「不是。」令狐冲道：「『希夷劍』？」岳靈珊搖頭道：「再猜？」令狐冲道：「難道是『淑女劍』？」岳靈珊伸了伸舌頭，道：「這是媽的拿手本領，我可沒資格練『淑女劍』。跟你說了罷，是『玉女劍十九式』！」言下甚是得意。

令狐冲微感吃驚，喜道：「你起始練『玉女劍十九式』了？嗯，那的確是十分繁複的劍法。」言下登時釋然，這套「玉女劍」雖只一十九式，但每一式都變化繁複，倘若記不清楚，連一式也不易使全。他曾聽師父說：「這玉女劍十九式主旨在於變幻奇妙，跟本派著重以氣馭劍的法門頗有不同。女弟子膂力較弱，遇上勁敵之時，可憑此劍法以巧勝拙，但男弟子便不必學了。」因此令狐冲也沒學過。

憑岳靈珊此時的功力，似乎還不該練此劍法。當日令狐冲和岳靈珊以及其他幾個師弟妹同看師父、師娘拆解這套劍法，師父連使各家各派的不同劍法進攻，師娘始終以這「玉女劍十九式」招架，一十九式玉女劍，居然跟十餘門劍法的數百招高明劍招鬥了個旗鼓相當。當時衆弟子瞧得神馳目眩，大爲驚歎，岳靈珊便央著母親要學。岳夫人道：「你年紀還小，一來功力不夠，二來這套劍法太過傷腦勞神，總得到了二十歲再學。再說，這劍法專爲剋制別派劍招之用，如單是由本門師兄師姊跟你拆招，練來練去，變成專門剋制華山劍法了。冲兒的雜學很多，記得許多外家劍法，等他將來跟你拆招習練罷。」這件事過去已近兩年，此後一直沒提起，不料師娘竟教了她。

令狐冲道：「難得師父有這般好興致，每日跟你拆招。」這套劍法重在隨機應變，決不可拘泥於招式，一上手練便得拆招。華山派中，只岳不羣和令狐冲博識別家劍法，岳靈珊要練「玉女劍十九式」，勢須由岳不羣親自出馬，每天跟他餵招。

岳靈珊臉上又微微一紅，忸怩道：「爹才沒功夫呢，是小林子每天跟我餵招。」令狐冲奇道：「林師弟？他懂得許多別家劍法？」岳靈珊笑道：「他只懂得一門他家傳的辟邪劍法。爹說，這辟邪劍法威力雖不強，但變招奇幻，大有可以借鏡之處，我練『玉女劍十九式』，不妨由對抗辟邪劍法起始。」令狐冲點頭道：「原來如此。」

岳靈珊道：「大師哥，你不高興嗎？」令狐冲道：「沒有！我怎會不高興？你修習本門的一套上乘劍法，我為你高興還來不及呢，怎會不高興了？」岳靈珊道：「可是我見你臉上神氣，明明很不高興。」令狐冲強顏一笑，問道：「你練到第幾式了？」

岳靈珊不答，過了好一會，說道：「是了，本來娘說過叫你幫我餵招的，現今要小林子餵招，因此你不願意了，是不是？可是，大師哥，你在崖上一時不能下來，我又心急著想早些練劍，因此不能等你了。」令狐冲哈哈大笑，道：「你又來說孩子話了。同門師兄妹，誰給你餵招都一樣。」他頓了一頓，笑道：「我知道你寧可要林師弟給你餵招，不願要我陪你。」岳靈珊臉上又是一紅，道：「胡說八道！小林子的本領和你相比，那是相差十萬八千里了，要他餵招有甚麼好？」

令狐冲心想：「林師弟入門才幾個月，就算他當眞絕頂聰明，能有多大氣候？」說道：「要他餵招自然大有好處。你每一招都殺得他沒法還手，豈不快活得很？」

岳靈珊格格嬌笑，說道：「憑他的三腳貓辟邪劍法，還想還手嗎？」令狐冲素知小師妹甚爲要強好勝，料想她跟林平之拆招，這套新練的劍法自然使來得心應手，招招都佔上風，此人武功低微，確是最好的對手，當下鬱悶之情立去，笑道：「那麼讓我來給你過幾招，瞧瞧你的『玉女劍十九式』練得怎樣了。」

岳靈珊大喜，笑道：「好極了，我今天……今天上崖來就是想……」含羞一笑，拔出了長劍。令狐冲道：「你今天上崖來，便是要將新學的劍法試給我看，好，出手罷！」岳靈珊笑道：「大師哥，你劍法一直強過我，可是等我練成了這路『玉女劍十九式』，就不會受你欺侮了。」令狐冲道：「我幾時欺侮過你了？當眞冤枉好人。」岳靈珊長劍一立，道：「你還不拔劍？」

令狐冲笑道：「且不忙！」左手擺個劍訣，右掌迭地竄出，說道：「這是青城派的松風劍法，這一招叫做『松濤如雷』！」以掌作劍，向岳靈珊肩頭刺了過去。

岳靈珊斜身退步，揮劍往他手掌上格去，叫道：「小心了！」令狐冲笑道：「不用客氣，我擋不住時自會拔劍。」岳靈珊嗔道：「你竟敢用空手鬥我的『玉女劍十九式』？」令狐冲笑道：「現下你還沒練成。練成之後，我空手便不能了。」

岳靈珊這些日子中苦練「玉女劍十九式」，自覺劍術大進，縱與江湖上一流高手相比，也已不輸於人，是以十幾日不上崖，便是要不洩露了風聲，好得一鳴驚人，讓令狐冲大為佩服，不料他竟不加重視，只以一雙肉掌來接自己的「玉女劍十九式」，當下臉孔一板，說道：「我劍下如傷了你，你可莫怪，也不能跟爹爹媽媽說。」

令狐冲笑道：「這個自然，你盡力施展好了，如劍底留情，便顯不出眞本領了。」說著左掌突然呼的一聲劈了出去，喝道：「小心了！」

岳靈珊吃了一驚，叫道：「怎……怎麼？你左手也是劍？」

令狐冲剛才這一掌若劈得實了，岳靈珊肩頭已然受傷，他迴力不發，笑道：「青城派有些人使雙劍。」

岳靈珊道：「對！我曾見到有些青城弟子佩帶雙劍，這可忘了。看招！」回了一劍。

令狐冲見她這一劍來勢飄忽，似是「玉女劍」的上乘招數，讚道：「這一劍很好，就是還不夠快。」岳靈珊道：「還不夠快？再快，可割下你的膀子啦。」令狐冲笑道：「你倒割割看。」右手成劍，削向她左臂。

岳靈珊心下著惱，運劍如風，將這數日來所練的「玉女劍十九式」一式式使出來。這一十九式劍法，她記到的還只九式，而這九式之中眞正能用的不過六式，但單是這六式劍法，已頗具威力，劍鋒所指之處，確讓令狐冲不能過分逼近。令狐冲繞著她身子遊鬥，每逢向前搶攻，總給她以凌厲的劍招逼了出來，有一次向後急躍，背心竟在一塊凸出的山石上重重撞了一下。岳靈珊甚是得意，笑道：「還不拔劍？」

令狐冲笑道：「再等一會兒。」引著她將「玉女劍」一招招的使將出來，又鬥片刻，眼見她翻來覆去，所能使的只是六式，心下已經了然，突然間一個踏步上前，右掌劈出，喝道：「松風劍的煞手，小心了！」掌勢頗爲沉重。岳靈珊見他手掌向自己頭頂劈到，忙舉劍上撩。這一招正在令狐冲的意中，左手疾伸而前，中指彈出，噹的一聲，彈中長劍的劍身。岳靈珊虎口劇痛，把揑不定，長劍脫手飛出，滴溜溜的向山谷中直墮下去。

岳靈珊臉色蒼白，呆呆的瞪著令狐冲，一言不發，上顎牙齒緊緊咬住下唇。

令狐冲叫聲「啊喲！」忙衝到崖邊，那劍早已落入了下面千丈深谷，無影無蹤。突然之間，只見山崖邊青影閃動，似是一片衣角，令狐冲定神看時，再也見不到甚麼，一顆心怦怦而跳，暗道：「我怎麼了？我怎麼了？跟小師妹比劍過招，不知已有過幾千百次，我向來讓她，從沒一次如今日的出手不留情。我做事可越來越荒唐了。」

岳靈珊轉頭向山谷瞧了一眼，叫道：「這把劍，這把劍！」令狐冲又是一驚，知道小師妹的長劍是一口斷金削鐵的利器，叫做「碧水劍」，三年前師父在浙江龍泉得來，小師妹一見之下愛不釋手，向師父連求數次，師父始終不給，直至今年她十八歲生日，師父才給了她當生日禮物，這一下墮入了深谷，再也難以取回，今次當眞是鑄成大錯了。

岳靈珊左足在地下蹬了兩下，淚水在眼眶中滾來滾去，轉身便走。令狐冲叫道：

「小師妹！」岳靈珊更不理睬，奔下崖去。令狐冲追到崖邊，伸手待要拉她手臂，手指剛碰到她衣袖，又自縮回，眼見她頭也不回的去了。

令狐冲悶悶不樂，尋思：「我往時對她甚麼事都儘量容讓，怎地今日一指便彈去了她的寶劍？難道師娘傳了她『玉女劍十九式』，我便起了妒忌的念頭麼？不，不會，決無此事。『玉女劍十九式』本是華山派女弟子的功夫，何況小師妹學的本領越好，我只有越高興。唉，總是獨個兒在崖上過得久了，脾氣暴躁。只盼她明日又再上崖來，我好好給她賠不是，最好再來比劍，我讓她施展高招，在我手臂上劃上一劍。只要出血多了，她就會不好意思，不生我的氣了。」

這一晚說甚麼也睡不著，盤膝坐在大石上練了一會氣功，只覺心神難以寧定，便不敢勉強練功。月光斜照進洞，射在石壁之上。令狐冲見到壁上「風清揚」三個大字，伸出手指，順著石壁上凹入的字跡，一筆一劃的寫了起來。

突然之間，眼前微暗，一個影子遮住了石壁，令狐冲一驚之下，順手搶起身畔長劍，不及拔劍出鞘，反手便即向身後刺出，劍到中途，陡地喜叫：「小師妹！」硬生生凝力不發，轉過身來，卻見洞口丈許之外站著一個男子，身形瘦長，穿一襲青袍。

這人身背月光，臉上蒙了塊青布，只露出一雙眼睛，瞧身形顯是從來沒見過的。令狐冲喝問：「閣下是誰？」隨即縱出石洞，拔出了長劍。

那人不答，伸出右手，向右前方連劈兩下，竟然便是岳靈珊日間所使「玉女劍十九式」中的兩招。令狐冲大奇，敵意登時消了大半，問道：「閣下是本派前輩嗎？」

突然之間，一股疾風直撲而至，逕襲臉面，令狐冲不及思索，揮劍削出，便在此時，左肩頭微微一痛，已給那人手掌擊中，只是那人似乎未運內勁。令狐冲駭異之極，忙向左滑開幾步。那人卻不追擊，以掌作劍，頃刻之間，將「玉女十九劍」中那六式的數十招一氣呵成的使了出來，這數十招便如一招，手法之快，直是匪夷所思。每一招都是岳靈珊日間曾跟令狐冲拆過的，令狐冲這時在月光下瞧得清清楚楚，可是怎麼能將數十招劍法使得猶如一招相似？一時開大了口，全身猶如僵了一般。

那人長袖一拂，轉身走入崖後。

令狐冲隔了半晌，大叫：「前輩，前輩！」追向崖後，但見遍地清光，那裏有人？

令狐冲倒抽一口涼氣，尋思：「他是誰？似他這般使『玉女十九劍』，別說我萬萬彈不了他手中長劍，他每一招都能把我手掌削了下來。不，豈僅削我手掌而已，要刺我那裏便刺那裏，要斬我那裏便那裏。在這六式『玉女十九劍』之下，令狐冲惟有聽由宰割的份兒。原來這套劍法竟有偌大威力。」轉念又想：「那顯然不是在於劍招的威力，而是他使劍的法子。這等使劍，不論如何平庸的招式，我都對付不了。這人是誰？怎麼會在華山之上？」

思索良久，不得絲毫端倪，但想師父、師娘必會知道這人來歷，明日小師妹上崖來，要她去轉問師父、師娘便是。

可是第二日岳靈珊並沒上崖，第三日、第四日仍沒上來。直過了十八天，她才和陸大有一同上崖。令狐冲盼望了十八天、十八晚才見到她，有滿腔言語要說，偏偏陸大有在旁，沒法出口。

吃過飯後，陸大有明白令狐冲的心意，說道：「大師哥、小師妹，你們多日不見了，在這裏多談一會，我把飯籃子先提下去。」岳靈珊笑道：「六猴兒，你想逃麼？一塊兒來一塊兒去。」說著站了起來。令狐冲道：「小師妹，我有話跟你說。」岳靈珊道：「好罷，大師哥有話說，六猴兒你也站著，聽大師哥教訓。」令狐冲搖頭道：「我不是教訓。你那口『碧水劍』……」岳靈珊搶著道：「我跟媽說過了，說是練『玉女劍十九式』時，一個不小心，脫手將劍掉入了山谷，再也找不到了。我哭了一場，媽非但沒罵我，反而安慰我，說下次再設法找一口好劍給我。這件事早過去了，又提他作甚？」說著雙手一伸，笑了一笑。

她愈是不當一回事，令狐冲愈是不安，說道：「我受罰期滿，下崖之後，定到江湖上去尋一口好劍來還你。」岳靈珊微笑道：「自己師兄妹，老是記著一口劍幹麼？何況那劍確是我自己失手掉下山谷的，那只怨我學藝不精，又怪得誰來？大家『蛋幾寧施，個必踢米』罷了！」說著格格格的笑了起來。令狐冲一怔，問道：「你說甚麼？」岳靈珊笑道：「啊，你不知道，這是小林子常說的『但盡人事，各憑天命』，他口齒不正，我便這般學著取笑他，哈哈，『蛋幾寧施，個必踢米』！」

令狐冲微微苦笑，突然想起：「那日小師妹使『玉女劍十九式』，我爲甚麼要用青城派的松風劍法跟她對拆。莫非我心中存了對付林師弟的辟邪劍法之心？他林家福威鏢局家破人亡，全傷在青城派手中，我是故意的譏刺於他？我何以這等刻薄小氣？」轉念又想：「那日在衡山羣玉院中，我險些便命喪余滄海的掌力之下，全憑林師弟不顧自身安危，喝一聲『以大欺小，好不要臉』，余滄海這才留掌不發。說起來林師弟實可說於我有救命之恩。」言念及此，不由得好生慚愧，吁了一口氣，說道：「林師弟資質聰明，又肯用功，這幾個月來得小師妹指點劍法，想必進境迅速。可惜這一年中我不能下崖，否則他有恩於我，我該當好好助他練劍才是。」

岳靈珊秀眉一軒，道：「小林子怎地有恩於你了？我可從來不曾聽他說起過。」

令狐冲道：「他自己自然不會說。」於是將當日情景詳細說了。

岳靈珊出了會神，道：「怪不得爹爹讚他爲人有俠氣，因此在『塞北明駝』的手底下救了他出來。我瞧他傻呼呼的，原來他對你也曾挺身而出，這麼大喝一聲。」說到這裏，禁不住嗤的一聲笑，道：「憑他這一點兒本領，居然救過華山派的大師兄，曾爲華山掌門的女兒出頭而殺了青城掌門的愛子，單就這兩件事，已足以在武林中轟傳一時了。只是誰也料想不到，這樣一位愛打抱不平的大俠，嘿嘿，林平之林大俠，武功卻如此稀鬆平常。」

令狐冲道：「武功是可以練的，俠義之氣卻是與生俱來，人品高下，由此而分。」岳靈珊微笑道：「我聽爹爹和媽媽談到小林子時，也這麼說。大師哥，除了俠氣，還有一樣氣，你和小林子也不相上下。」令狐冲道：「甚麼還有一樣氣？脾氣麼？」岳靈珊笑道：「是傲氣，你兩個都驕傲得緊。」

陸大有突然插口道：「大師哥是一衆師弟妹的首領，有點傲氣是應該的。那姓林的是甚麼東西，憑他也配在華山要他那一份傲氣？」語氣中竟對林平之充滿了敵意。令狐冲一愕，問道：「六猴兒，林師弟甚麼時候得罪你了？」陸大有氣憤憤的道：「他可沒得罪我，只是師兄弟們大夥兒瞧不慣他那副德性。」

岳靈珊道：「六師哥怎麼啦？你老是跟小林子過不去。人家是師弟，你做師哥的該當包涵點兒才是。」陸大有哼了一聲，道：「他安份守己，那就罷了，否則我姓陸的第一個便容他不得。」岳靈珊道：「他到底怎麼不安份守己了？」陸大有道：「他……他……他……」說了三個「他」字便不說下去了。岳靈珊道：「到底甚麼事啊？這麼呑呑吐吐。」陸大有道：「但願六猴兒走了眼，看錯了事。」岳靈珊臉上微微一紅，就不再問。陸大有嚷著要走，岳靈珊便也和他一同下崖。

令狐冲站在崖邊，怔怔的瞧著他二人背影，直至二人轉過山坳。突然之間，山坳後面飄上來岳靈珊清亮的歌聲，曲調甚是輕快流暢。令狐冲和她自幼一塊兒長大，曾無數次聽她唱歌，這首曲子可從來沒聽見過。岳靈珊過去所唱都是陝西小曲，尾音吐得長長的，在山谷間悠然搖曳，這一曲卻猶似珠轉水濺，字字清圓。令狐冲傾聽歌詞，依稀只聽到：「姊妹，上山採茶去」幾個字，但她發音古怪，十分之八九只聞其音，不辨其義，心想：「小師妹幾時學了這首新歌，好聽得很啊，下次上崖來請她從頭唱一遍。」

突然之間，胸口忽如受了鐵鎚的重重一擊，猛地省悟：「這是福建山歌，是林師弟教她的！」

這一晚心思如潮，令狐冲再也沒法入睡，耳邊便是響著岳靈珊那輕快活潑、語音難辨的山歌聲。幾番自怨自責：「令狐冲啊令狐冲，你往日何等瀟洒自在，今日只爲了一首曲子，心裏卻如此擺脫不開，枉自爲男子漢大丈夫了。」

儘管自知不該，岳靈珊那福建山歌的音調卻總是在耳邊繚繞不去。他心頭痛楚，提起長劍，向著石壁亂砍亂削，但覺丹田中一股內力湧將上來，挺劍刺出，運力姿式，宛然便是岳夫人那一招「無雙無對，寧氏一劍」，嚓的一聲，長劍竟爾揷入石壁之中，直沒至柄。

令狐冲吃了一驚，自忖就算這幾個月中功力再進步得快，也決無可能一劍刺入石壁，直沒至柄，那要何等精純渾厚的內力貫注於劍刃之上，才能使劍刃入石，如刺朽木，縱然是師父、師娘，也未必有此能耐。他呆了一呆，向外一拉，拔出劍刃，手上登時感到，那石壁其實只薄薄的一層，隔得兩三寸便是空處，石壁彼端竟是空洞。

他好奇心起，提劍又是一刺，啪的一聲，一口長劍斷為兩截，原來這一次內勁不足，連兩三寸的石板也沒法穿透。他罵了一句，到石洞外拾起一塊斗大石頭，運力向石壁上砸去，石頭相擊，石壁後隱隱有回聲傳來，顯然其後有很大的空曠之處。他運力再砸，突然間砰的一聲響，石頭穿過石壁，落在彼端地下，但聽得砰砰之聲不絕，石頭不住滾落。

他發現石壁後別有洞天，霎時間便將滿腔煩惱拋在九霄雲外，又去拾了石頭再砸，砸不到幾下，石壁上破了一個洞孔，腦袋已可從洞中伸入。他將石壁上的洞孔再砸得大些，點了個火把，鑽將進去，只見裏面是一條窄窄的孔道，低頭看時，突然間全身出了一陣冷汗，只見便在自己足旁，伏著一具骷髏。

這情景實在太過出於意料之外，他定了定神，尋思：「難道這是前人的墳墓？但這具骸骨怎地不仰天躺臥，卻如此俯伏？瞧這模樣，這窄窄的孔道也不是墓道。」俯身看那骷髏，見他身上衣著已腐朽成爲塵土，露出皚皚白骨，骷髏身旁放著兩柄大斧，在火把照耀下兀自燦然生光。

他提起一柄斧頭，入手沉重，無虞四十來斤，舉斧往身旁石壁砍去，嚓的一聲，登時落下一大塊石頭。他又是一怔：「這斧頭如此鋒利，大非尋常，定是一位武林前輩的兵器。」又見石壁上斧頭斫過處十分光滑，猶如刀切豆腐一般，旁邊也都是利斧砍過的一片片切痕，微一凝思，不由得呆了，舉火把一路向下走去，滿洞都是斧削的痕跡，心下驚駭無已：「原來這條孔道竟是這人用利斧砍出來的。是了，他遭人囚禁在山腹之中，於是用利斧砍山，意圖破山而出，可是功虧一簣，離出洞只不過數寸，就此灰心，力盡而死。這人命運不濟，一至於此。」走了十餘丈，孔道仍未到盡頭，又想：「這人開鑿了如此長的山道，毅力之堅，武功之強，當眞千古罕有。」不由得對他好生欽佩。

又走幾步，只見地下又有兩具骷髏，一具倚壁而坐，一具蜷成一團，令狐冲尋思：「原來給囚在山腹中的，不止一人。」又想：「此處是我華山派根本重地，外人不易到來，難道這些骷髏，都是我華山派犯了門規的前輩，給囚死在此地的麼？」

再行數丈，順著甬道轉而向左，眼前出現了個極大的石洞，足可容得千人之衆，洞中又有七具骸骨，或坐或臥，身旁均有兵刃。一對鐵牌，一對判官筆，一根鐵棍，一根銅棒，一具似是雷震擋，另一件則是生滿狼牙的三尖兩刃刀，更有一件兵刃似刀非刀、似劍非劍，從來沒見過。令狐冲尋思：「使這些外門兵刃和那利斧之人，決不是本門弟子。」不遠處地下抛著十來柄長劍，他走過去俯身拾起一柄，見那劍較常劍爲短，劍身卻闊了一倍，入手沉重，心道：「這是泰山派的用劍。」其餘長劍，有的輕而柔軟，是恆山派的兵刃；有的劍身彎曲，是衡山派所用三種長劍之一；有的劍刃不開鋒，只劍尖極爲尖利，知是嵩山派中某些前輩喜用的兵刃；另有三柄劍，長短輕重正是本門的常規用劍。他越來越奇：「這裏抛滿了五嶽劍派的兵刃，那是甚麼緣故？」

舉起火把往山洞四壁察看，只見右首山壁離地數丈處突出一塊大石，似是個平台，大石之下石壁上刻著十六個大字：「五嶽劍派，無恥下流，比武不勝，暗算害人。」每四字一行，一共四行，每個字都有尺許見方，深入山石，是用極鋒利的兵刃刻入，深達數寸。十六個字稜角四射，大有劍拔弩張之態。又見十六個大字之旁更刻了無數小字，都是些「卑鄙無賴」、「可恥已極」、「低能」、「懦怯」等等詛咒字眼，滿壁盡是罵人的語句。令狐冲甚是氣惱，心想：「原來這些人是給我五嶽劍派擒住了囚禁在此，滿腔氣憤，無可發洩，便在石壁上刻些罵人的話，這等行逕才卑鄙無恥。」又想：「卻不知這些是甚麼人？既與五嶽劍派爲敵，自不是甚麼好人了。」

舉起火把更往石壁上照看時，只見一行字刻著道：「范松趙鶴破恆山劍法於此。」這一行之旁是無數人形，每兩個人形一組，一個使劍而另一個使斧，粗略一計，少說也有五六百個人形，顯然是使斧的人形在破解使劍人形的劍法。

在這些人形之旁，赫然出現一行字跡：「張乘風張乘雲盡破華山劍法。」令狐冲勃然大怒，心道：「無恥鼠輩，大膽狂妄已極。華山劍法精微奧妙，天下能擋得住的已屈指可數，有誰膽敢說得上一個『破』字？更有誰膽敢說是『盡破』？」回手拾起泰山派的那柄重劍，運力往這行字上砍去，噹的一聲，火花四濺，那個「盡」字給他砍去了一角，但便從這一砍之中，察覺石質甚是堅硬，要在這石壁上繪圖寫字，雖有利器，卻也十分不易。

一凝神間，看到那行字旁一個圖形，使劍人形雖只草草數筆，線條甚為簡陋，但從姿形之中可以明白看出，那正是本門基本劍法的一招「有鳳來儀」，劍勢飛舞而出，輕盈靈動。與之對拆人形手中持著一條直線形的兵刃，不知是棒棍還是槍矛，但見這件兵刃之端直指對方劍尖，姿式異常笨拙。令狐冲嘿嘿一聲冷笑，尋思：「本門這招『有鳳來儀』，內藏五個後著，豈是這一招笨招所能破解？」

但再看那圖中那人的身形，笨拙之中卻含著有餘不盡、綿綿無絕之意。「有鳳來儀」這一招儘管有五個後著，可是那人這一條棒棍之中，隱隱似乎含有六七種後著，大可對付得了「有鳳來儀」的諸般後著。

令狐冲凝視著這個寥寥數筆的人形，不勝駭異，尋思：「本門這一招『有鳳來儀』

招數本極尋常，但後著卻威力極大，敵手知機的便擋格閃避，倘若犯難破拆，非吃大虧不可，可是對方這一棍，委實便能破了我們這招『有鳳來儀』，這……這……這……」漸漸的自驚奇轉爲欽佩，內心深處，更不禁大有惶恐之情。

他呆呆凝視這兩個人形，也不知過了多少時候，突然之間，右手上覺得一陣劇烈疼痛，卻是火把燃到盡頭，燒到了手上。他甩手拋開火把，心想：「火把一燒完，洞中便黑漆一團。」忙奔到前洞，拿了十幾根用以燒火取暖的松柴，奔回後洞，在即將燒盡的火把上點著了，仍瞧著這兩個人形，心想：「這使棍的如功力和本門劍手相若，本門劍手便有受傷之虞；如對方功力稍高，則兩招相逢，本門劍手立時便得送命。我們這招『有鳳來儀』……確確實實是給人家破了，不管用了！」

他側頭再看第二組圖形時，見使劍的所使是本門一招「蒼松迎客」，登時精神一振，這一招他當年足足花了一個月時光才練得純熟，已成爲他臨敵時的絕招之一。他興奮之中微感惶恐，只怕這一招又爲人所破，看那使棍的人形時，卻見他手中共有五條棍子，分擊使劍人形下盤五個部位。他登時一怔：「怎地有五條棍子？」但一看使棍人形的姿式，便即明白：「這不是五條棍子，是他在一剎那間連續擊出五棍，分取對方下盤五處。可是他快我也快，他未必來得及連出五棍。這招『蒼松迎客』畢竟破解不了。」正自得意，忽然一呆，終於想到：「他不是連出五棍，而是在這五棍的方位中任擊一棍，我卻如何躲避？」

他拾起一柄本門的長劍，使出「蒼松迎客」那一招來，再細看石壁上圖形，想像對方一棍擊來，倘若知道他定從何處攻出，自有對付之方，但他那一棍可以從五個方位中任何一個方位擊至，那時自己長劍已刺在外門，勢必不及收回，除非這一劍先行將他刺死，否則自己下盤必遭擊中，但對方既屬高手，豈能期望一劍定能制彼死命？眼見敵人沉肩滑步的姿式，定能在間不容髮的情勢下避過自己這一劍，這一劍既給避過，反擊之來，自己可就避不過了。這麼一來，華山派的絕招「蒼松迎客」豈不又給人破了？

令狐冲回想過去三次曾以這一招「蒼松迎客」取勝，倘若對方見過這石壁上的圖形，知道以此反擊，則對方不論使棍使槍、使棒使矛，如此還手，自己非死即傷，只怕今日世上早已沒有令狐冲這個人了。他越想越心驚，額頭冷汗涔涔而下，自言自語：「不會的，不會的！要是『蒼松迎客』眞有此法可以破解，師父怎會不知？怎能不向我警告？」但他對這一招的精要訣竅確實所知甚稔，眼見使棍人形這五棍之來，凌厲已極，雖只石壁上短短的五條線，每一線卻都似重重打在他腿骨、脛骨上一般。突然之間，大腿一陣抽痛，不自禁的坐倒在地。

慢慢起身，再看下去，石壁上所刻劍招皆是本門絕招，而對方均以巧妙無倫、狠辣之極的招數破去，令狐冲越看越心驚，待看到一招「無邊落木」時，見對方棍棒的還招軟弱無力，純係守勢，不由得吁了口長氣，心道：「這一招你畢竟破不了啦。」

記得去年臘月，師父見大雪飛舞，興致甚高，聚集了一眾弟子講論劍法，最後施展了這招「無邊落木」出來，但見他一劍快似一劍，每一劍都閃中了半空中飄下來的一朵雪花，連師娘都鼓掌喝采，說道：「師哥，這一招我可服你了，華山派確該由你做掌門人。」師父笑道：「執掌華山一派門戶，憑德不憑力，未必一招劍法使得純熟些，便能做掌門人了。」師娘笑道：「羞不羞？你那一門德行比我高了？」師父笑了笑，便不再說。師娘極少服人，常愛和師父爭勝，連她都服，則這招「無邊落木」的厲害可想而知。後來師父講解，這一招的名字取自一句唐詩，就叫做「無邊落木」甚麼的，師父當時唸過，可不記得了，好像是說千百棵樹木上的葉子紛紛飄落，這招劍法也要如此四面八方的都照顧到。

再看那使棍人形，但見他縮成一團，姿式極不雅觀，一副招架無方的挨打神態，令狐冲正覺好笑，突然之間，臉上笑容僵硬了起來，背上一陣冰涼，寒毛直豎。他目不轉瞬的凝視那人手中所持棍棒，越看越覺得這棍棒所處方位委實巧妙到了極處。「無邊落木」這一招中刺來的九劍、十劍、十一劍、十二劍……每一劍勢必都刺在這棍棒之上，這棍棒驟看之下似是極拙，卻乃極巧，形似奇弱，實則至強，當眞到了「以靜制動，以拙御巧」的極詣。

霎時之間，他對本派武功信心全失，只覺縱然學到了如師父一般爐火純青的劍術，遇到這使棍棒之人，那也是縛手縛腳，絕無抗禦的餘地，那麼這門劍術學下去更有何用？難道華山派劍術當眞如此不堪一擊？眼見洞中這些骸骨腐朽已久，少說也有三四十年，何以五嶽劍派至今仍稱雄江湖，沒聽說那一派劍法眞的能爲人所破？但若說壁上這些圖形不過紙上談兵，卻又不然，嵩山等派劍法是否爲人所破，他雖不知，但他嫻熟華山劍法，深知倘若陡然間遇上對方這等高明之極的招數，定非一敗塗地不可。

他便如給人點中了穴道，呆呆站著不動，腦海之中，一個個念頭卻層出不窮的閃過，也不知過了多少時候，只聽得有人在大叫：「大師哥，大師哥，你在那裏？」

令狐冲一驚，急從石洞中轉身而出，急速穿過窄道，鑽過洞口，回入自己的山洞，只聽得陸大有正向著崖外呼叫。令狐冲從洞中縱出，轉到後崖一塊大石之後，盤膝坐好，叫道：「我在這裏打坐。六師弟，有甚麼事？」

陸大有循聲過來，喜道：「大師哥在這裏啊！我給你送飯來啦。」令狐冲從黎明起始凝視石壁上的招數，心有專注，不知時刻之過，此時竟然已是午後。他居住的山洞是靜居思過之處，陸大有不敢擅入，那山洞甚淺，一瞧不見令狐冲在內，便到崖邊尋找。

令狐冲見他右頰上敷了一大片草藥，血水從青綠的草藥糊中滲將出來，顯是受了不輕的創傷，忙問：「咦！你臉上怎麼了？」陸大有道：「今早練劍不小心，迴劍時劃了一下，眞蠢！」令狐冲見他神色間氣憤多於慚愧，料想必有別情，便道：「六師弟，到底是怎生受的傷？難道你連我也瞞麼？」

陸大有氣憤憤的道：「大師哥，不是我敢瞞你，只是怕你生氣，因此不說。」令狐冲問：「是給誰刺傷的？」心下奇怪，本門師兄弟素來和睦，從沒打架相鬥之事，難道是山上來了外敵？陸大有道：「今早我和林師弟練劍，他剛學會了那招『有鳳來儀』，我一個不小心，給他劃傷了臉。」令狐冲道：「師兄弟們過招，偶有失手，平常得很，那也不用生氣。林師弟初學乍練，收發不能自如，須怪不得他。只是你未免太大意了。這招『有鳳來儀』威力不小，該當小心應付才是。」

陸大有道：「是啊，可是我怎料得到這……這姓林的入門沒幾個月，便練成了『有鳳來儀』？我是拜師後第五年上，師父才要你傳我這一招的。」

令狐冲微微一怔，心想林師弟入門數月，便學成這招「有鳳來儀」，進境確是太過快速，若非天縱聰明而有過人之能，那便根基不穩，邋等以求速成，於他日後練功反而大有妨礙，不知師父何以這般快的傳他。

陸大有又道：「當時我乍見之下，吃了一驚，便給他劃傷了。小師妹還在旁拍手叫好，說道：『六猴兒，你連我的徒弟也打不過，以後還敢在我面前逞英雄麼？』那姓林的小子自知不合，過來給我包紮傷口，卻給我踢了個觔斗。小師妹怒道：『六猴兒，人家好心給你包紮，你怎地打不過人家，便老羞成怒了？』大師哥，原來是小師妹偷偷傳給他的。」

剎那之間，令狐冲心頭感到一陣強烈的酸苦，這招「有鳳來儀」甚是難練，五個後著變化繁複，又有種種訣竅，小師妹教會林師弟這招劍法，定是花了無數心機、不少功夫，這些日子中她不上崖來，原來整日便和林師弟在一起。岳靈珊生性好動，極不耐煩做細磨功夫，爲了要強好勝，自己學劍尚有耐心，要她教人，卻極難望其能悉心指點，現下居然將這招變化繁複的「有鳳來儀」教會了林平之，則對這師弟的關心愛護可想而知。他過了好一陣，心頭較爲平靜，才淡淡的道：「你怎地去和林師弟練劍了？」

陸大有道：「昨日我和你說了那幾句話，小師妹聽了很不樂意，下峯時一路跟我嘮叨，今日一早便拉我去跟林師弟拆招。我毫無戒心，拆招便拆招。那知小師妹暗中教了姓林的小子好幾手絕招。我出其不意，中了他暗算。」

令狐冲越聽越明白，定是這些日子中岳靈珊和林平之甚爲親熱，陸大有和自己交好，看不過眼，不住的冷言譏刺，甚至向林平之辱罵生事，也不出奇，便道：「你罵過林師弟好幾次了，是不是？」

陸大有氣憤憤的道：「這卑鄙無恥的小白臉，我不罵他罵誰？他見到我怕得很，我罵了他，從來不敢回嘴，一見到我，轉頭便即避開，沒想到……沒想到這小子竟這般陰毒。哼！憑他能有多大氣候，若不是師妹背後撐腰，這小子能傷得了我？」

令狐冲心頭湧上一股難以形容的苦澀滋味，隨即想起後洞石壁上那招專破「有鳳來儀」的絕招，從地下拾起一根樹枝，隨手擺了個姿式，便想將這一招傳給陸大有，但轉念一想：「六師弟對那姓林的小子惱恨已極，此招既出，定然令他重傷，師父師娘追究起來，我們二人定受重責，這事萬萬不可。」便道：「吃一次虧，學一次乖，以後別再上當，也就是了。自己師兄弟，過招時的小小勝敗，也不必在乎。」

陸大有道：「是。可是大師哥，我能不在乎，你……你也能不在乎嗎？」

令狐冲知他說的是岳靈珊之事，心頭感到一陣劇烈痛楚，臉上肌肉也扭曲了起來。

陸大有一言既出，便知這句話大傷師哥之心，忙道：「我……我說錯了。」令狐冲握住他手，緩緩的道：「你沒說錯。我怎能不在乎？不過……不過……」隔了半晌，道：「六師弟，這件事咱們此後再也別提。」陸大有道：「是！大師哥，那招『有鳳來儀』，你教過我的。我一時不留神，才著了那小子的道兒。我一定好好去練，用心去練，要教這小子知道，到底大師哥教的強，還是小師妹教的強。」

令狐冲慘然一笑，說道：「那招『有鳳來儀』，嘿嘿，其實也算不了甚麼。」

陸大有見他神情落寞，只道小師妹冷淡了他，以致他心灰意懶，當下也不敢再說甚麼，陪著他吃過了酒飯，收拾了自去。

令狐冲閉目養了會神，點了個松明火把，又到後洞去看石壁上的劍招。初時總是想著岳靈珊如何傳授林平之劍術，說甚麼也不能凝神細看石壁上的圖形，壁上寥寥數筆勾勒成的人形，似乎一個個都幻化爲岳靈珊和林平之，一個在教，一個在學，神態親密。他眼前晃來晃去，都是林平之那俊美的相貌，不由得嘆了口長氣，心想：「林師弟相貌比我俊美十倍，年紀又比我小得多，只比小師妹大一兩歲，兩人自然容易說得來。」

突然之間，瞥見石壁上圖形中使劍之人刺出一劍，運勁姿式，劍招去路，宛然便是岳夫人那一招「無雙無對，寧氏一劍」，令狐冲大吃一驚，心道：「師娘這招明明是她臨時自創的，怎地石壁上早就刻下了?這可奇怪之極了。」

仔細再看圖形，才發覺石壁上這一劍和岳夫人所創的劍招之間，實有頗大不同，石壁上的劍招更加渾厚有力，更爲樸實無華，顯然出於男子之手，一劍之出，眞正便只一劍，不似岳夫人那一劍暗藏無數後著，只因更爲單純，就也更爲凌厲。令狐冲暗暗點頭：「師娘所創的這一劍，原來暗合前人劍意。其實也並不奇怪，兩者都是從華山劍法的基本道理中變化出來的，只消兩人的功力和悟性相差不遠，自然會有大同小異的創製。」又想：「如此說來，這石壁上的種種劍招，有許多是連師父和師娘都不知道了。難道師父於本門的高深劍法竟沒學全麼?」但見對手那一棍也是逕自直點，以棍端對準劍尖，一劍一棍，聯成了一條直線。

令狐冲看到這一條直線，情不自禁的大叫一聲：「不好了！」手中火把落地，洞中登時全黑。他心中出現了極強的懼意，只說：「那怎麼辦？那怎麼辦？」

他淸淸楚楚的看到了，一棍一劍既針鋒相對，棍硬劍柔，雙方均以全力點出，則長劍非從中折斷不可。這一招雙方的後勁都綿綿不絕，棍棒不但會乘勢直點過去，而且劍上後勁還會反擊自身，委實無法可解。

跟著腦海中又閃過了一個念頭：「當眞無法可解？卻也不見得。兵刃既斷，對方棍棒疾點過來，這當兒還可拋去斷劍，身子向前疾撲，便能消解了棍上之勢。可是像師父、師娘這等大有身分的劍術名家，能使這般姿式麼？那自然是寧死不辱的了。唉，一敗塗地！一敗塗地！」

悄立良久，取火刀火石打著了火，點起火把，向石壁再看下去，只見壁上所刻劍招愈出愈奇，越來越精，最後數十招直是變幻難測，奧秘無方，但不論劍招如何厲害，對方的棍棒必有更加厲害的剋制之法。華山派劍法圖形盡處，刻著使劍者拋棄長劍，俯首屈膝，跪在使棍者的面前。令狐冲胸中憤怒早已盡消，只餘一片沮喪之情，雖覺使棍者此圖形未免驕傲刻薄，但華山派劍法爲其盡破，再也沒法與之爭雄，卻也是千眞萬確，絕無可疑。

這一晚間，他在後洞來來回回的不知繞了幾千百個圈子，他一生之中，從未受過這般巨大的打擊。心中只想：「華山派名列五嶽劍派，是武林中享譽已久的名門大派，豈知本派武功竟如此不堪一擊。石壁上的劍招，至少有百餘招是連師父、師娘也不知道的，但即使練成了本門的最高劍法，連師父也遠遠不及，卻又有何用？只要對方知曉了破解之法，本門的最強高手還是要棄劍投降。倘若不肯服輸，便只有自殺了。」

徘徊來去，焦慮苦惱，這時火把早已熄了，也不知過了多少時候，又點燃火把，看著那跪地投降的人形，愈想愈氣惱，提起劍來，便要往石壁上削去，劍尖將要及壁，突然動念：「大丈夫光明磊落，輸便是輸，贏便是贏，我華山派技不如人，有甚麼話可說？」拋下長劍，長嘆了一聲。

再去看石壁上的其餘圖形時，只見嵩山、衡山、泰山、恆山四派的劍招，也全讓對手破盡破絕，其勢無可挽救，最後也均跪地投降。令狐冲在師門日久，見聞廣博，於嵩山等派的劍招雖不能明其精深之處，但大致要義卻都聽人說過，眼見石壁上所刻四派劍招，沒一招不是十分高明凌厲之作，但每一招終是爲對方所破。

他驚駭之餘，心中充滿了疑竇：「范松、趙鶴、張乘風、張乘雲這些人，到底是甚麼來頭？怎地花下如許心思，在石壁上刻下破我五嶽劍派的劍招之法，他們自己在武林中卻沒沒無聞？而我五嶽劍派居然又得享大名至今？」

心底隱隱覺得，五嶽劍派今日在江湖上揚威立萬，實不免頗有點欺世盜名，至少也是僥倖之極。五家劍派中數千名師長弟子，所以得能立足於武林，全仗這石壁上的圖形未得洩漏於外，心中忽又生念：「我何不提起大斧，將石壁上的圖形砍得乾乾淨淨，不在世上留下絲毫痕跡？那麼五嶽劍派的令名便可得保了。只當我從未發見過這個後洞，那便是了。」

他轉身去提起大斧，回到石壁之前，但看到壁上種種奇妙招數，這一斧始終砍不下去，沉吟良久，終於大聲說道：「這等卑鄙無恥的行逕，豈是令狐冲所爲？」

突然之間，又想起那個青袍蒙面客來：「這人劍術如此高明，多半和這洞裏的圖形大有關連。這人是誰？這人是誰？」

回到前洞想了半日，又到後洞去察看壁上圖形，這等忽前忽後，也不知走了多少次，眼見天色向晚，忽聽得腳步聲響，岳靈珊提了飯籃上來。令狐冲大喜，急忙迎到崖邊，叫道：「小師妹！」聲音也發顫了。

岳靈珊不應，上得崖來，將飯籃往大石上重重一放，一眼也不向他瞧，轉身便行。令狐冲大急，叫道：「小師妹，小師妹，你怎麼了？」岳靈珊哼了一聲，右足一點，縱身便即下崖，任由令狐冲一再叫喚，她始終不應一聲，也始終不回頭瞧他一眼。令狐冲心情激盪，一時不知如何是好，打開飯籃，但見一籃白飯，兩碗素菜，卻沒了那一小葫蘆酒。他痴痴的瞧著，不由得呆了。

他幾次三番想要吃飯，但只吃得一口，便覺口中乾澀，食不下咽，終於停箸不食，尋思：「小師妹倘若惱了我，何以親自送飯來給我？倘若不惱我，何以一句話不說，眼角也不向我瞧一眼？難道是六師弟病了，以致要她送飯來？可是六師弟不送，五師弟、七師弟、八師弟他們都能送飯，爲甚麼小師妹卻要自己上來？」思潮起伏，推測岳靈珊的心情，卻把後洞石壁的武功置之腦後了。

次日傍晚，岳靈珊又送飯來，仍一眼也不向他瞧，一句話也不向他說，下崖之時，卻大聲唱起福建山歌來。令狐冲更加心如刀割，尋思：「原來她是故意氣我來著。」

第三日傍晚，岳靈珊又這般將飯籃在石上重重一放，轉身便走，令狐冲再也忍耐不住，叫道：「小師妹，留步，我有話跟你說。」岳靈珊轉過身來，道：「有話請說。」令狐冲見她臉上猶如罩了一層嚴霜，竟沒半點笑意，喃喃的道：「你……你……你……」岳靈珊道：「我怎樣？」令狐冲道：「我……我……」他平時瀟洒倜儻，口齒伶俐，但這時竟然一句話也說不出來。岳靈珊道：「你沒話說，我可要走了。」轉身便行。

令狐冲大急，心想她這一去，要到明晚再來，今日不將話問明白了，這一晚心情煎熬，如何能挨得過去？何況瞧她這等神情，說不定明晚便不再來，甚至一個月不來也不出奇，情急之下，伸手便拉住她左手袖子。岳靈珊怒道：「放手！」用力一掙，嗤的一聲，登時將那衣袖扯了下來，露出雪白的大半條手膀。

岳靈珊又羞又急，只覺一條裸露的手膀無處安放，她雖是學武之人，於小節不如尋常閨女般拘謹，但突然間裸露了這一大段臂膀，卻也狼狽不堪，叫道：「你……大膽！」令狐冲忙道：「小師妹，對……對不起，我……我不是故意的。」岳靈珊將右手袖子翻起，罩在左膀之上，厲聲道：「你到底要說甚麼？」

令狐冲道：「我便是不明白，爲甚麼你對我這樣？當眞是我得罪了你，小師妹，你……你……拔劍在我身上刺十七八個窟窿，我……我也死而無怨。」

岳靈珊冷笑道：「你是大師兄，我們怎敢得罪你啊？還說甚麼刺十七八個窟窿呢，我們是你師弟師妹，你不加打罵，大夥兒已謝天謝地啦。」令狐冲道：「我苦苦思索，當眞想不明白，不知那裏得罪了師妹。」岳靈珊氣虎虎的道：「你不明白！你叫六猴兒在爹爹、媽媽面前告狀，你就明白得很了。」令狐冲大奇，道：「我叫六師弟向師父、師娘告狀了？告……告你麼？」岳靈珊道：「你明知爹爹媽媽疼我，告我也沒用，偏生這麼鬼聰明，去告了……告了……哼哼，還裝腔作勢，你難道眞的不知道？」

令狐冲心念一動，登時雪亮，卻愈增酸苦，道：「六師弟和林師弟比劍受傷，師父師娘知道了，因而責罰了林師弟，是不是？」心想：「只因師父師娘責罰了林師弟，你便如此生我的氣。」

岳靈珊道：「師兄弟比劍，一個失手，又不是故意傷人，爹爹卻偏袒六猴兒，狠狠罵了小林子一頓，又說小林子功力未到，不該學『有鳳來儀』這等招數，不許我再教他練劍。好了，是你贏啦！可是……可是……我……我再也不來理你，永遠永遠不睬你！」這「永遠永遠不睬你」七字，原是平時她和令狐冲鬧著玩時常說的言語，但以前說時，眼波流轉，口角含笑，那有半分「不睬你」之意？這一次卻神色嚴峻，語氣中也充滿了當眞割絕的決心。

令狐冲踏上一步，道：「小師妹，我……」他本想說：「我確實沒叫六師弟去向師父師娘告狀。」但轉念又想：「我問心無愧，並沒做過此事，何必爲此向你哀懇乞憐？」說了一個「我」字，便沒接口說下去。

岳靈珊道：「你怎樣？」

令狐冲搖頭道：「我不怎麼樣！我只是想，就算師父師娘不許你教林師弟練劍，也不是甚麼大不了的事，又何必惱我到這等田地？」

岳靈珊臉上一紅，道：「我便是惱你，我便是惱你！你心中儘打壞主意，以爲我不教林師弟練劍，便能每天來陪你了。哼，我永遠永遠不睬你。」右足重重一蹬，下崖去了。

這一次令狐冲不敢再伸手拉扯，滿腹氣苦，耳聽得崖下又響起了她清脆的福建山歌。走到崖邊，向下望去，只見她苗條的背影正在山坳邊轉過，依稀見到她左膀攏在右袖之中，不禁躭心：「我扯破了她的衣袖，她如去告知師父師娘，他二位老人家還道我對小師妹輕薄無禮，那……那……那便如何是好？這件事傳了出去，連一衆師弟師妹也都要瞧我不起了，我令狐冲還能做人麼？」隨即心想：「我又不是眞的對她輕薄。人家愛怎麼想，我管得著麼？」

但想到她只是爲了不能對林平之教劍，竟如此惱恨自己，實不禁心中大爲酸楚，初時還可自己寬慰譬解：「小師妹年輕好動，我既在崖上思過，沒人陪她說話解悶，她便找上了年紀和她相若的林師弟作個伴兒，其實又豈有他意？」但隨即又想：「我和她一同長大，情誼何等深重？林師弟到華山來還不過幾個月，可是親疏厚薄之際，竟能這般不同。」言念及此，卻又氣苦。

這一晚，他從洞中走到崖邊，又從崖邊走到洞中，來來去去，不知走了幾千百次，次日又是如此，心中只是想著岳靈珊，對後洞石壁上的圖形，以及那晚突然出現的青袍人，盡皆置之腦後了。

到得傍晚，卻是陸大有送飯上崖。他將飯菜放在石上，盛好了飯，說道：「大師哥，用飯。」令狐冲嗯了一聲，拿起碗筷扒了兩口，實是食不下咽，向崖下望了一眼，緩緩放下了飯碗。陸大有道：「大師哥，你臉色不好，身子不舒服麼？」令狐冲搖頭道：「沒甚麼。」陸大有道：「這草菇是我昨天去給你採的，你試試味道看。」令狐冲不忍拂他之意，挾了兩隻草菇來吃了，道：「很好。」其實草菇滋味雖鮮，他何嘗感到了半分甜美之味？

陸大有笑嘻嘻的道：「大師哥，我跟你說一個好消息，師父師娘打從前兩天起，不許小林子跟小師妹學劍啦。」令狐冲冷冷的道：「你鬥劍鬥不過林師弟，便向師父師娘哭訴去了，是不是？」陸大有跳了起來，道：「誰說我鬥他不過了？我……我是為……」說到這裏，立時住口。

令狐冲早已明白，雖然林平之憑著一招「有鳳來儀」出其不意的傷了陸大有，但畢竟陸大有入門日久，林平之無論如何不是他對手。他所以向師父師娘告狀，實則是為了自己。令狐冲突然心想：「原來一衆師弟師妹，心中都在可憐我，都知小師妹從此不跟我好了。只因六師弟和我交厚，這才設法幫我挽回。哼哼，大丈夫豈受人憐？」

突然之間，他怒發如狂，拿起飯碗菜碗，一隻隻的都投入了深谷之中，叫道：「誰要你多事？誰要你多事？」

陸大有吃了一驚，他對大師哥素來敬重佩服，不料竟激得他如此惱怒，心下甚是慌亂，不住倒退，只道：「大師哥，大……師哥。」令狐冲將飯菜盡數拋落深谷，餘怒未息，隨手拾起一塊塊石頭，不住投入深谷之中。陸大有道：「大師哥，是我不好，你……

……打我好了。」

令狐冲手中正舉起一塊石頭，聽他這般說，轉過身來，厲聲道：「你有甚麼不好？」陸大有嚇得又退了一步，囁嚅道：「我……我……我不知道！」令狐冲一聲長嘆，將手中石頭遠遠投了出去，走過去拉住陸大有雙手，溫言道：「六師弟，對不起，是我自己心中發悶，可跟你毫不相干。」

陸大有鬆了口氣，道：「我下去再給你送飯來。」令狐冲搖頭道：「不，不用了，我不想吃。」陸大有見大石上昨日飯籃中的飯菜兀自完整不動，不由得臉有憂色，說道：「大師哥，你昨天也沒吃飯？」令狐冲強笑一聲，道：「你不用管，這幾天我胃口不好。」

陸大有不敢多說，次日還不到未牌時分，便即提飯上崖，心想：「今日弄到了一大壺好酒，又煮了兩味好菜，無論如何要勸大師哥多吃幾碗飯。」上得崖來，卻見令狐冲睡在洞中石上，神色憔悴。他心中微驚，說道：「大師哥，你瞧這是甚麼？」提起酒葫蘆晃了幾晃，拔開葫蘆上的塞子，登時滿洞都是酒香。

令狐冲當即接過，一口氣喝了半壺，讚道：「這酒可不壞啊。」陸大有甚是高興，道：「我給你裝飯。」令狐冲道：「不，這幾天不想吃飯。」陸大有道：「只吃一碗罷。」說著給他滿滿裝了一碗。令狐冲見他一番好心，只得道：「好，我喝完了酒再吃飯。」

可是這一碗飯，令狐冲畢竟沒吃。次日陸大有再送飯上來時，見這碗飯仍滿滿的放在石上，令狐冲卻躺在地下睡著了。陸大有見他雙頰潮紅，伸手摸他額頭，觸手火燙，竟是在發高燒，不禁耽心，低聲道：「大師哥，你病了麼？」令狐冲道：「酒，酒，給我酒！」陸大有雖帶了酒來，卻不敢給他，倒了一碗清水送到他口邊。令狐冲坐起身來，將一大碗水喝乾了，叫道：「好酒，好酒！」仰天重重睡倒，兀自喃喃的叫道：「好酒，好酒！」

陸大有見他病勢不輕，甚是憂急，偏生師父師娘這日一早又有事下山去了，當即飛奔下崖，去告知了勞德諾等眾師兄。岳不羣雖有嚴訓，除了每日一次送飯外，不許門人上崖和令狐冲相見，眼下他既有病，上去探病，諒亦不算犯規。但眾門人仍不敢一同上崖，商量了大夥兒分日上崖探病，先由勞德諾和梁發兩人上去。

陸大有又去告知岳靈珊，她餘憤兀自未息，冷冷的道：「大師哥內功精湛，怎會有病？我才不上這當呢。」

令狐冲這場病來勢著實兇猛，接連四日四晚昏睡不醒。陸大有向岳靈珊苦苦哀求，請她上崖探視，差點便要跪在她面前。岳靈珊才知不假，也著急起來，和陸大有同上崖去，只見令狐冲雙頰深陷，蓬蓬的鬍子生得滿臉，渾不似平時瀟洒倜儻的模樣。岳靈珊心下歉仄，走到他身邊，柔聲道：「大師哥，我來探望你啦，你別再生氣了，好不好？」

令狐冲神色漠然，睜大了眼睛向她瞧著，眼光中流露出迷茫之色，似乎並不相識。岳靈珊道：「大師哥，是我啊。你怎麼不睬我？」令狐冲仍呆呆瞪視，過了良久，閉眼睡著了，直至陸大有和岳靈珊離去，他始終沒再醒來。

這場病直生了一個多月，這才漸漸痊可。這一個多月中，岳靈珊曾來探視了三次。第二次上令狐冲神智已復，見到她時十分欣喜。第三次她再來探病時，令狐冲已可坐起身來，吃了幾塊她帶來的點心。

但自這次探病之後，她卻又絕足不來。令狐冲自能起身行走之後，每日之中，倒有大半天是在崖邊等待這小師妹的倩影，可是每次見到的，若非空山寂寂，便是陸大有佝僂著身子快步上崖的形相。

令狐冲順手摸到腰間劍鞘，身子一矮，沉腰坐腿，將劍鞘對準了岳夫人的來劍，聯成一線，但聽得嚓的一聲響，岳夫人的長劍直插入劍鞘之中。

九　邀客

這日傍晚，令狐冲又在崖上凝目眺望，卻見兩個人形迅速異常的走上崖來，前面一人衣裙飄飄，是個女子。他見這二人輕身功夫甚高，在危崖峭壁之間行走如履平地，凝目看時，竟是師父和師娘。他大喜之下，縱聲高呼：「師父、師娘！」片刻之間，岳不羣和岳夫人雙雙縱上崖來，岳夫人手中提著飯籃。依照華山派歷來相傳門規，弟子受罰在思過崖上面壁思過，同門師兄弟除了送飯，不得上崖與之交談，即是受罰者的徒弟，也不得上崖叩見師父。那知岳不羣夫婦居然親自上崖，令狐冲不勝之喜，搶上拜倒，抱住了岳不羣的雙腿，叫道：「師父、師娘，可想煞我了。」

岳不羣眉頭微皺，他素知這個大弟子率性任情，不善律己，那正是修習華山派上乘氣功的大忌。夫婦倆上崖之前早已問過病因，衆弟子雖未明言，但從各人言語之中，已推測到此病是因岳靈珊而起，待得叫女兒來細問，見她言詞吞吐閃爍，神色忸怩尷尬，知道得更清楚了。這時眼見他眞情流露，顯然在思過崖上住了半年，自律功夫絲毫也沒長進，心下頗爲不懌，哼了一聲。

岳夫人伸手扶起令狐冲，見他容色憔悴，大非往時神采飛揚的情狀，不禁心生憐惜，柔聲道：「冲兒，你師父和我剛從關外回來，聽到你生了一場大病，現下可大好了罷？」令狐冲胸口一熱，眼淚險些奪眶而出，說道：「已全好了。師父、師娘兩位老人家一路辛苦，你們今日剛回，卻便上來……上來看我。」說到這裏，心情激動，話聲哽咽，轉過頭去擦了擦眼淚。

岳夫人從飯籃中取出一碗參湯，道：「這是關外野山人參熬的參湯，於身子大有補益，快喝了罷。」令狐冲想起師父、師娘萬里迢迢的從關外回來，攜來的人參第一個便給自己服食，心下感激，端起碗時右手微顫，竟將參湯潑了少許出來。岳夫人伸手過去，要將參湯接過來餵他。令狐冲忙大口將參湯喝完了，道：「多謝師父、師娘。」

岳不羣伸指過去，搭他脈搏，只覺弦滑振速，以內功修爲而論，比之以前反而大大退步了，心中更加不快，淡淡的道：「病是好了！」過了片刻，又道：「冲兒，你在思過崖上這幾個月，到底在幹甚麼？怎地內功非但沒長進，反而後退了？」令狐冲俯首道：「是，師父、師娘恕罪。」岳夫人微笑道：「冲兒生了一場大病，現下還沒全好，內力自然不如從前。難道你盼他越生病，功夫越強麼？」

岳不羣搖了搖頭，說道：「我查考他的不是身子強弱，而是內力修為，這跟生不生病無關。本門氣功與別派不同，只須勤加修習，縱在睡夢中也能不斷進步。何況沖兒修練本門氣功已逾十年，若非身受外傷，本就不該生病，總之……總之是七情六慾不善控制之故。」

岳夫人知丈夫所說不錯，向令狐沖道：「沖兒，你師父向來諄諄告誡，要你用功練氣練劍，罰你在思過崖上獨修，其實也並非眞的責罰，只盼你不受外事所擾，在這一年之內，不論氣功和劍術都有突飛猛進，不料……不料……唉……」

令狐沖大是惶恐，低頭道：「弟子知錯了，今日起便當好好用功。」

岳不羣道：「武林之中，變故日多。我和你師娘近年來四處奔波，眼見所伏禍胎難以消解，來日必有大難，心下實是不安。」他頓了一頓，又道：「你是本門大弟子，我和你師娘對你期望甚殷，盼你他日能為我們分任艱巨，抵擋禍患，光大華山一派。但你牽纏於兒女私情，不求上進，荒廢武功，可令我們失望得很了。」

令狐沖見師父臉上憂色甚深，更加愧懼交集，當即拜伏於地，說道：「弟子……弟子該死，辜負了師父、師娘的期望。」

岳不羣伸手扶他起來，微笑道：「你既已知錯，那便是了。半月之後，再來考較你的劍法。」說著轉身便行。令狐冲叫道：「師父，有一件事……」想要稟告後洞石壁上圖形和那青袍人之事。岳不羣揮一揮手，下崖去了。

岳夫人低聲道：「這半月中務須用功，熟習劍法。此事與你將來一生大有關連，千萬不可輕忽。」令狐冲道：「是。師娘……」又待再說石壁劍招和青袍人之事，岳夫人笑著向岳不羣背影指了指，搖一搖手，轉身下崖，快步追上了丈夫。

令狐冲自忖：「爲甚麼師娘說練劍一事與我將來一生大有關連，千萬不可輕忽？又爲甚麼師娘要等師父先走，這才暗中叮囑我？莫非……莫非……」登時想到了一件事，一顆心怦怦亂跳，雙頰發燒，再也不敢細想下去，內心深處，浮上了一個指望：「莫非師父師娘知道我是爲小師妹生病，竟肯將小師妹許配給我？只是我必須好好用功，不論氣功、劍術，都須能承受師父的衣缽。師父不便明言，師娘當我是親兒子一般，卻暗中叮囑我，否則的話，還有甚麼事能與我將來一生大有關連？」

想到此處，登時精神大振，提起劍來，將師父所授劍法中最艱深的幾套練了一遍，可是後洞石壁上的圖形已深印腦海，不論使到那一招，心中自然而然的浮起了種種破解之法，使到中途，凝劍不發，尋思：「後洞石壁上這些圖形，這次沒來得及跟師父師娘說，半個月後他二位再上崖來，細觀之後，必能解開我的種種疑竇。」

岳夫人這番話雖令他精神大振，可是這半個月中修習氣功、劍術，卻無多大進步，整日裏胡思亂想：「師父師娘如將小師妹許配於我，不知她自己是否願意？要是我眞能和她結爲夫婦，不知她對林師弟是否能夠忘情？其實，林師弟不過初入師門，向她討教劍法，平時陪她說話解悶而已，兩人又不是眞有情意，怎及得我和小師妹一同長大，十餘年來朝夕共處的情誼？那日我險些遭余滄海一掌擊斃，全蒙林師弟出言解救，這件事我可終身不能忘記，日後自當善待於他。他若遇危難，我縱然捨卻性命，也當挺身相救。」

半個月晃眼即過，這日午後，岳不羣夫婦又連袂上崖，同來的還有施戴子、陸大有與岳靈珊三人。令狐冲見到小師妹也一起上來，在口稱「師父、師娘」之時，聲音也發顫了。

岳夫人見他精神健旺，氣色比之半個月前大不相同，含笑點了點頭，道：「珊兒，你給大師哥裝飯，讓他先吃得飽飽地，再來練劍。」岳靈珊應道：「是。」將飯籃提進石洞，放在大石上，取出碗筷，滿滿裝了一碗白米飯，笑道：「大師哥，請用飯罷！」

令狐冲道：「多……多謝。」岳靈珊笑道：「怎麼？你還在發冷發熱？怎地說起話來聲音打顫？」令狐冲道：「沒……沒甚麼。」心道：「倘若此後朝朝暮暮，我吃飯時你能常在身畔，這一生令狐冲更無他求。」這時那裏有心情吃飯，三扒二撥，便將一碗飯吃完。岳靈珊道：「我再給你添飯。」令狐冲道：「多謝，不用了。師父、師娘在外邊等著。」

走出洞來，只見岳不羣夫婦並肩坐在石上。令狐冲走上前去，躬身行禮，想要說甚麼，卻覺得甚麼話都說來不妥。陸大有向他眨了眨眼睛，臉上大有喜色。令狐冲心想：「六師弟定是得到了訊息，在代我歡喜呢。」

岳不羣的目光在他臉上轉來轉去，過了好一刻才道：「根明昨天從長安來，說道田伯光在長安做了好幾件大案。」令狐冲一怔，道：「田伯光到了長安？幹的多半不是好事了。」岳不羣道：「那還用說？他在長安城一夜之間連盜七家大戶，這也罷了，卻在每家牆上寫上九個大字：『萬里獨行田伯光借用』。」

令狐冲「啊」的一聲，怒道：「長安城便在華山近旁，他留下這九個大字，明明是要咱們華山派的好看。師父，咱們……」岳不羣道：「怎麼？」令狐冲道：「只是師父、師娘身分尊貴，不值得叫這惡賊來污了寶劍。弟子功夫卻還不夠，不是這惡賊的對手，何況弟子是有罪之身，不能下崖去找這惡賊，卻讓他在華山腳下如此橫行，當眞可惱可恨。」

岳不羣道：「倘若你眞有把握誅了這惡賊，我自可准你下崖，將功贖罪。你將師娘所授那一招『無雙無對，寧氏一劍』練來瞧瞧。這半年之中，想來也已領略到了七八成，請師娘再加指點，未始便眞的鬥不過那姓田的惡賊。」

令狐冲一怔，心想：「師娘這一劍可沒傳我啊。」但一轉念間，已然明白：「那日師娘試演此劍，雖然沒正式傳我，但憑著我對本門功夫的造詣修爲，自該明白劍招中的要旨。師父估計我在這半年之中，琢磨修習，該當學得差不多了。」

他心中翻來覆去的說著：「無雙無對，寧氏一劍！無雙無對，寧氏一劍！」額頭上不自禁滲出汗珠。他初上崖時，確是時時想著這一劍的精妙之處，也曾一再試演，但自從見到後洞石壁上的圖形，發覺華山派的任何劍招都能爲人所破，那一招「寧氏一劍」更敗得慘不可言，自不免對這招劍法失了信心，一句話幾次到了口邊，卻又縮回：「這一招並不管用，會給人家破去的。」但當著施戴子和陸大有之面，可不便指摘師娘這招十分自負的劍法。

岳不羣見他神色有異，說道：「這一招你沒練成麼？那也不打緊。這招劍法是我華山派武功的極詣，你氣功火候未足，原也練不到家，假以時日，自可慢慢補足。」

岳夫人笑道：「冲兒，還不叩謝師父？你師父答允傳你『紫霞功』的心法了。」

令狐冲心中一凜，道：「是！多謝師父。」便要跪倒。

岳不羣伸手阻住，笑道：「紫霞功是本門最高的氣功心法，我所以不加輕傳，倒不是有所吝惜，只因一練此功之後，必須心無雜念，勇猛精進，中途不可有絲毫躭擱，否則於練功者實有大害，往往走火入魔。冲兒，我要先瞧瞧你近半年來功夫進境如何，再決定是否傳你這紫霞功的口訣。」

施戴子、陸大有、岳靈珊三人聽得大師哥將得傳「紫霞功」，都露出了艷羨之色。他三人均知「紫霞功」威力極大，自來有「華山九功，第一紫霞」的說法，他們雖知本門中武功之強，無人及得上令狐冲項背，日後必是他承受師門衣鉢，接掌華山派門戶，但料不到師父這麼快便將本門的第一神功傳他。陸大有道：「大師哥用功得很，我每日送飯上來，見到他不是在打坐練氣，便是勤練劍法。」岳靈珊橫了他一眼，偷偷扮個鬼臉，心道：「你六猴兒當面撒謊，只是想幫大師哥。」

岳夫人笑道：「冲兒，出劍罷！咱師徒三人去鬥田伯光。臨時抱佛腳，上陣磨槍，比不磨總要好些。」令狐冲奇道：「師娘，你說咱們三人去鬥田伯光？」岳夫人笑道：「你明著向他挑戰，我和你師父暗中幫你。不論是誰殺了他，都說是你殺的，免得武林同道說我和你師父失了身分。」岳靈珊拍手笑道：「那好極了。既有爹爹媽媽暗中相幫，女兒也敢向他挑戰，殺了這壞人後，說是女兒殺的，豈不是好？」

岳夫人笑道：「你眼紅了，想來撿這現成便宜，是不是？你大師哥出死入生，曾和田伯光這廝前後相鬥數百招，深知對方虛實，憑你這點功夫，那裏能夠？再說，你好好一個女孩兒家，連嘴裏也別提這惡賊的名字，更不要說跟他見面動手了。」突然間嗤的一聲響，一劍刺到了令狐冲胸口。

她正對著女兒笑吟吟的說話，豈知剎那之間，已從腰間拔出長劍，直刺令狐沖的要害。令狐沖應變也是奇速，立即拔劍擋開，噹的一聲響，雙劍相交，令狐沖左足向後退了一步。岳夫人唰唰唰唰唰唰，連刺六劍，噹噹噹噹噹噹，響了六響，令狐沖一一架開。岳夫人喝道：「還招！」劍法陡變，舉劍直砍，快劈快削，卻不是華山派劍法。

令狐沖當即明白，師娘是在施展田伯光的快刀，以便自己從中領悟到破解之法，誅殺強敵。眼見岳夫人出招越來越快，上一招與下一招之間已無連接的蹤跡可尋，岳靈珊向父親道：「爹，媽這些招數，快是快得很了，只不過還是劍法，不是刀法。只怕田伯光的快刀不會是這樣子的。」

岳不羣微微一笑，道：「田伯光武功了得，要用他的刀法出招，談何容易？你娘也不是眞的模仿他刀法，只是將這個『快』字，發揮得淋漓盡致。要除田伯光，要點不在如何破他刀法，而在設法剋制他刀招的迅速。你瞧，好！『有鳳來儀』！」他見令狐沖左肩微沉，左手劍訣斜引，右肘一縮，跟著便是一招「有鳳來儀」，這一招用在此刻，實是恰到好處，心頭一喜，便大聲叫了出來。

不料這「儀」字剛出口，令狐沖這一劍卻刺得歪斜無力，不能穿破岳夫人的劍網而前。岳不羣輕輕嘆了口氣，心道：「這一招可使糟了。」岳夫人手下毫不留情，嗤嗤嗤三劍，只逼得令狐沖手忙腳亂。

岳不羣見令狐冲出招慌張，不成章法，隨手抵禦之際，十招之中倒有兩三招不是本門劍術，不由得臉色越來越難看，只是令狐冲的劍法雖雜亂無章，卻還是把岳夫人凌厲的攻勢擋住了。他退到山壁之前，已無退路，漸漸展開反擊，忽然間得個機會，使出一招「蒼松迎客」，劍花點點，向岳夫人眉間鬢邊滾動閃擊。

岳夫人噹的一劍格開，急挽劍花護身，她知這招「蒼松迎客」含有好幾個厲害後著，令狐冲對這招習練有素，雖不會眞的刺傷了自己，但也著實不易抵擋，是以轉攻爲守，凝神以待，不料令狐冲長劍斜擊，來勢既緩，勁道又弱，竟絕無威脅之力。岳夫人叱道：「用心出招，你在胡思亂想甚麼？」呼呼呼連劈三劍，眼見令狐冲跳躍避開，叫道：「這招『蒼松迎客』成甚麼樣子？一場大病，生得將劍法全都還給了師父？」令狐冲道：「是。」臉現愧色，還了兩劍。

施戴子和陸大有見師父的神色越來越不善，心下均有惴惴之意，忽聽得風聲獵獵，岳夫人滿場遊走，一身青衫化成了一片青影，劍光閃爍，再也分不出劍招。令狐冲腦中卻混亂一片，種種念頭此去彼來：「我若使『野馬奔馳』，對方有以棍橫擋的精妙招法可破，我若使那招斜擊，卻非身受重傷不可。」他每想到本門的一招劍法，不自禁的便立即想到石壁上破解這一招的法門，先前他使「有鳳來儀」和「蒼松迎客」都半途而廢，沒使得到家，便因想到了這兩招的破法之故，心生懼意，自然而然的縮劍回守。

岳夫人使出快劍，原是想引他用那「無雙無對，寧氏一劍」來破敵建功，可是令狐冲隨手拆解，非但心神不屬，簡直是一副膽戰心驚、魂不附體的模樣。她素知這徒兒膽氣極壯，自小便生就一副天不怕、地不怕的性格，目下這等拆招，卻是從所未見，不由得大是惱怒，叫道：「還不使那一劍？」

令狐冲道：「是！」提劍直刺，運勁之法、出劍招式，宛然正便是岳夫人所創那招「無雙無對，寧氏一劍」。岳夫人叫道：「好！」知道這一招凌厲絕倫，不敢正攖其鋒，斜身閃開，迴劍疾挑。令狐冲心中卻是在想：「這一招不成的，沒有用，一敗塗地。」突然間手腕劇震，長劍脫手飛起。令狐冲大吃一驚，「啊」的一聲，叫了出來。

岳夫人隨即挺劍直出，劍勢如虹，嗤嗤之聲大作，正是她那一招「無雙無對，寧氏一劍」。此招之出，比之那日初創時威力又大了許多，她自創成此招後，心下甚是得意，每日裏潛心思索，如何發招更快，如何內勁更強，務求一擊必中，敵人難以抵擋。她見令狐冲使這一招自己的得意之作，初發時形貌甚似，劍至中途，實質竟然大異，當眞是「畫虎不成反類犬」，將一招威力奇強的絕招，使得猥猥葸葸，拖泥帶水，十足膿包模樣。她一怒之下，便將這一招使了出來。她雖絕無傷害徒兒之意，但這一招威力實在太強，劍刃未到，劍力已將令狐冲全身籠罩住了。

岳不羣眼見令狐冲已無法閃避，無可擋架，更加難以反擊，當日岳夫人長劍甫觸令狐冲之身，便以內力震斷己劍，此刻這一劍的勁力卻盡數集於劍尖，實是使得性發，收手不住。暗叫一聲：「不好！」忙從女兒身邊抽出長劍，踏上一步，岳夫人的長劍只要再向前遞得半尺，他便要搶上出劍擋格。他師兄妹功夫相差不遠，岳不羣雖然稍勝，但岳夫人既佔機先，是否眞能擋開，也殊無把握，只盼令狐冲所受創傷較輕而已。

便在這電光石火的一瞬之間，令狐冲順手摸到腰間劍鞘，身子一矮，沉腰坐腿，將劍鞘對準了岳夫人的來劍。這一招式，正是後洞石壁圖形中所繪，使棍者將棍棒對準對方來劍，棍劍聯成一線，雙方內力相對，長劍非斷不可。令狐冲長劍受震脫手，跟著便見師娘勢若雷霆的攻將過來，他心中本已混亂之極，腦海中來來去去的盡是石壁上的種種招數，岳夫人這一劍他無可抗禦，爲了救命，自然而然的便使出石壁上那一招來。來劍既快，他拆解亦速，這中間實無片刻思索餘地，又那有餘暇去找棍棒？隨手摸到腰間劍鞘，便將劍鞘對準岳夫人長劍，聯成一線。別說他隨手摸到的是劍鞘，即令是一塊泥巴，一根稻草，他也會使出這個姿式來，將之對準長劍，聯成一線。

此招一出，臂上內勁自然形成，但聽得嚓的一聲響，岳夫人的長劍直挿入劍鞘之中。原來令狐冲驚慌之際，來不及倒轉劍鞘，一握住劍鞘，便和來劍相對，不料對準來劍的乃劍鞘之口，沒能震斷岳夫人長劍，那劍卻挿入了鞘中。

岳夫人大吃一驚，虎口劇痛，長劍脫手，竟給令狐冲用劍鞘奪去。令狐冲這一招中含了好幾個後著，其時已然管不住自己，自然而然的劍鞘挺出，點向岳夫人咽喉，而指向她喉頭要害的，正是岳夫人所使長劍的劍柄。

岳不羣又驚又怒，長劍揮出，擊在令狐冲的劍鞘之上。這一下他使上了「紫霞功」，令狐冲只覺全身一熱，騰騰騰連退三步，一交坐倒。那劍鞘連著鞘中長劍，都斷成了三四截，掉在地下，便在此時，白光一閃，空中那柄長劍落將下來，插在土中，直沒至柄。施戴子、陸大有、岳靈珊三人只瞧得目爲之眩，盡皆呆了。

岳不羣搶到令狐冲面前，伸出右掌，啪啪連聲，接連打了他兩個耳光，怒聲喝道：「小畜生，幹甚麼來著？」

令狐冲頭暈腦脹，身子晃了晃，跪倒在地，道：「師父、師娘，弟子該死！」岳不羣惱怒已極，喝道：「這半年之中，你在思過崖上思甚麼過？練甚麼功？」令狐冲道：「弟……弟子沒……沒練甚麼功。」岳不羣厲聲又問：「你對付師娘這一招，卻是如何胡思亂想而來的？」令狐冲囁嚅道：「弟子……弟子想也沒想，眼見危急，隨手……隨手便使了出來。」岳不羣嘆道：「我料到你是想也沒想，隨手使出，正因如此，我才這等惱怒。你可知自己已經走上了邪路，眼見便會難以自拔麼？」令狐冲俯首道：「請師父指點。」

岳夫人過了良久，這才心神寧定，見令狐冲給丈夫擊打之後，雙頰高高腫起，全成青紫之色，憐惜之情油然而生，說道：「你起來罷！這中間的關鍵所在，你本來不知。」轉頭向丈夫道：「師哥，冲兒資質太過聰明，這半年中不見到咱二人，自行練功，以致走上了邪路。如今迷途未遠，及時糾正，也尚未晚。」

岳不羣點點頭，向令狐冲道：「起來。」令狐冲站起身來，瞧著地下斷成了三截的長劍和劍鞘，心頭迷茫一片，不知何以師父和師娘都說自己練功走上了邪路。

岳不羣向施戴子等人招了招手，道：「你們都過來。」施戴子、陸大有、岳靈珊三人齊聲應道：「是。」走到他身前。

岳不羣在石上坐下，緩緩的道：「二十五年之前，本門功夫本來分爲正邪兩途。」令狐冲等都大爲奇怪，均想：「華山派武功便是華山派武功了，怎地又有正邪之分？怎麼以前從來不曾聽師父說起過。」岳靈珊道：「爹爹，咱們所練的，當然都是正宗功夫了。」岳不羣道：「這個自然，難道明知是旁門左道功夫，還會去練？只不過左道的一支，卻自認是正宗，說咱們一支才是左道。但日子一久，正邪自辨，旁門左道的一支終於煙消雲散，二十五年來，不復存在於這世上了。」岳靈珊道：「怪不得我從來沒聽見過。爹爹，這旁門左道的一支既已消滅，那也不用理會了。」

岳不羣道：「你知道甚麼？所謂旁門左道，也並非眞的邪魔外道，那還是本門功夫，只是練功的著重點不同。我傳授你們功夫，最先教甚麼？」說著眼光盯在令狐冲臉上。

令狐冲道：「最先傳授運氣的口訣，從練氣功開始。」岳不羣道：「是啊。華山一派功夫，要點是在一個『氣』字，氣功一成，不論使拳腳也好，動刀劍也好，便都無往而不利，這是本門練功正途。可是本門前輩之中另有一派人物，卻認爲本門武功要點在『劍』，劍術一成，縱然內功平平，也能克敵致勝。正邪之間的分歧，主要便在於此。」

岳靈珊道：「爹爹，女兒有句說話，你可不能著惱。」岳不羣道：「甚麼話？」岳靈珊道：「我想本門武功，氣功固然要緊，劍術可也不能輕視。單是氣功厲害，倘若劍術練不到家，也顯不出本門功夫的威風。」岳不羣哼了一聲，道：「誰說劍術不要緊了？要點在於主從不同。到底是氣功爲主。」

岳靈珊道：「最好是氣功劍術，兩者都是主。」岳不羣怒道：「單是這句話，便已近魔道。兩者都爲主，那便是說兩者都不是主。所謂『綱舉目張』，甚麼是綱，甚麼是目，務須分得清清楚楚。當年本門正邪之辨，曾鬧得天覆地翻。你這句話如在三十年前說了出來，只怕過不了半天，便已身首異處了。」

岳靈珊伸了伸舌頭，道：「說錯一句話，便要叫人身首異處，那有這麼強兇霸道的？」岳不羣道：「我在少年之時，本門氣劍兩宗之爭勝敗未決。你這句話如果在當時公然說了出來，氣宗固然要殺你，劍宗也要殺你。你說氣功與劍術兩者並重，不分軒輊，氣宗自然認爲你抬高了劍宗的身分，劍宗則說你混淆綱目，一般的大逆不道。」岳靈珊道：「誰對誰錯，那有甚麼好爭的？一加比試，豈不是非立判！」

岳不羣嘆了口氣，緩緩的道：「五十多年前，咱們氣宗是少數，劍宗中的師伯、師叔們佔了大多數。再者，劍宗功夫易於速成，見效極快。大家都練十年，定是劍宗佔上風；各練二十年，那是各擅勝場，難分上下；要到二十年之後，練氣宗功夫的才漸漸的越來越強；到得三十年時，練劍宗功夫的便再也不能望氣宗之項背了。然而要到二十餘年之後，才眞正分出高下，這二十餘年中雙方爭鬥之烈，可想而知。」

岳靈珊道：「到得後來，劍宗一支認錯服輸，是不是？」

岳不羣搖頭不語，過了半晌，才道：「他們死硬到底，始終不肯服輸，雖然在玉女峯上大比劍時一敗塗地，卻大多數……大多數橫劍自盡。剩下不死的則悄然歸隱，再也不在武林中露面了。」

令狐冲、岳靈珊等都「啊」的一聲，輕輕驚呼。岳靈珊道：「大家是同門師兄弟，比劍勝敗，打甚麼緊！又何必如此看不開？」

岳不羣道：「武學要旨的根本，那也不是師兄弟比劍的小事。當年五嶽劍派爭奪盟主之位，說到人材之盛，武功之高，原以本派居首，只以本派內爭激烈，玉女峯上大比劍，死了二十幾位前輩高手，劍宗固然大敗，氣宗的高手卻也損折不少，這才將盟主之席給嵩山派奪了去。推尋禍首，實是由於氣劍之爭而起。」令狐冲等都連連點頭。

岳不羣道：「本派不當五嶽劍派的盟主，那也罷了；華山派威名受損，那也罷了；最關重大的，是派中師兄弟內鬨，自相殘殺。同門師兄弟本來親如骨肉，結果你殺我，我殺你，慘酷不堪。今日回思當年華山上人人自危的情景，兀自心有餘悸。」說著眼光轉向岳夫人。

岳夫人臉上肌肉微微一動，想是回憶起本派高手相互屠戮的往事，不自禁的害怕。

岳不羣緩緩解開衣衫，袒裸胸膛。岳靈珊驚呼一聲：「啊喲，爹爹，你……你……」只見他胸口橫過一條兩尺來長的傷疤，自左肩斜伸右胸，傷疤雖愈合已久，仍作淡紅之色，想見當年受傷極重，只怕差一點便送了性命。令狐冲和岳靈珊都是自幼伴著岳不羣長大，但直到今日，才知他身上有這樣一條大傷疤。岳不羣掩上衣襟，扣上鈕扣，說道：「當日玉女峯大比劍，我給本門師叔斬上了一劍，昏暈在地。他只道我已經死了，沒再加理會。倘若他隨手補上一劍，嘿嘿！」

岳靈珊笑道：「爹爹固然沒有了，今日我岳靈珊更加不知道在那裏。」

岳不羣笑了笑，臉色隨即十分鄭重，說道：「這是本門的大機密，誰也不許洩漏出去。別派人士，雖然都知華山派在一日之間傷折了二十餘位高手，但誰也不知眞正的原因。我們只說是猝遇瘟疫侵襲，決不能將這件貽羞門戶的大事讓旁人知曉。其中的前因後果，今日所以不得不告知你們，實因此事關涉太大。冲兒倘若沿著目前的道路走下去，不出三年，那便是『劍重於氣』的局面，委實危險萬分，不但毀了你自己，毀了當年無數前輩用性命換來的本門正宗武學，連華山派也給你毀了。」

令狐冲只聽得全身冷汗，俯首道：「弟子犯了大錯，請師父、師娘重重責罰。」

岳不羣喟然道：「本來嘛，你原是無心之過，不知者不罪。但想當年劍宗的諸位師伯、師叔們，也都是存著一番好心，要以絕頂武學光大本門，只不過一經誤入歧途，陷溺既深，到後來便難以自拔了。今日我若不給你當頭棒喝，以你的資質性子，極易走上劍宗那條抄近路、求速成的邪途。」令狐冲應道：「是！」

岳夫人道：「冲兒，你適才用劍鞘奪我長劍這一招，是怎生想出來的？」令狐冲慚愧無地，道：「弟子只求擋過師娘這凌厲之極的一擊，沒想到……沒想到……」

岳夫人道：「這就是了。氣宗與劍宗的高下，此刻你已必然明白。你這一招固然巧妙，但一碰到你師父的上乘氣功，再巧的招數也無能為力。當年玉女峯上大比劍，劍宗的高手招式變幻，層出不窮，但你師祖憑著練得了紫霞功，以拙勝巧，以靜制動，盡敗劍宗的十餘位高手，奠定本門正宗武學千載不拔的根基。今日師父的教誨，大家須得深思體會。本門功夫以氣為體，以劍為用；氣是主，劍為從；氣是綱，劍是目。練氣倘若不成，劍術再強，總歸無用。」令狐冲、施戴子、陸大有、岳靈珊一齊躬身受教。

岳不羣道：「冲兒，我本想今日傳你紫霞功的入門口訣，然後帶你下山，去殺了田伯光那惡賊，這件事眼下可得擱一擱了。這兩個月中，你好好修習我以前傳你的練氣功夫，將那些旁門左道、古靈精怪的劍法盡數忘記，待我再行考核，瞧你是否眞有進益。」說到這裏，突然聲色俱厲的道：「倘若你執迷不悟，繼續走劍宗的邪路，嘿嘿，重則取你性命，輕則廢去你全身武功，逐出門牆，那時再來苦苦哀求，卻是晚了。可莫怪我事先沒跟你說明白！」

令狐冲額頭冷汗涔涔而下，說道：「是，弟子決計不敢。」

岳不羣轉向女兒道：「珊兒，你和大有二人，也都是性急鬼，我教訓你大師哥這番話，你二人也當記住了。」陸大有道：「是。」岳靈珊道：「我和六師哥雖然性急，卻沒大師哥這般聰明，自己創不出劍招，爹爹儘可放心。」岳不羣哼了一聲，道：「自己創不出劍招？你和冲兒不是創了一套冲靈劍法麼？」

令狐冲和岳靈珊霎時間都滿臉通紅。令狐冲道：「弟子胡鬧。」岳靈珊笑道：「這是很久以前的事了，那時我還小，甚麼也不懂，和大師哥鬧著玩的。爹爹怎麼也知道了呢？」岳不羣道：「我門下弟子要自創劍法，自立門戶，做掌門人的倘若矇然不知，豈不胡塗。」岳靈珊拉著父親袖子，笑道：「爹爹，你還在取笑人家！」令狐冲見師父的語氣神色之中絕無絲毫說笑之意，不禁心中又是一凜。

岳不羣站起身來，說道：「本門功夫練到深處，飛花摘葉，俱能傷人。旁人只道華山派以劍術見長，那未免小覷咱們了。」說著左手衣袖一捲，勁力到處，陸大有腰間的長劍從鞘中躍出。岳不羣右手袖子跟著拂出，掠上劍身，喀喇一聲響，長劍斷爲兩截。令狐冲等無不駭然。岳夫人瞧著丈夫的眼光之中，盡是傾慕敬佩之意。

岳不羣道：「走罷！」與夫人首先下崖，岳靈珊、施戴子等跟隨其後。

令狐冲瞧著地下的兩柄斷劍，心中又驚又喜，尋思：「原來本門武學如此厲害，任何一招劍法在師父手底下施展出來，又有誰能破解得了？」又想：「後洞石壁上刻了種種圖形，註明五嶽劍法的絕招盡數可破。但五嶽劍派卻得享大名至今，始終巍然存於武林，原來各劍派都有上乘氣功爲根基，劍招上倘若附以渾厚內力，可就不是那麼容易破去了。這道理本也尋常，只是我想得鑽入了牛角尖，竟爾忽略了，其實同是一招『有鳳來儀』，在林師弟劍下使出來，又或是在師父劍下使出來，豈能一概而論？石壁上使棍之人能破林師弟的『有鳳來儀』，卻破不了師父的『有鳳來儀』。」

想通了這一節，數月來的煩惱一掃而空，雖然今日師父未以「紫霞功」相授，更沒有出言將岳靈珊許配，他卻絕無沮喪之意，反因對本門武功回復信心而大爲欣慰，想到這半月來痴心妄想，以爲師父、師娘要將女兒許配於己，不由得面紅耳赤，暗自慚愧。

次日傍晚，陸大有送飯上崖，說道：「大師哥，師父、師娘今日一早上陝北去啦。」令狐冲微感詫異，道：「上陝北？怎地不去長安？」陸大有道：「田伯光那廝在延安府又做了幾件案子，原來這惡賊不在長安啦。」

令狐冲「哦」了一聲，心想師父、師娘出馬，田伯光定然伏誅；內心深處，卻不禁微感惋惜，覺得田伯光好淫貪色，爲禍世間，自是死有餘辜，但此人武功可也眞高，與自己兩度交手，磊落豪邁，不失男兒漢的本色，只可惜專做壞事，成爲武林公敵。

此後兩日之中，令狐冲勤練氣功，別說不再去看石壁上的圖形，連心中每一憶及，也立即將那念頭逐走，避之唯恐不速，常想：「幸好師父及時喝阻，我才不致誤入歧途，成爲本門罪人，當眞凶險之極。」

這日傍晚，吃過飯後，打坐了一個多更次，忽聽得遠遠有人走上崖來，腳步迅捷，來人武功著實不低，他心中一凜：「這人不是本門中人，他上崖來幹甚麼？莫非是那蒙面青袍人嗎？」忙奔入後洞，拾起一柄本門的長劍，懸在腰間，再回到前洞。

片刻之間，那人已然上崖，大聲道：「令狐兄，故人來訪。」語音熟悉，竟然便是「萬里獨行」田伯光，令狐冲一驚，心想：「師父、師娘正下山追殺你，你卻如此大膽，上華山來幹甚麼？」走到洞口，笑道：「田兄遠道過訪，當眞意想不到。」

只見田伯光肩頭挑著副擔子，放下擔子，從兩隻竹籮中各取出一隻大罈子，笑道：「聽說令狐兄在華山頂上坐牢，嘴裏一定淡出鳥來，小弟在長安謫仙酒樓的地窖之中，取得兩罈一百三十年的陳酒，來和令狐兄喝個痛快。」

令狐冲走近幾步，月光下只見兩隻極大的酒罈之上，果然貼著「謫仙酒樓」的金字紅紙招牌，招紙和罈上篦箍均已陳舊，確非近物，忍不住一喜，笑道：「將這一百斤酒挑上華山絕頂，這份人情可大得很啦！來來來，咱們便來喝酒。」從洞中取出兩隻大碗。田伯光將罈上的泥封開了，一陣酒香直透出來，醇美絕倫。酒未沾唇，令狐冲已有醺醺之意。田伯光提起酒罈倒了一碗，道：「你嘗嘗，怎麼樣？」令狐冲舉碗喝了一大口，大聲讚道：「眞好酒也！」將一碗酒喝乾，大拇指一翹，道：「天下名酒，世所罕有！」

田伯光笑道：「我曾聽人言道，天下名酒，北爲汾酒，南爲紹酒。最好的汾酒不在山西而在長安，而長安醇酒，又以當年李太白時時去喝得大醉的『謫仙樓』爲第一。當今之世，除了這兩大罈酒之外，再也沒第三罈了。」令狐冲奇道：「難道『謫仙樓』的地窖之中，便只剩下這兩罈了？」田伯光笑道：「我取了這兩罈酒後，見地窖中尚有二百餘罈，心想長安城中的達官貴人、凡夫俗子，只須腰中有錢，便能上『謫仙樓』去喝到這樣的美酒，又如何能顯得華山派令狐大俠的矯矯不羣，與衆不同？因此上乒乒乓乓，希里花拉，地窖中酒香四溢，酒漲及腰。」

令狐冲又吃驚，又好笑，道：「田兄竟把二百餘罈美酒都打了個稀巴爛？」田伯光哈哈大笑，道：「天下只此兩罈，這份禮才有點貴重啊，哈哈！」令狐冲道：「多謝，多謝！」又喝了一碗，說道：「其實田兄將這兩大罈酒從長安城挑上華山，何等辛苦麻煩，別說是天下名釀，縱是兩罈清水，令狐冲也挺見你的情。」

田伯光豎起右手拇指，大聲道：「大丈夫，好漢子！」令狐冲問道：「田兄如何稱讚小弟？」田伯光道：「田某是個無惡不作的淫賊，曾把你砍得重傷，又在華山腳邊犯案纍纍，華山派上下無不想殺之而後快。今日擔得酒來，令狐兄卻坦然而飲，竟不怕酒中下了毒，也只有如此胸襟的大丈夫，才配喝這天下名酒。」

令狐冲道：「取笑了。小弟與田兄交手兩次，深知田兄品行不端，但暗中害人之事卻不屑爲。再說，你武功比我高得多，要取我性命，拔刀相砍便是，有何難處？」

田伯光哈哈大笑，說道：「令狐兄說得甚是。但你可知道這兩大罈酒，卻不是逕從長安挑上華山的。我挑了這一百斤美酒，到陝北去做了兩件案子，又到陝東去做兩件案子，這才上華山來。」令狐冲一驚，心道：「卻是爲何？」略一凝思，便已明白，道：「原來田兄不斷犯案，故意引開我師父、師娘，以便來見小弟，使的是個調虎離山之計。田兄如此不嫌煩勞，不知有何見教。」田伯光笑道：「令狐兄且請猜上一猜。」

令狐冲道：「不猜！」斟了一大碗酒，說道：「田兄，你來華山是客，荒山無物奉敬，借花獻佛，你喝一碗天下第一美酒。」田伯光道：「多謝。」將一碗酒喝乾了。令狐冲陪了一碗。兩人舉著空碗一照，哈哈一笑，一齊放下碗來。令狐冲突然右腿飛出，砰砰兩聲，將兩大罈酒都踢入了深谷，隔了良久，谷底才傳上來兩下悶響。

田伯光驚道：「令狐兄踢去酒罈，卻爲甚麼？」令狐冲道：「你我道不同不相爲謀，田伯光，你作惡多端，濫傷無辜，武林之中，人人切齒。令狐冲敬你落落大方，不算是卑鄙猥屑之徒，才跟你喝了三大碗酒。見面之誼，至此而盡。別說兩大罈美酒，便是將普天下珍寶都堆在我面前，難道便能買得令狐冲做你朋友嗎？」唰的一聲，拔出長劍，叫道：「田伯光，在下今日再領教你快刀高招。」

田伯光卻不拔刀，搖頭微笑，說道：「令狐兄，貴派劍術是極高的，只是你年紀還輕，火候未到，此刻要動刀動劍，畢竟還不是田某對手。」

令狐冲略一沉吟，點點頭，道：「此言不錯，令狐冲十年之內，沒法殺得了田兄。」啪的一聲，將長劍還入劍鞘。

田伯光哈哈大笑，道：「識時務者爲俊傑！」令狐冲道：「令狐冲不過是江湖上的無名小卒，田兄不辭辛勞的來到華山，想來不是爲了取我頸上人頭。你我是敵非友，田兄有何所命，在下一概不允。」田伯光笑道：「你還沒聽到我的說話，便先拒卻了。」

令狐冲道：「正是。不論你叫我做甚麼事，我都決不照辦。可是我又打你不過，在下腳底抹油，這可要逃了。」說著身形一晃，轉到了崖後。他知這人號稱「萬里獨行」，腳下奇快，他刀法固然了得，武林中勝過他的畢竟也爲數不少，但他十數年來作惡多端，俠義道幾次糾集人手，大舉圍捕，始終沒能傷到他一根寒毛，便因他為人機警、輕功絕佳之故。是以令狐沖這一發足奔跑，立時使出全力。

不料他轉得快，田伯光比他更快，令狐沖只奔出數丈，便見田伯光已攔在面前。令狐沖立即轉身，想要從前崖躍落，只奔了十餘步，田伯光又已追上，在他面前伸手一攔，哈哈大笑。令狐沖退了三步，叫道：「逃不了，只好打。我可要叫幫手了，田兄莫怪。」

田伯光笑道：「尊師岳先生倘若到來，只好輪到田某腳底抹油。可是岳先生與岳夫人此刻尚在陝東五百里外，來不及趕回相救。令狐兄的師弟、師妹人數雖多，叫上崖來，卻仍不是田某敵手，男的枉自送了性命，女的……嘿嘿，嘿嘿！」這幾下「嘿嘿」之聲，笑得大是不懷好意。

令狐沖心中一驚，暗道：「思過崖離華山總堂甚遠，我就算縱聲大呼，師弟師妹們也沒法聽見。這人是出名的採花淫賊，倘若小師妹給他見到……啊喲，好險！剛才我幸虧沒能逃走，否則田伯光必到華山總堂去找我，小師妹定會給他撞見。小師妹這等花容月貌，落入了這萬惡淫賊眼中，我……我可萬死莫贖了。」眼珠一轉，已打定了主意：「眼下只有跟他敷衍，拖延時光，既難力敵，便當智取，只須拖到師父、師娘回山，便平安無事了。」說道：「好罷，令狐沖打是打你不過，逃又逃不掉，叫不到幫手……」雙手一攤，作個無可奈何之狀，意思是說你要如何便如何，我只有聽天由命了。

田伯光笑道：「令狐兄，你千萬別會錯了意，只道田某要跟你爲難，其實此事於你有大大好處，將來你定會重重謝我。」令狐冲搖手道：「你惡事多爲，聲名狼藉，不論這件事對我有多大好處，令狐冲潔身自愛，決不跟你同流合污。」

田伯光笑道：「田某是聲名狼藉的採花大盜，令狐兄卻是武林中第一正人君子岳先生的得意弟子，自不能跟我同流合污。只是既有今日，何必當初？」令狐冲道：「甚麼叫做既有今日，何必當初？」田伯光笑道：「在衡陽迴雁樓頭，令狐兄和田某曾有同桌共飲之誼。」令狐冲道：「令狐冲向來好酒如命，一起喝幾杯酒，何足道哉？」田伯光道：「在衡山羣玉院中，令狐兄和田某曾有同院共嫖之雅。」令狐冲呸的一聲，道：「其時令狐冲身受重傷，爲人所救，暫在羣玉院中養傷，怎說得上一個『嫖』字？」

田伯光笑道：「可是便在那羣玉院中，令狐兄卻和兩位如花似玉的少女，曾有同被共眠之樂。」令狐冲心中一震，大聲道：「田伯光，你口中放乾淨些！令狐冲聲名清白，那兩位姑娘更加冰清玉潔。你這般口出污言穢語，我要不客氣了。」

田伯光笑道：「你今日對我不客氣有甚麼用？你要維護華山派的清白令名，當時對那兩位姑娘就該客氣尊重些，卻爲甚麼當著青城派、衡山派、恆山派衆英雄之前，和這兩個小姑娘大被同眠，上下其手，無所不爲？哈哈，哈哈！」

令狐冲大怒，呼的一聲，出拳向他猛擊過去。

田伯光笑著避過，說道：「這件事你要賴也賴不掉啦，當日你若不是在床上被中，對這兩個小姑娘大肆輕薄，爲甚麼她們今日會對你苦害相思？」

令狐冲心想：「這人是個無恥之徒，甚麼話也說得出口，跟他這般莫名其妙的纏下去，不知他將有多少難聽的話說出來，那日在衡陽迴雁樓頭，他中了我的詭計，這是他生平的奇恥大辱，唯有以此塞他之口。」當下不怒反笑，說道：「我道田兄千里迢迢的到華山幹甚麼來著，卻原來是奉了你師父儀琳小尼姑之命，送兩罈美酒給我，以報答我代她收了這樣一個乖徒弟，哈哈，哈哈！」

田伯光臉上一紅，隨即寧定，正色道：「這兩罈酒是田某自己的一番心意，但田某來到華山，倒確與儀琳小師父有關。」

令狐冲笑道：「師父便是師父，怎還有甚麼大師父、小師父之分？大丈夫一言既出，駟馬難追，難道你想不認帳麼？儀琳師妹是恆山派的名門高弟，你拜上了這樣一位師父，眞是你的造化，哈哈！」

田伯光大怒，手按刀柄，便欲拔刀，但隨即忍住，冷冷的道：「令狐兄，你手上的功夫不行，嘴頭的功夫倒很厲害。」令狐冲笑道：「刀劍拳腳既不是田兄對手，只好在嘴頭上找點兒便宜。」田伯光道：「嘴頭上輕薄，田伯光甘拜下風。令狐兄，這便跟我走罷。」

令狐冲道：「不去！殺了我也不去！」

田伯光道：「你可知我要你上那裏去？」令狐冲道：「不知道！上天也好，入地也好，田伯光到那裏，令狐冲總之不去。」

田伯光緩緩搖頭，道：「我是來請令狐兄去見一見儀琳小師父。」

令狐冲大吃一驚，道：「儀琳師妹又落入你這惡賊之手麼？你忤逆犯上，膽敢對自己師父無禮！」田伯光怒道：「田某師尊另有其人，已於多年之前歸天，此後休得再將儀琳小師父牽扯在一起。」他神色漸和，又道：「儀琳小師父日思夜想，便是牽掛著令狐兄，在下當你是朋友，從此不敢對她再有半分失敬，這一節你倒可放心。咱們走罷！」

令狐冲道：「不去！一千個不去，一萬個不去！」

田伯光微微一笑，卻不作聲。令狐冲道：「你笑甚麼？你武功勝過我，便想開硬弓，將我拿下山去嗎？」田伯光道：「田某對令狐兄並無敵意，原不想得罪你，只是既乘興而來，便不想敗興而歸。」令狐冲道：「田伯光，你刀法甚高，要殺我傷我，確然不難，可是令狐冲可殺不可辱，最多性命送在你手，要想擒我下山，卻萬萬不能。」

田伯光側頭向他斜睨，說道：「我受人之託，請你去和儀琳小師父一見，實無他意，你又何必拚命？」令狐冲道：「我不願做的事，別說是你，便是師父、師娘、五嶽盟主、皇帝老子，誰也沒法勉強。總之是不去，一萬個不去，十萬個不去。」田伯光道：「你既如此固執，田某只好得罪了。」唰的一聲，拔刀在手。

令狐冲怒道：「你存著拿我之心，早已得罪我了。這華山思過崖，便是今日令狐冲畢命之所。」說著一聲清嘯，拔劍在手。

田伯光退了一步，眉頭微皺，說道：「令狐兄，你我無怨無仇，何必性命相搏？咱們不妨再打一個賭。」令狐冲心中一喜：「要打賭，那是再好也沒有了，我倘若輸了，還可強詞奪理的抵賴。」口中卻道：「打甚麼賭？我贏了固然不去，輸了也是不去。」田伯光微笑道：「華山派的掌門大弟子，對田伯光的快刀刀法怕得這等厲害，連三十招也不敢接。」令狐冲怒道：「怕你甚麼？大不了給你一刀殺了。」

田伯光道：「令狐兄，非是我小覷了你，只怕我這快刀，你三十招也接不下。只須你擋得住我快刀三十招，田某拍拍屁股，立即走路，再也不敢向你囉唕。但若田某僥倖在三十招內勝了你，你只好跟我下山，去和儀琳小師父會上一會。」

令狐冲心念電轉，將田伯光的刀法想了一遍，暗忖：「自從和他兩番相鬥之後，將他刀法的種種凌厲殺著，早已想過無數遍，又曾請教過師父、師娘。我只求自保，難道連三十招也擋不住？」喝道：「好，便接你三十招！」唰的一劍，向他攻去。這一出手便是本門劍法的殺著「有鳳來儀」，劍刃顫動，嗡嗡有聲，登時將田伯光的上盤盡數籠罩在劍光之下。

田伯光讚道：「好劍法！」揮刀格開，退了一步。令狐冲叫道：「一招了！」跟著一招「蒼松迎客」，又攻了過去。田伯光又讚道：「好劍法！」知道這一招之中，暗藏後著甚多，不敢揮刀相格，斜身滑步，閃了開去。這一下避讓其實並非一招，但令狐冲喝道：「兩招！」手下毫不停留，又攻了一招。

他連攻五招，田伯光或格或避，始終沒反擊，令狐冲卻已數到了「五」字。待得他第六招長劍自下而上的反挑，田伯光大喝一聲，舉刀硬劈，刀劍相撞，令狐冲手中長劍登時沉了下去。田伯光喝道：「第六招、第七招、第八招、第九招、第十招！」口中數一招，手上砍一刀，連數五招，鋼刀砍了五下，招數竟然並無變化，每一招都是當頭硬劈。

這幾刀一刀重似一刀，到得第六刀再下來時，令狐冲只覺全身都為對方刀上勁力所脅，連氣也喘不過來，奮力舉劍硬架，錚的一聲巨響，刀劍相交，手臂痲酸，長劍落下地來。田伯光又是一刀砍落，令狐冲雙眼一閉，不再理會。

田伯光哈哈一笑，問道：「第幾招？」令狐冲睜開眼來，說道：「你刀法固然比我高，膂力內勁，也都遠勝於我，令狐冲不是你對手。」田伯光笑道：「這就走罷！」

令狐冲搖頭道：「不去！」田伯光臉色一沉，道：「令狐兄，田某敬你是男子漢大丈夫，言而有信，三十招內令狐兄既然輸了，怎麼又來反悔？」令狐冲道：「我本來不信你能在三十招內勝我，現下是我輸了，可是我並沒說輸招之後便跟你去。我說過沒有？」田伯光心想這句話原是自己說的，令狐冲倒確沒說過，當下將刀一擺，冷笑道：「你姓名中有個『狐』，果然名副其實。你沒說過便怎樣？」令狐冲道：「適才在下輸招，是輸在力不如你，心中不服，待我休息片刻，咱們再比過。」

田伯光道：「好罷，要你輸得口服心服。」坐在石上，雙手扠腰，笑嘻嘻的瞧著他。

令狐冲尋思：「這惡賊定要我隨他下山，不知有何奸計，說甚麼去見儀琳師妹，定非實情。他又不是儀琳師妹的眞徒弟，何況儀琳師妹一見他便嚇得魂不附體，又怎會和他去打甚麼交道？只是我眼下給他纏上了，卻如何脫身才是？」想到適才他向自己連砍這六刀，刀法平平，勢道卻沉猛無比，實不知該當如何拆解。

突然間心念一動：「那日荒山之夜，莫大先生殺了大嵩陽手費彬，衡山劍法靈動難測，以此對敵田伯光，定然不輸於他。後洞石壁之上，刻得有衡山劍法的種種絕招，我去學得三四十招，便可和田伯光拚上一拚了。」又想：「衡山劍法精妙無比，頃刻間豈能學會，終究是我的胡思亂想。」

田伯光見他臉色瞬息間忽愁忽喜，忽又悶悶不樂，笑道：「令狐兄，破解我這刀法的詭計，可想出來了麼？」

令狐冲聽他將「詭計」二字說得特別響亮，不由得氣往上衝，大聲道：「要破你刀法，又何必使用詭計？你在這裏囉哩囉唆，吵鬧不堪，令我心亂意煩，難以凝神思索，我要到山洞裏好好想上一想，你可別來滋擾。」田伯光笑道：「你去苦苦思索便是，我不來吵你。」令狐冲聽他將「苦苦」二字又說得特別響亮，低低罵了一聲，走進山洞。

令狐冲點燃蠟燭，鑽入後洞，逕到刻著衡山派劍法的石壁前去觀看，但見一路路劍法變幻無方，若非親眼所見，眞不信世間有如此奇變橫生的劍招，心想：「片刻之間要眞的學會甚麼劍法，決無可能，我只揀幾種最爲希奇古怪的變化，記在心中，出去跟他亂打亂鬥，說不定可以攻他一個措手不及。」當下邊看邊記，雖見每一招衡山派劍法均爲敵方所破，但想田伯光決不知此種破法，此點不必顧慮。

他一面記憶，一面手中比劃，學得二十餘招變化後，已花了大半個時辰，只聽得田伯光的聲音在洞外傳來：「令狐兄，你再不出來，我可要衝進來了。」令狐冲提劍躍出，叫道：「好，我再接你三十招！」

田伯光笑道：「這一次令狐兄若再敗了，那便如何？」令狐冲道：「那也不是第一次敗了。多敗一次，又有何妨？」說這句話時，手中長劍已如狂風驟雨般連攻七招。這七招都是他從後洞石壁上新學來的，果是極盡變幻之能事。

田伯光沒料到他華山派劍法中竟有這般變化，倒給他鬧了個手足無措，連連倒退，到得第十招上，心下暗暗驚奇，呼嘯一聲，揮刀反擊。他刀上勢道雄渾，令狐冲劍法中的變化便不易施展，到得第十九招上，兩人刀劍一交，令狐冲長劍又遭震飛。

令狐冲躍開兩步，叫道：「田兄只是力大，並非在刀法上勝我。這一次仍輸得不服，待我去再想三十招劍法出來，跟你重新較量。」田伯光笑道：「令師此刻尚在五百里外，正在到處找尋田某的蹤跡，十天半月之內未必能回華山。令狐兄施這推搪之計，只怕無用。」令狐冲道：「要靠我師父來收拾你，那又算甚麼英雄好漢？我大病初愈，力氣不足，給你佔了便宜，單比招數，難道連你三十招也擋不住？」田伯光笑道：「是刀法勝你也好，是膂力勝你也好，輸便是輸，贏便是贏，口舌上爭勝，又有何用？」

令狐冲道：「好！你等著我，是男兒漢大丈夫，可別越想越怕，就此逃走下山，你輕功太高，令狐冲可追你不上！」田伯光哈哈大笑，退了兩步，坐在石上。

令狐冲回入後洞，尋思：「田伯光傷過泰山派的天松道長、鬥過恆山派的儀琳師妹，適才我又以衡山派劍法和他相鬥，但嵩山派的武功他未必知曉。」尋到嵩山派劍法的圖形，學了十餘招，心道：「衡山派的絕招剛才還有十來招沒使，我給他夾在嵩山派劍法之中，再突然使幾招本門劍招，說不定便能搞得他頭暈眼花。」不等田伯光相呼，便出洞相鬥。

他劍招忽而嵩山，忽而衡山，中間又將華山派的幾下絕招使了出來。田伯光連叫：「古怪，古怪！」但拆到二十二招時，終究還是將刀架在令狐冲頸中，逼得他棄劍認輸。

令狐冲道：「第一次我只能接你五招，動腦筋想了一會，便接得你十八招，再想一會，已接得你二十一招。田兄，你怕不怕？」田伯光笑道：「我怕甚麼？」令狐冲道：「我不斷潛心思索，再想幾次，便能接得你三十招了。又多想幾次，便能反敗爲勝了，那時我就算不殺你，你豈非糟糕之極？」田伯光道：「田某浪蕩江湖，生平所遇對手之中，以令狐兄最爲聰明多智，只可惜武功和田某還差著一大截，就算你進步神速，要想在幾個時辰之中便能勝過田某，天下決無此理！」

令狐冲道：「令狐冲浪蕩江湖，生平所遇對手之中，以田兄最爲膽大妄爲，眼見得令狐冲越戰越強，居然並不逃走，難得啊難得。田兄，少陪了，我再進去想想。」

田伯光笑道：「請便。」

令狐冲慢慢走入洞中，他嘴上跟田伯光胡說八道，似乎漫不在乎，心中其實越來越擔憂：「這惡徒來到華山，決不存好心。他明知師父、師娘正在追殺他，又怎有閒情來跟我拆招比武？將我制住之後，縱然不想殺我，也該點了我穴道，令我動彈不得，卻何以一次又一次的放我？到底是何用意？」

料想田伯光來到華山，實有個恐怖之極的陰謀，但到底是甚麼陰謀，卻全無端倪可尋，尋思：「倘若是要絆住了我，好讓旁人收拾我一衆師弟、師妹，又何不直截了當的殺我？那豈不乾脆容易得多？」思索半晌，一躍而起，心想：「今日之事，看來我華山派是遇上了極大危難。師父、師娘不在山上，令狐冲是本門之長，這副重擔是我一個人挑了。不管田伯光有何圖謀，我須當竭盡心智，和他纏鬥到底，只要有機可乘，便即一劍將他殺了。」

心念已決，又去觀看石壁上的圖形，這一次卻只揀最狠辣的殺著用心記憶。待得步出山洞，天色已明，令狐冲已存了殺人之念，臉上卻笑嘻嘻地，說道：「田兄，你駕臨華山，小弟沒盡地主之誼，當眞萬分過意不去。這場比武之後，不論誰輸誰贏，小弟當請田兄嘗一嘗本山的土釀名產。」

田伯光笑道：「多謝了！」令狐冲道：「他日又在山下相逢，你我卻是決生死的拚鬥，不能再如今日這般，客客氣氣的數著招數賭賽了。」田伯光道：「像令狐兄這般朋友，殺了實在可惜。只是我如不殺你，你武功進展神速，他日劍法比我爲強之時，你卻不肯饒我這採花大盜了。」令狐冲道：「正是，如今日這般切磋武功，實是機會難得。田兄，小弟進招了，請你多多指敎。」田伯光笑道：「不敢，令狐兄請！」

令狐冲笑道：「小弟越想越覺不是田兄的對手。」一言未畢，挺劍刺了過去，劍尖將到田伯光身前三尺之處，驀地裏斜向左側，猛然迴刺。田伯光舉刀擋格。令狐冲不等劍鋒碰到刀刃，忽地從他下陰挑了上去。這一招陰狠毒辣，凌厲之極。田伯光吃了一驚，縱身急躍。令狐冲乘勢直進，唰唰唰三劍，每一劍都竭盡平生之力，攻向田伯光的要害。田伯光失了先機，登處劣勢，揮刀東擋西格，只聽得嗤的一聲響，令狐冲長劍從他右腿之側刺過，將他褲管刺穿一孔，劍勢奇急，與他腿肉相去不及一寸。

田伯光左手砰的一拳，將令狐冲打了個觔斗，怒道：「你招招要取我性命，這是切磋武功的打法麼？」令狐冲躍起身來，笑道：「反正不論我如何盡力施爲，終究傷不了田兄的一根寒毛。你左手拳的勁道可眞不小啊。」田伯光笑道：「得罪了。」令狐冲笑嘻嘻的走上前去，說道：「似乎已打斷了我兩根肋骨。」越走越近，突然間劍交左手，反手刺出。

這一劍當眞匪夷所思，卻是恆山派的一招殺著。田伯光大驚之下，劍尖離他小腹已不到數寸，百忙中一個打滾避過。令狐冲居高臨下，連刺四劍，只攻得田伯光狼狽不堪，眼見再攻數招，便可將他一劍釘在地下，不料田伯光突然飛起左足，踢上他手腕，跟著鴛鴦連環，右足又已踢出，正中他小腹。令狐冲長劍脫手，向後仰跌出去。

田伯光挺身躍起，撲上前去，將刀刃架上他咽喉，冷笑道：「好狠辣的劍法！田某險些命送你手，這一次服了嗎？」令狐冲笑道：「當然不服。咱們說好比劍，你卻連使拳腳。又出拳，又出腿，這招數如何算法？」

田伯光放開了刀，冷笑道：「便是將拳腳合併計算，也沒足三十之數。」令狐冲站起身來，怒道：「你在三十招內打敗了我，算你武功高強，那又怎樣？你要殺便殺，何以恥笑於我？你要笑便笑，卻何以要冷笑？」田伯光退了一步，說道：「令狐兄責備得對，是田某錯了。」一抱拳，說道：「田某這裏誠意謝過，請令狐兄恕罪。」

令狐冲一怔，萬沒想到他大勝之餘，反肯賠罪，當下抱拳還禮，道：「不敢！」尋思：「禮下於人，必有所圖。他對我如此敬重，不知有何用意？」苦思不得，索性便開門見山的相詢，說道：「田兄，令狐冲心中有一事不明，不知田兄是否肯直言相告？」田伯光道：「田伯光事無不可對人言。奸淫擄掠、殺人放火之事，旁人要隱瞞抵賴，田伯光做便做了，何賴之有？」令狐冲道：「如此說來，田兄倒是個光明磊落的好漢子。」田伯光道：「『好漢子』三字，可不敢當，總算得還是個言行如一的眞小人。」

令狐冲道：「嘿嘿，江湖之上，如田兄這等人物，倒也罕有。請問田兄，你深謀遠慮，將我師父遠遠引開，然後來到華山，一意要我隨你同去，到底要我去那裏？有何圖謀？」田伯光道：「田某早對令狐兄說過，是請你去和儀琳小師父一見，以慰她相思之苦。」令狐冲搖頭道：「此事太過怪誕離奇，令狐冲又非三歲小兒，豈能相信？」

田伯光怒道：「田某敬你是英雄好漢，你卻當我是下三濫的無恥之徒。我的話你如何不信？難道我說的不是人話，卻是大放狗屁麼？田某若有虛言，連豬狗也不如。」

令狐冲見他說得十分眞誠，實不由得不信，不禁大奇，問道：「田兄拜那小師父爲師之事，只是一句戲言，原當不得眞，卻何以爲了她，千里迢迢的來邀我下山？」田伯光神色頗爲尷尬，道：「其中當然另有別情。憑她這點微末本事，怎能做得我師父？」

令狐冲心念一動，暗忖：「莫非田伯光對儀琳師妹動了眞情，一番慾念，竟爾化成了愛意麼？」說道：「田兄是否對儀琳小師太一見傾心，心甘情願的聽她指使？」

田伯光搖頭道：「你不要胡思亂想，那有此事？」令狐冲道：「到底其中有何別情，還盼田兄見告。」田伯光道：「這是田伯光倒霉之極的事，你何必苦苦追問？總而言之，田伯光要是請不動你下山，一個月之後，便會死得慘不堪言。」

令狐冲一驚，臉上卻不動聲色，道：「天下那有此事？」

田伯光捋起衣衫，袒裸胸膛，指著雙乳之下的兩枚錢大紅點，說道：「田伯光給人在這裏點了死穴，又下了劇毒，被迫來邀你去見那小師父。倘若請你不到，這兩塊紅點在一個月後便腐爛化膿，逐漸蔓延，從此無藥可治，終於全身都化爲爛肉，要到三年六個月後，這才爛死。」他神色嚴峻，說道：「令狐兄，田某跟你實說，不是盼你垂憐，乃是要你知道，不管你如何堅決拒卻，我是非請你去不可的。你當眞不去，田伯光甚麼事都做得出來。我平日便已無惡不作，在這生死關頭，更有甚麼顧忌？」

令狐冲尋思：「看來此事非假，我只須設法能不隨他下山，一個月後他身上毒發，這個爲禍世間的惡賊便除去了，倒不須我親手殺他。」當下笑吟吟道：「不知是那一位高手如此惡作劇，給田兄出了這樣一個難題？田兄身上所中的卻又不知是何種毒藥？不管是如何厲害的毒藥，也總有解救的法門。」

田伯光氣憤憤的道：「點穴下毒之人，那也不必提了。要解此死穴奇毒，除了下手之人，天下只怕惟有『殺人名醫』平一指一人，可是他又怎肯給我解救？」令狐冲微笑道：「田兄善言相求，或是以刀相迫，他未必不肯解。」田伯光道：「你別儘說風涼話，總而言之，我要是眞請你不動，田某固然活不成，你也難以平安大吉。」令狐冲道：「這個自然，但田兄只須打得我口服心服，令狐冲念你如此武功得來不易，隨你下山走一趟，也未始不可。田兄稍待，我可又要進洞去想想了。」

他走進山洞，心想：「那日我曾和他數度交手，未必每一次都拆不上三十招，怎地這一次反而退步了，說甚麼也接不到他三十招？」沉吟片刻，已得其理：「是了，那日我爲了救儀琳師妹，跟他性命相撲，管他拆的是三十招，還是四十招。眼下我口中不斷數著一招、兩招、三招，心中想著的只是如何接滿三十招，這般分心，劍法上自不免大打折扣。令狐冲啊令狐冲，你怎如此胡塗？」想明白了這一節，精神一振，又去鑽研石壁上的武功。

這一次看的卻是泰山派劍法。泰山劍招以厚重沉穩見長，一時三刻，無論如何學不到其精髓所在，而其規矩謹嚴的劍路也非他性之所喜。看了一會，正要走開，一瞥眼間見到圖形中以短槍破解泰山劍法的招數，卻十分輕逸靈動。他越看越著迷，不由得沉浸其中，忘了時刻已過，直到田伯光等得實在不耐煩，呼他出去，兩人這才又動手相鬥。

這一次令狐冲學得乖了，再也不去數招，一上手便劍光霍霍，向田伯光急攻。田伯光見他劍招層出不窮，每進洞去思索一會，出來時便大有新意，卻也不敢怠慢。兩人以快打快，瞬息之間，已拆了不知若干招。突然間田伯光踏進一步，伸手快如閃電，已扣住了令狐冲的手腕，扭轉他手臂，將劍尖指向他咽喉，只須再使力一送，長劍便在他喉頭一穿而過，喝道：「你輸了！」

令狐冲手腕奇痛，口中卻道：「是你輸了！」田伯光道：「怎地是我輸了？」令狐冲道：「這是第三十二招。」田伯光道：「三十二招？」令狐冲道：「正是第三十二招！」田伯光道：「你口中又沒數。」令狐冲道：「我口中不數，心中卻數著，清清楚楚，明明白白，這是第三十二招。」其實他心中又何嘗數了？三十二招云云，只是信口胡吹。

田伯光放開他手腕，說道：「不對！你第一劍這麼攻來，我便如此反擊，你如此招架，我又這樣砍出，那是第二招。」他一刀一式，將適才相鬥的招式從頭至尾的複演一遍，數到伸手抓住令狐冲的手腕時，卻只二十八招。令狐冲見他記心如此了得，兩人拆招這麼快捷，他卻每一招每一式都記得清清楚楚，次序絲毫不亂，實是武林中罕見的奇才，不由得好生佩服，大拇指一翹，說道：「田兄記心驚人，原來是小弟數錯了，我再去想過。」

田伯光道：「且慢！這山洞中到底有甚麼古怪，我要進去看看。洞裏是不是藏得有甚麼武學秘笈？爲甚麼你進洞一次，出來後便多了許多古怪招式？」說著便走向山洞。

令狐冲吃了一驚，心想：「倘若給他見到石壁上的圖形，那可大大不妥。」臉上卻露出喜色，隨即又將喜色隱去，假裝出一副十分擔憂的神情，雙手伸開攔住，說道：「這洞中所藏，是敝派武學秘本，田兄非我華山派弟子，可不能入內觀看。」

田伯光見他臉上喜色一現即隱，其後的憂色顯得甚是誇張，多半是假裝出來的，心念一動：「他聽到我要進山洞去，爲甚麼當即喜動顏色？其後卻又假裝憂愁，顯是要掩飾內心眞情，只盼我闖進洞去。山洞之中，必有對我大大不利的物事，多半是甚麼機關陷阱，或是他養馴了的毒蛇怪獸，我可不上這個當。」說道：「原來洞內有貴派武學秘笈，田某倒不便進去觀看了。」令狐冲搖了搖頭，顯得頗爲失望。

此後令狐冲進洞數次，又學了許多奇異招式，不但有五嶽劍派各派絕招，而破解五派劍法的種種怪招也學了不少，只倉卒之際難以融會貫通，現炒現賣，高明有限，始終沒法擋得住田伯光快刀的三十招。田伯光見他進洞去思索一會，出來後便怪招紛呈，精采百出，雖無大用，克制不了自己，但招式之妙，平生從所未睹，實令人歎爲觀止，心中固然越來越不解，卻也亟盼和他鬥得越久越好，俾得多見識一些匪夷所思的劍法。

眼見天色過午，田伯光又一次將令狐冲制住後，驀地想起：「這一次他所使劍招，似乎大部份是嵩山派的，莫非山洞之中，竟有五嶽劍派的高手聚集？他每次進洞，便有高手傳他若干招式，叫他出來和我相鬥。啊喲，幸虧我沒貿然闖進洞去，否則怎鬥得過五嶽劍派的一衆高手？」他心有所思，隨口問道：「他們怎麼不出來？」令狐冲道：「誰不出來？」田伯光道：「洞中教你劍法的那些前輩高手。」

令狐冲一怔，已明其意，哈哈一笑，說道：「這些前輩，不……不願與田兄動手。」田伯光大怒，大聲道：「哼，這些人沽名釣譽，自居清高，不屑和我淫賊田伯光過招。你叫他們出來，只消是單打獨鬥，他名氣再大，也未必便是田伯光的對手。」

令狐冲搖搖頭，笑道：「田兄倘若有興，不妨進洞向這十一位前輩領教領教。他們對田兄的刀法，言下倒也頗爲看重呢。」他知田伯光在江湖上作惡多端，樹敵極衆，平素行事向來十分謹慎小心，他既猜想洞內有各派高手，那便說甚麼也不會激得他闖進洞去，他不說十位高手，偏偏說個十一位的畸零數字，更顯得實有其事。

果然田伯光哼了一聲，道：「甚麼前輩高手？只怕都是些浪得虛名之徒，否則怎地一而再、再而三的傳你種種招式，始終連田某的三十招也擋不過？」他自負輕功了得，心想就算那十一個高手一擁而出，我雖然鬥不過，逃總逃得掉，何況既是五嶽劍派的前輩高手，他們自重身分，決不會聯手對付自己。

令狐冲正色道：「那是由於令狐冲資質愚魯，內力膚淺，學不到這些前輩武功的精要。田兄嘴裏可得小心些，莫要惹怒了他們。任是那一位前輩出手，田兄不等一月後毒發，轉眼便會在這思過崖上身首異處了。」田伯光道：「你倒說說看，洞中到底是那幾位前輩。」令狐冲神色詭秘，道：「這幾位前輩歸隱已久，早已不預聞外事，他們在這裏聚集，更和田兄毫不相干。別說這幾位老人家名號不能外洩，就是說了出來，田兄也不會知道。不說也罷，不說也罷！」

田伯光見他臉色古怪，顯是在極力掩飾，說道：「嵩山、泰山、衡山、恆山四派之中，或許還有些武功不凡的前輩高人，可是貴派之中，卻沒甚麼耆宿留下來了。那是武林中衆所週知之事。令狐兄信口開河，難入人信。」令狐冲道：「不錯，華山派中，確無前輩高人留存至今。當年敝派不幸爲瘟疫侵襲，上一輩的高手凋零殆盡，華山派元氣大傷，否則的話，也決不能讓田兄單槍匹馬的闖上山來，打得我華山派全無招架之力。田兄之言甚是，山洞之中，的確並無敝派高手。」

田伯光既然認定他是在欺騙自己，他說東，當然是西，他說華山派並無前輩高手留存，那麼一定是有，思索半晌，猛然間想起一事，一拍大腿，叫道：「啊！我想起來了！原來是風清揚風老前輩！」

令狐冲登時想起石壁上所刻的那「風清揚」三個大字，忍不住一聲驚噫，這一次倒非作假，心想這位風前輩難道此時還沒死？不管怎樣，連忙搖手，道：「田兄不可亂說。風……風……」他想「風清揚」的名字中有個「清」字，那是比師父「不」字輩高了一輩的人物，接著道：「風太師叔歸隱多年，早不知去向，也不知他老人家是否尚在人世，怎麼會到華山來？田兄不信，最好自己到洞中去看看，那便眞相大白了。」

田伯光越見他力邀自己進洞，越不肯上當，心想：「他如此驚慌，果然我所料不錯。聽說華山派前輩當年一夕之間盡數暴斃，只風淸揚一人其時不在山上，逃過了這場劫難，原來尚在人世，但說甚麼也該有七八十歲了，武功再高，終究精力已衰，一個糟老頭子，我怕他個屁？」說道：「令狐兄，咱們已鬥了一日一晚，再鬥下去，你終究是鬥我不過的，雖有你風太師叔不斷指點，終歸無用。你還是乖乖的隨我下山去罷。」

令狐冲正要答話，忽聽得身後有人冷冷的道：「倘若我當眞指點幾招，難道還收拾不下你這小子？」

那老者點點頭，嘆了口氣，慢慢走到大石之前，坐了下來。田伯光喝道：「看刀！」揮刀向令狐冲砍了過來。令狐冲側身閃避，長劍還刺。

一〇　傳劍

令狐冲大吃一驚，回過頭來，見山洞口站著一個白鬚青袍老者，神氣抑鬱，臉如金紙。令狐冲心道：「這老先生莫非便是那晚的蒙面青袍人？他是從那裏來的？怎地站在我身後，我竟沒半點知覺？」心下驚疑不定，只聽田伯光顫聲道：「你……你便是風老先生？」

那老者嘆了口氣，說道：「難得世上居然還有人知道風某的名字。」

令狐冲心念電轉：「本派中還有一位前輩，我可從來沒聽師父、師娘說過，倘若他是順著田伯光之言隨口冒充，我如上前參拜，豈不令天下好漢恥笑？再說，事情那裏眞有這麼巧法？田伯光提到風清揚，便眞有一個風清揚出來。」

那老者搖頭嘆道：「令狐冲你這小子，實在也太不成器！我來教你。你先使一招

『白虹貫日』，跟著便使『有鳳來儀』，再使一招『金雁橫空』，接下來使『截手式』……」一口氣滔滔不絕的說了三十招招式。

那三十招招式令狐冲都曾學過，但出劍和腳步方位，卻無論如何連不在一起。那老者道：「你遲疑甚麼？嗯，三十招一氣呵成，憑你眼下修爲，的確有些不易，你倒先試演一遍看。」他嗓音低沉，神情蕭索，似含有無限傷心，但語氣之中自有一股威嚴。令狐冲心想：「便依言一試，卻也無妨。」當即使一招「白虹貫日」，劍尖朝天，第二招「有鳳來儀」便接不下去，不由得一呆。

那老者道：「唉，蠢才，蠢才！無怪你是岳不羣的弟子，拘泥不化，不知變通。劍術之道，講究如行雲流水，任意所之。你使完那招『白虹貫日』，劍尖向上，難道不會順勢拖下來嗎？劍招中雖沒這姿式，難道你不會別出心裁，隨手配合麼？」

這一言登時將令狐冲提醒，他長劍一勒，自然而然的便使出「有鳳來儀」，不等劍招變老，已轉「金雁橫空」。長劍在頭頂劃過，一勾一挑，輕輕巧巧的變爲「截手式」，轉折之際，天衣無縫，心下甚是舒暢。當下依著那老者所說，一招一式的使將下去，使到「鐘鼓齊鳴」收劍，堪堪正是三十招，突然之間，只感到說不出的歡喜。

那老者臉色間卻無嘉許之意，說道：「對是對了，可惜斧鑿痕跡太重，也太笨拙。不過和高手過招固然不成，對付眼前這小子，只怕也將就成了。上去試試罷！」

令狐冲雖尙不信他便是自己太師叔，但此人是武學高手，卻絕無可疑，當即長劍下垂，深深躬身爲禮，說道：「多謝指點。」轉身向田伯光道：「田兄請！」

田伯光道：「我已見你使了這三十招，再跟你過招，還打個甚麼？」令狐冲道：「田兄不願動手，那也很好，這就請便。在下要向這位老前輩多多請教，無暇陪伴田兄了。」田伯光大聲道：「那是甚麼話？你不隨我下山，田某一條性命難道便白白送在你手裏？」轉面向那老者道：「風老前輩，田伯光是後生小子，不配跟你老人家過招，你若出手，未免有失身分。」那老者點點頭，嘆了口氣，慢慢走到大石之前，坐了下來。

田伯光大爲寬慰，喝道：「看刀！」揮刀向令狐冲砍了過來。

令狐冲側身閃避，長劍還刺，使的便是適才那老者所說的第四招「截手式」。他一劍既出，後著源源傾瀉，劍法輕靈，所用招式有些是那老者提到過的，有些卻在那老者所說的三十招之外。他既領悟了「行雲流水，任意所之」這八字精義，劍術登時大進，翻翻滾滾的和田伯光拆了一百餘招。突然間田伯光一聲大喝，舉刀直劈，令狐冲眼見難以閃避，一抖手，長劍指向他胸膛。田伯光迴刀削劍，噹的一聲，刀劍相交，他不等令狐冲抽劍，放脫單刀，縱身而上，雙手扼住了他喉頭。令狐冲登時爲之窒息，長劍也即脫手。

田伯光喝道：「你不隨我下山，老子扼死你。」他本來和令狐冲稱兄道弟，言語甚是客氣，但這番百餘招的劇鬥一過，打得性發，牢牢扼住他喉頭後，居然自稱起「老子」來。令狐冲滿臉紫脹，搖了搖頭。田伯光咬牙道：「一百招也好，二百招也好，老子贏了，便要你跟我下山。他媽的三十招之約，老子不理了。」令狐冲想要哈哈一笑，可是給他十指扼住了喉頭，無論如何笑不出聲。

忽聽那老者道：「蠢才！手指便是劍。那招『金玉滿堂』，定要用劍才能使嗎？」

令狐冲腦海中如電光一閃，右手五指疾刺，正是一招「金玉滿堂」，中指和食指戳在田伯光胸口「膻中穴」上。田伯光悶哼一聲，委頓在地，抓住令狐冲喉頭的手指登時鬆了。

令狐冲沒想到自己隨手這麼一戳，竟將這個名動江湖的「萬里獨行」田伯光輕輕易易的便點倒在地。他伸手摸摸自己給田伯光扼得十分疼痛的喉頭，只見這快刀高手蜷縮在地，不住輕輕抽搐，雙眼翻白，已暈了過去，不由得又驚又喜，霎時之間，對那老者欽佩到了極點，搶到他身前，拜伏在地，叫道：「太師叔，請恕徒孫先前無禮。」說著連連磕頭。

那老者淡淡一笑，說道：「你再不疑心我是招搖撞騙了麼？」令狐冲磕頭道：「萬萬不敢！徒孫有幸，得能拜見本門前輩風太師叔，實爲萬千之喜。」

那老者風淸揚道：「你起來。」令狐冲又恭恭敬敬的磕了三個頭，這才站起，眼見那老者滿面病容，神色憔悴，道：「太師叔，你肚子餓麼？徒孫洞裏藏得有些乾糧。」說著便欲去取。風清揚搖頭道：「不用！」瞇著眼向太陽望了望，輕聲道：「日頭好暖和啊，可有好久沒晒太陽了。」令狐冲好生奇怪，卻不敢問。

風清揚向縮在地下的田伯光瞧了一眼，說道：「他給你戳中了膻中穴，憑他功力，一個時辰後便會醒轉，那時仍會跟你死纏。你再將他打敗，他便只好乖乖的下山去了。你制服他後，須得逼他發下毒誓，關於我的事決不可洩漏一字半句。」

令狐冲道：「徒孫適才取勝，不過是出其不意，僥倖得手，劍法上畢竟不是他敵手，要制服他……制服他……」風清揚搖搖頭，說道：「你是岳不羣的弟子，我本不想傳你武功。但我當年……當年……曾立下重誓，有生之年，決不再與人當眞動手。那晚試你劍法，不過讓你知道，華山派『玉女十九劍』倘若使得對了，又怎能讓人彈去手中長劍？我若不假手於你，難以逼得這田伯光立誓守秘，你跟我來。」說著走進山洞，鑽過了孔穴，來到後洞。令狐冲跟了進去。

風清揚指著石壁說道：「壁上這些華山派劍法的圖形，你大都已經看過記熟，只是使將出來，卻全不是那一回事。唉！」說著搖了搖頭。令狐冲尋思：「我在這裏觀看圖形，原來太師叔早已瞧在眼裏。想來每次我都瞧得出神，以致全然沒發覺洞中另有旁人，倘若……倘若太師叔是敵人……嘿嘿，倘若他是敵人，我就算發覺了，也難道能逃得性命？」

只聽風淸揚續道：「岳不羣那小子，當眞狗屁不通。你本是塊大好的材料，卻給他教得變成了蠢牛木馬。」令狐冲聽得他辱及恩師，心下氣惱，當即昂然道：「太師叔，我不要你教了，我出去逼田伯光立誓不可洩漏太師叔之事就是。」

風淸揚一怔，已明其理，淡淡的道：「他要是不肯呢？你這就殺了他？」令狐冲躊躇不答，心想田伯光數次得勝，始終不殺自己，自己怎能一佔上風，便即殺他？風淸揚道：「你怪我罵你師父，好罷，以後我不提他便是，他叫我師叔，我稱他一聲『小子』，總稱得罷？」令狐冲道：「太師叔不罵我恩師，徒孫自當恭聆教誨。」風淸揚微微一笑，道：「倒是我來求你學藝了。」令狐冲躬身道：「徒孫不敢，請太師叔恕罪。」

風淸揚指著石壁上華山派劍法的圖形，說道：「這些招數，確是本派劍法的絕招，其中泰半已經失傳，連岳……岳……嘿嘿……連你師父也不知道。只是招數雖妙，一招招的分開來使，終究能給旁人破了……」

令狐冲聽到這裏，心中一動，隱隱想到了一層劍術的至理，不由得臉現狂喜之色。風淸揚道：「你明白了甚麼？說給我聽聽。」令狐冲道：「太師叔是不是說，要是各招渾成連綿，敵人便沒法可破？」

風淸揚點了點頭，甚是歡喜，說道：「我原說你資質不錯，果然悟性極高。這些魔教長老……」一面說，一面指著石壁上使棍棒的人形。令狐冲道：「這是魔教中的長老？」風清揚道：「你不知道麼？這十具骸骨，便是魔教十長老了。」說著手指地下一具骸骨。令狐冲奇道：「怎麼這魔教十長老都死在這裏？」風清揚道：「再過一個時辰，田伯光便醒轉了，你儘問這些陳年舊事，還有時刻學武功麼？」令狐冲道：「是，是，請太師叔指點。」

風清揚嘆了口氣，說道：「這些魔教長老，也確都是了不起的聰明才智之士，竟將五嶽劍派中的高招破得如此乾淨徹底。只不過他們不知道，世上最厲害的招數，不在武功之中，而是陰謀詭計、機關陷阱。倘若落入了別人巧妙安排的陷阱，憑你多高明的武功招數，那也全然用不著了……」說著抬起了頭，眼光茫然，顯是想起了無數舊事。

令狐冲見他說得甚是苦澀，神情間更有莫大憤慨，便不敢接口，心想：「莫非我五嶽劍派果然是『比武不勝，暗算害人』？風太師叔雖是五嶽劍派中人，卻對這些卑鄙手段似乎頗不以爲然。但對付魔教人物，使些陰謀詭計，似乎也不能說不對。」

風清揚又道：「單以武學而論，這些魔教長老們也不能說眞正已窺上乘武學之門。他們不懂得，招數是死的，發招之人卻是活的。死招數破得再妙，遇上了活招數，免不了縛手縛腳，只有任人屠戮。這個『活』字，你要牢牢記住了。學招時要活學，使招時要活使。倘若拘泥不化，便練熟了幾千幾萬手絕招，遇上了眞正高手，終究還是給人家破得乾乾淨淨。」

令狐冲大喜，他生性飛揚跳脫，風清揚這幾句話當眞說到了他心坎裏去，連稱：「是，是！須得活學活使。」

風清揚道：「五嶽劍派中各有無數蠢才，以爲將師父傳下來的劍招學得精熟，自然而然便成高手，哼哼，熟讀唐詩三百首，不會作詩也會吟！熟讀了人家詩句，做幾首打油詩是可以的，但若不能自出機杼，能成大詩人麼？」他這番話，自然是連岳不羣也罵在其中了，但令狐冲一來覺得這話十分有理，二來他並未直提岳不羣的名字，也就沒加抗辯。

風清揚道：「活學活使，只是第一步。要做到出手無招，那才眞是踏入了高手的境界。你說『各招渾成連綿，敵人便沒法可破』，這句話還只說對了一小半。不是『渾成』，而是根本無招。你的劍招使得再渾成，只要有跡可尋，敵人便有隙可乘。但如你根本並無招式，敵人如何來破你的招式？」

令狐冲一顆心怦怦亂跳，手心發熱，喃喃的道：「根本無招，如何可破？根本無招，如何可破？」斗然之間，眼前出現了一個生平從所未見、連做夢也想不到的新天地。

風清揚道：「要切肉，總得有肉可切；要斬柴，總得有柴可斬；敵人要破你劍招，你須得有劍招給人家來破才成。一個從未學過武功的常人，拿了劍亂揮亂舞，你見聞再博，也猜不到他下一劍要刺向那裏，砍向何處。就算是劍術至精之人，也破不了他的招式，只因並無招式，『破招』二字，便談不上了。只是不曾學過武功之人，雖無招式，卻會給人輕而易舉的打倒。眞正上乘的劍術，則是能制人而決不能爲人所制。」他拾起地下的一根死人腿骨，隨手以一端對著令狐冲，道：「你如何破我這一招？」

令狐冲不知他這一下是甚麼招式，一怔之下，便道：「這不是招式，因此破解不得。」風清揚微微一笑，道：「這就是了。學武之人使兵刃，動拳腳，總是有招式的，你只須知道破法，一出手便能破招制敵。」

令狐冲道：「要是敵人也沒招式呢？」風清揚道：「那麼他也是一等一的高手了，二人打到如何便如何，說不定是你高些，也說不定是他高些。」嘆了口氣，說道：「當今之世，這等高手是難找得很了，只要能僥倖遇上一兩位，那是你畢生的運氣，我一生之中，也只遇上過三位。」令狐冲問道：「是那三位？」

風清揚向他凝視片刻，微微一笑，道：「岳不羣的弟子之中，居然有如此多管閒事、不肯專心學劍的小子，好極，妙極！」令狐冲臉上一紅，忙躬身道：「弟子知錯了。」風清揚微笑道：「沒有錯，沒有錯！你這小子心思活潑，很對我的脾胃。只是現下時刻不多了，你將這華山派的三四十招融合貫通，設想如何一氣呵成，然後全部將它忘了，忘得乾乾淨淨，一招也不可留在心中。待會便以甚麼招數也沒有的華山劍法，去跟田伯光打。」

令狐冲又驚又喜，應道：「是！」凝神觀看石壁上的圖形。

過去數月之中，他早已將石壁上的本門劍法記得甚熟，這時也不必再花時間學招，只須將許多毫不連貫的劍招設法串成一起就是。風清揚道：「一切須當順其自然。行乎其不得不行，止乎其不得不止，倘若串不成一起，也就罷了，總之不可有半點勉強。」令狐冲應了，只須順乎自然，那便容易得緊，串得巧妙也罷，笨拙也罷，那三四十招華山派的絕招，片刻間便聯成了一片，不過要融成一體，其間全無起迄轉折的刻劃痕跡可尋，可就十分爲難了。他提起長劍左削右劈，心中半點也不去想石壁圖形中的劍招，像也好，不像也好，只隨意揮洒，有時使到順溜處，亦不禁暗暗得意。

他從師練劍十餘年，每一次練習，總是全心全意的打醒精神，不敢有絲毫怠忽。岳不羣課徒極嚴，衆弟子練拳使劍，舉手提足間只要稍離了尺寸法度，他便立加糾正，每一個招式總要練得十全十美，沒半點錯誤，方能得到他點頭認可。令狐冲是開山門的大弟子，又生來要強好勝，爲了博得師父、師娘讚許，練習招式時加倍的嚴於自律。不料風清揚教劍全然相反，要他越隨便越好，這正投其所好，使劍時心中暢美難言，只覺比之痛飲數十年的美酒還要滋味無窮。

正使得如痴如醉之時，忽聽得田伯光在外叫道：「令狐兄，請你出來，咱們再比。」

令狐冲一驚，收劍而立，向風清揚道：「太師叔，我這亂揮亂削的劍法，能擋得住他的快刀麼？」風清揚搖頭道：「擋不住，還差得遠呢！」令狐冲驚道：「擋不住？」風清揚道：「要擋，自然擋不住，可是你何必要擋？」

令狐冲一聽，登時省悟，心下大喜：「不錯，他爲了求我下山，不敢殺我。不管他使甚麼刀招，我不必理會，只管自行進攻便了。」當即仗劍出洞。

只見田伯光橫刀而立，叫道：「令狐兄，你得風老前輩指點訣竅之後，果然劍法大進，不過適才給你點倒，乃一時疏忽，田某心中不服，咱們再來比過。」令狐冲道：「好！」挺劍歪歪斜斜的刺去，劍身搖搖晃晃，沒半分勁力。

田伯光大奇，說道：「你這是甚麼劍招？」眼見令狐冲長劍刺到，正要揮刀擋格，卻見令狐冲突然間右手後縮，向空處隨手刺了一劍，跟著劍柄疾收，似乎要撞上他自己胸膛，跟著手腕立即反抖，這一撞便撞向右側空處。田伯光更加奇怪，向他輕輕試劈一刀。令狐冲不避不讓，劍尖一挑，斜刺對方小腹。田伯光叫道：「古怪！」回刀反擋。

兩人拆得數招，令狐冲將石壁上數十招華山劍法使了出來，只攻不守，便如自顧自練劍一般。田伯光給他逼得手忙腳亂，叫道：「我這一刀你如再不擋，砍下了你的臂膀，可別怪我！」令狐冲笑道：「可沒這麼容易。」唰唰唰三劍，全是從希奇古怪的方位刺削而至。田伯光仗著眼明手快，一一擋過，正待反擊，令狐冲忽將長劍向天空拋了上去。田伯光仰頭看劍，砰的一聲，鼻上已重重吃了一拳，登時鼻血長流。

田伯光一驚之間，令狐冲以手作劍，疾刺而出，又戳中了他膻中穴。田伯光身子慢慢軟倒，臉上露出十分驚奇、又十分憤怒的神色。

令狐冲回過身來，風清揚招呼他走入洞中，道：「你又多了一個半時辰練劍，他這次受創較重，醒過來時沒第一次快。只不過下次再鬥，說不定他會拚命，未必肯再容讓，須得小心在意。你去練練衡山派的劍法。」

令狐冲得風清揚指點後，劍法中有招如無招，但存招式之意，而無招式之形，衡山派的絕招本已變化莫測，似鬼似魅，這一來更無絲毫跡象可尋。田伯光醒轉後，鬥得七八十招，又讓他打倒。

眼見天色已晚，陸大有送飯上崖，令狐冲將點倒了的田伯光放在巖石之後，風清揚則在後洞不出。令狐冲道：「這幾日我胃口大好，六師弟明日多送些飯菜上來。」陸大有見大師哥神采飛揚，與數月來鬱鬱寡歡的情形大不相同，心下甚喜，又見他上身衣衫都汗濕了，只道他在苦練劍法，說道：「好，明兒我提一大籃飯上來。」

陸大有下崖後，令狐冲解開田伯光穴道，邀他和風清揚及自己一同進食。風清揚只吃小半碗飯便飽了。田伯光憤憤不平，食不下咽，一面扒飯，一面罵人，突然間左手使勁太大，啪的一聲，竟將一隻瓦碗揑成十餘塊，碗片飯粒，跌得身上地下都是。

令狐冲哈哈大笑，說道：「田兄何必跟一隻飯碗過不去？」

田伯光怒道：「他媽的，我是跟你過不去。只因爲我不想殺你，咱們比武，你這小子只攻不守，這才佔盡了便宜，你自己說，這公道不公道？倘若我不讓你哪，三十招之內便砍下了你腦袋。哼！哼！他媽的那小尼……小尼……」他顯是想罵儀琳那小尼姑，但不知怎的，話到口邊，沒再往下罵了，站起身來，拔刀在手，叫道：「令狐冲，有種的再來鬥過。」令狐冲道：「好！」挺劍而上。

令狐冲又施故技，對田伯光的快刀並不拆解，自行另以巧招相刺。不料田伯光這次出手甚狠，拆得二十餘招後，唰唰兩刀，一刀砍中令狐冲大腿，一刀在他左臂上劃了一道口子，但畢竟還是刀下留情，所傷不重。令狐冲又驚又痛，劍法散亂，數招後便給田伯光踢倒。

田伯光將刀刃架在他喉頭，喝道：「還打不打？打一次便在你身上砍幾刀，縱然不殺你，也要你肢體不全，流乾了血。」令狐冲笑道：「自然再打！就算令狐冲鬥你不過，難道我風太師叔袖手不理，任你橫行？」田伯光道：「他是前輩高人，不會跟我動手。」說著收起單刀，心下畢竟也甚惴惴，生怕將令狐冲砍傷了，風清揚一怒出手，看來這人雖老得很了，糟卻半點不糟，神氣內斂，眸子中英華隱隱，顯然內功著實了得，劍術之高更不用說了，他也不必揮劍殺人，只須將自己逐下華山，那便糟糕之極。

令狐沖撕下衣襟，裹好了兩處創傷，走進洞中，搖頭苦笑，說道：「太師叔，這傢伙改變策略，當眞砍殺啦！如給他砍中了右臂，使不得劍，這可就難以勝他了。」風清揚道：「好在天色已晚，你約他明晨再鬥。今晚你不要睡，咱們窮一晚之力，我教你三招劍法。」令狐沖道：「三招？」心想只三招劍法，何必花一晚時光來教。

風清揚道：「我瞧你人倒挺聰明的，也不知是眞聰明，還是假聰明，倘若眞的聰明，那麼這一個晚上，或許能將這三招劍法學會了。要是資質不佳，悟心平常，那麼……那麼……明天早晨你也不用再跟他打了，自己認輸，乖乖的跟他下山去罷！」

令狐沖聽太師叔如此說，料想這三招劍法非比尋常，定然十分難學，不由得激發了要強好勝之心，昂然道：「太師叔，徒孫要是不能在一晚間學會這三招，寧可給他一刀殺了，決不投降屈服，隨他下山。」

風清揚笑了笑，道：「那也很好。」抬起了頭，沉思半晌，道：「一晚之間學會三招，未免強人所難，第二招暫且用不著，咱們只學第一招和第三招。不過……不過……第三招中的許多變化，是從第二招而來，好，咱們把有關的變化都略去，且看是否管用。」自言自語，沉吟一會，卻又搖頭。

令狐沖見他如此顧慮多端，不由得心癢難搔，一門武功越難學，自然威力越強，只聽風清揚又喃喃的道：「第一招中的三百六十種變化如果忘記了一變，第三招便會使得不對，這倒有些爲難了。」

令狐冲聽得單是第一招便有三百六十種變化，不由得吃了一驚，只見風清揚屈起手指，數道：「歸妹趨無妄，無妄趨同人，同人趨大有。甲轉丙，丙轉庚，庚轉癸。子丑之交，辰巳之交，午未之交。風雷是一變，山澤是一變，水火是一變。乾坤相激，震兌相激，離巽相激。三增而成五，五增而成九……」越數越是憂色重重，嘆道：「冲兒，當年我學這一招，花了三個月時光，要你在一晚之間學會兩招，那是開玩笑了，你想：『歸妹趨無妄……』」說到這裏，便住了口，顯是神思不屬，過了一會，問道：「剛才我說甚麼來著？」

令狐冲道：「太師叔剛才說的是歸妹趨無妄，無妄趨同人，同人趨大有。」風清揚雙眉一軒，道：「你記性倒不錯，後來怎樣？」令狐冲道：「太師叔說道：『甲轉丙，丙轉庚，庚轉癸……』」一路背誦下去，竟然背了一小半，後面的便記不得了。

風清揚大奇，問道：「這獨孤九劍的總訣，你曾學過的？」令狐冲道：「徒孫沒學過，不知這叫做『獨孤九劍』。」風清揚問道：「你沒學過，怎麼會背？」令狐冲道：「我剛才聽得太師叔這麼唸過。」

風清揚滿臉喜色，一拍大腿，道：「這就有法子了。一晚之間雖然學不全，然而可以硬記，第一招不用學，第三招只學小半招好了。你記著。歸妹趨無妄，無妄趨同人，同人趨大有……」一路唸將下去，足足唸了三百餘字，才道：「你試背一遍。」令狐冲早就在全神記憶，當下依言背誦，只錯了十來個字。風清揚糾正了，令狐冲第二次再背，只錯了七個字，第三次便沒再錯。

風清揚甚是高興，道：「很好，很好！」又傳了三百餘字口訣，待令狐冲記熟後，又傳三百餘字。那「獨孤九劍」的總訣足足有三千餘字，而且內容不相連貫，饒是令狐冲記性特佳，卻也不免記得了後面，忘記了前面，直花了一個多時辰，經風清揚一再提點，這才記得一字不錯。風清揚要他從頭至尾連背三遍，見他確已全部記住，說道：「這總訣是獨孤九劍的根本關鍵，你此刻雖記住了，只是爲求速成，全憑硬記，不明其中道理，日後甚易忘記。從今天起，須得朝夕唸誦。」令狐冲應道：「是！」

風清揚道：「九劍的第一招『總訣式』，有種種變化，用以體演這篇總訣，現下且不忙學。第二招是『破劍式』，用以破解普天下各門各派劍法，現下也不忙學。第三招『破刀式』，用以破解單刀、雙刀、柳葉刀、鬼頭刀、大砍刀、斬馬刀種種刀法。田伯光使的是單刀中的快刀法，今晚只學專門對付他刀法的這一部份。」

令狐冲聽得獨孤九劍的第二招可破天下各門各派劍法，第三招可破種種刀法，驚喜交集，說道：「這九劍如此神妙，徒孫直是聞所未聞。」興奮之下，說話聲音也顫抖了。

風清揚道：「獨孤九劍的劍法你師父沒見識過，這劍法的名稱，他倒聽見過的。只不過他不肯跟你們提起罷了。」令狐冲大感奇怪，問道：「卻是為何？」風清揚不答他此問，說道：「這第三招『破刀式』講究以輕御重，以快制慢。田伯光那廝的快刀是快得很了，你卻要比他更快。似你這等少年，和他比快，原也可以，只是或輸或贏，並無必勝把握。至於我這等糟老頭子，卻也要比他快，唯一的法子便是比他先出招。你料到他要出甚麼招，卻搶在他頭裏。敵人手還沒提起，你長劍已指向他要害，他再快也沒你快。」令狐冲連連點頭，道：「是，是！想來這是教人如何料敵機先。」

風清揚拍手讚道：「對，對！孺子可教。『料敵機先』這四個字，正是這劍法的精要所在，任何人一招之出，必定有若干朕兆。他下一刀要砍向你左臂，眼光定會瞧向你左臂，如果這時他的單刀正在右下方，自然會提起刀來，劃個半圓，自上而下的斜向下砍。」於是將這第三劍中剋破快刀的種種變化，一項項詳加剖析。令狐冲只聽得心曠神怡，便如一個鄉下少年忽地置身於皇宮內院，目之所接，耳之所聞，莫不新奇萬端，而又莫不華麗輝煌。

這第三招變化繁複之極，令狐冲於一時之間，所能領會的也只十之二三，其餘的便都硬記在心。一個教得起勁，一個學得用心，竟不知時刻之過，猛聽得田伯光在洞外大叫：「令狐兄，天光啦，睡醒了沒有？」

令狐冲一呆，低聲道：「啊喲，天亮啦。」風清揚嘆道：「只可惜時刻太過迫促，但你學得極快，已遠過我的指望。這就出去跟他打罷！」

令狐冲道：「是。」閉上眼睛，將這一晚所學大要，默默存想了一遍，突然睜開眼來，道：「太師叔，徒孫尚有一事未明，何以這種種變化，盡是進手招數，只攻不守？」

風清揚道：「獨孤九劍，有進無退！招招都是進攻，攻敵之不得不守，自己當然不用守了。創制這套劍法的獨孤求敗前輩，名字叫做『求敗』，他老人家畢生想求一敗而不可得，這劍法施展出來，天下無敵，又何必守？如有人攻得他老人家迴劍自守，他老人家眞要心花怒放，喜不自勝了。」

令狐冲喃喃的道：「獨孤求敗，獨孤求敗。」想像當年這位前輩仗劍江湖，無敵於天下，連找一個對手來逼得他迴守一招都不可得，委實令人可驚可佩。

只聽田伯光又在呼喝：「快出來，讓我再砍你兩刀。」令狐冲叫道：「我來也！」

風清揚皺眉道：「此刻出去和他接戰，有一事大是凶險，他如上來一刀便將你右臂或右腕砍傷，那只有任他宰割，更無反抗之力了。這件事可眞叫我躭心。」

令狐冲意氣風發，昂然道：「徒孫盡力而爲！無論如何，決不能辜負了太師叔這一晚盡心教導。」提劍出洞，立時裝出一副委靡之狀，打了個呵欠，又伸了個懶腰，揉了揉眼睛，說道：「田兄起得好早，昨晚沒好睡嗎？」心中卻在盤算：「我只須挨過眼前這個難關，再學幾個時辰，便永遠不怕他了。」

田伯光一舉單刀，說道：「令狐兄，在下確實無意傷你，但你太也固執，說甚麼也不肯隨我下山。這般鬥將下去，逼得我要砍你十刀廿刀，令得你遍體鱗傷，豈不是十分對你不住？」令狐冲心念一動，說道：「倒也不須砍上十刀廿刀，你只須一刀將我右臂砍斷，要不然砍傷了我右手，叫我使不得劍。那時候你要殺要擒，豈不是悉隨尊便？」田伯光搖頭道：「我只不過要你服輸，何必傷你右手右臂？」令狐冲心中大喜，臉上卻裝作深有憂色，說道：「只怕你口中雖這麼說，輸得急了，到頭來還是甚麼野蠻的毒招都使將出來。」田伯光道：「你不用以言語激我。田伯光一來跟你無怨無仇，二來敬你是條有骨氣的漢子，三來眞的傷你重了，只怕旁人要跟我爲難。出招罷！」

令狐冲道：「好！田兄請。」田伯光虛晃一刀，第二刀跟著斜劈而出，刀光映日，勢道甚爲猛惡。令狐冲待要使用「獨孤九劍」中第三劍的變式予以破解，那知田伯光的刀法實在太快，甫欲出劍，對方刀法已轉，終於慢了一步。他心中焦急，暗叫：「糟糕，糟糕！新學的劍法竟然完全用不上，太師叔一定在罵我蠢才。」再拆數招，額頭汗水已涔涔而下。

豈知自田伯光眼中看出來，卻見他劍法凌厲之極，每一招都是自己刀法的剋星，心下也吃驚不小，尋思：「他這幾下劍法，明明已可將我斃了，卻爲甚麼故意慢了一步？是了，他是手下留情，要叫我知難而退。可是我雖然『知難』，苦在不能『而退』，非硬挺到底不可。」他心中這麼想，單刀劈出時勁力便不敢使足。兩人互相忌憚，均小心翼翼的拆解。

又鬥一會，田伯光刀法漸快，令狐冲應用獨孤氏第三劍的變式也漸趨純熟，刀劍光芒閃爍，交手越來越快。驀地裏田伯光大喝一聲，右足飛起，踹中令狐冲小腹。令狐冲身子向後跌出，心念電轉：「我只須再有一日一夜的時刻，明日此時定能制他。」當即摔劍脫手，雙目緊閉，凝住呼吸，假作暈死之狀。

田伯光見他暈去，吃了一驚，但深知他狡譎多智，不敢俯身去看，生怕他暴起襲擊，敗中求勝，當下橫刀身前，走近幾步，叫道：「令狐兄，怎麼了？」叫了幾聲，才見令狐冲悠悠醒轉，氣息微弱，顫聲道：「咱們……咱們再打過。」支撐著要站起身來，左腿一軟，又摔倒在地。田伯光道：「你是不行的了，不如休息一日，明兒隨我下山去罷。」令狐冲不置可否，伸手撐地，意欲站起，口中不住喘氣。

田伯光更無懷疑，踏上一步，抓住他右臂，扶了他起來，但踏上這一步時若有意、若無意的踏住了令狐冲落在地下的長劍，右手執刀護身，左手又正抓在令狐冲右臂的穴道之上，叫他沒法行使詭計。令狐冲全身重量都掛在他左手之上，顯得全然虛弱無力，口中卻兀自怒罵：「誰要你討好？他奶奶的。」一跛一拐，回入洞中。

風清揚微笑道：「你用這法子取得了一日一夜，竟不費半點力氣，只不過有點兒卑鄙無恥。」令狐冲笑道：「對付卑鄙無恥之徒，說不得，只好用點卑鄙無恥的手段。」風清揚正色道：「要是對付正人君子呢？」令狐冲一怔，道：「正人君子？」一時答不出話來。

風清揚雙目炯炯，瞪視著令狐冲，森然問道：「要是對付正人君子，那便怎樣？」令狐冲道：「就算他眞是正人君子，倘若想要殺我，我也不能甘心就戮，到了不得已的時候，卑鄙無恥的手段，也只好用上這麼一點半點了。」風清揚大喜，朗聲道：「好，好！你說這話，便不是假冒爲善的僞君子。大丈夫行事，愛怎樣便怎樣，行雲流水，任意所之，甚麼武林規矩，門派教條，全都是放他媽的狗臭屁！」

令狐冲微微一笑，風清揚這幾句話當眞說到了他心坎中去，聽來說不出的痛快，可是平素師父諄諄叮囑，寧可性命不要，也決計不可違犯門規，不守武林規矩，以致敗了華山派清譽，太師叔這番話是不能公然附和的；何況「假冒爲善的僞君子」云云，似乎是在譏刺他師父那「君子劍」的外號，當下只微微一笑，並不接口。

風清揚伸出乾枯的手指撫摸令狐冲頭髮，微笑道：「岳不羣門下，居然有你這等人才，這小子眼光是有的，倒也不是全無可取。」他所說的「這小子」，自是指岳不羣了。

他拍拍令狐冲的肩膀，說道：「小娃子很合我心意，來來來，咱們把獨孤大俠的第一劍和第三劍再練上一些。」當下又將獨孤氏的第一劍擇要講述，待令狐冲領悟後，再將第三劍中的有關變化，連講帶比，細加指點。後洞中所遺長劍甚多，兩人都以華山派的長劍比劃演式。令狐冲用心記憶，每逢不明，便即詢問。這一日時候充裕，學劍時不如前晚之迫促，一劍一式均能闡演周詳。晚飯之後，令狐冲睡了兩個時辰，又再學招。

次日清晨，田伯光只道他早一日受傷不輕，竟然並不出聲索戰。令狐冲樂得在後洞繼續學劍，到得午末未初，獨孤式第三劍的種種變化已盡數學全。風清揚道：「今日倘若仍然打他不過，也不要緊。再學一日一晚，無論如何，明日必勝。」

令狐冲應了，倒提本派前輩所遺下的一柄長劍，緩步走出洞來，見田伯光在崖邊眺望，假作驚異之色，說道：「咦，田兄，怎麼你還不走？」田伯光道：「在下恭候大駕。昨日得罪，今日好得多了罷？」令狐冲道：「也不見得好，腿上給田兄所砍的這一刀，痛得甚是厲害。」田伯光笑道：「當日在衡陽相鬥，令狐兄傷勢可比今日重得多了，卻也不曾出過半句示弱之言。我深知你鬼計多端，你這般裝腔作勢，故意示弱，想攻我一個出其不意，在下可不會上當。」

令狐冲笑道：「你這當已經上了，此刻就算醒覺，也來不及啦！田兄，看招！」劍隨聲出，直刺其胸。田伯光舉刀急擋，卻擋了個空。令狐冲第二劍又已刺了過來。田伯光讚道：「好快！」橫刀封架。令狐冲第三劍、第四劍又已刺出，口中說道：「還有快的。」第五劍、第六劍跟著刺出，攻勢既發，竟一劍連著一劍，一劍快似一劍，渾成一體，連綿不絕，當眞學到了這獨孤劍法的精要，「獨孤九劍，有進無退」，每一劍全是攻招。

十餘劍一過，田伯光膽戰心驚，不知如何招架才是，令狐冲刺一劍，他便退一步，刺得十餘劍，他已退到了崖邊。令狐冲攻勢絲毫不緩，唰唰唰唰，連刺四劍，全是指向他要害之處。田伯光奮力擋開了兩劍，第三劍無論如何擋不開了，左足後退，卻踏了個空。他知道身後是萬丈深谷，這一跌下去勢必粉身碎骨，便在這千鈞一髮之際，猛力一刀砍向地下，借勢穩住身子。令狐冲的第四劍已指在他咽喉之上。田伯光臉色蒼白，令狐冲也一言不發，劍尖始終不離他咽喉。過了良久，田伯光怒道：「要殺便殺，婆婆媽媽作甚？」

令狐冲右手一縮，向後縱開數步，道：「田兄一時疏忽，給小弟佔了機先，不足爲憑，咱們再打過。」田伯光哼了一聲，舞動單刀，猶似狂風驟雨般攻將過來，叫道：「這次由我先攻，可不能讓你佔便宜了。」

令狐冲眼見他鋼刀猛劈而至，長劍斜挑，逕刺他小腹，自己上身一側，已避開了他的刀鋒。田伯光見他這一劍來得峻急，疾迴單刀，往他劍上砸去，自恃力大，只須刀劍相交，準能將他長劍砸飛。令狐冲只一劍便搶到了先著，第二劍、第三劍源源不絕的發出，每一劍都是旣狠且準，劍尖始終不離對手要害。田伯光擋架不及，只得又再倒退，十餘招過去，竟重蹈覆轍，又退到了崖邊。令狐冲長劍削下，逼得他提刀護住下盤，左手伸出，五指虛抓，正好搶到空隙，五指指尖離他胸口膻中穴已不到兩寸，凝指不發。

田伯光曾兩次給他以手指點中膻中穴，這一次若再點中，身子委倒時不再是暈在地下，卻要跌入深谷之中了，眼見他手指虛凝，顯是有意容讓。兩人僵持半晌，令狐冲又再向後躍開。

田伯光坐在石上，閉目養了會神，突然間一聲大吼，舞刀搶攻，一口鋼刀直上直下，勢道威猛之極。這一次他看準了方位，背心向山，心想縱然再給你逼得倒退，也是退入山洞之中，說甚麼也要決一死戰。

令狐冲此刻於單刀刀招的種種變化，已盡數了然於胸，待他鋼刀砍至，側身向右，長劍便向他左臂削去。田伯光迴刀相格，令狐冲的長劍早已改而刺他左腰。田伯光左臂與左腰相去不到一尺，但這一迴刀，守中帶攻，含有反擊之意，力道甚勁，鋼刀直盪了出去，急切間已不及收刀護腰，只得向右讓了半步。令狐冲長劍起處，刺向他左頰。田伯光舉刀擋架，劍尖忽地已指向左腿。田伯光沒法再擋，再向右踏出一步。令狐冲一劍連著一劍，盡是攻他左側，逼得他一步又一步的向右退讓，十餘步一跨，已將他逼向右邊石崖的盡頭。

該處一塊大石壁阻住了退路，田伯光背心靠住巖石，舞起七八個刀花，再也不理令狐冲長劍如何來攻，耳中只聽得嗤嗤聲響，左手衣袖、左邊衣衫、左足褲管已讓長劍接連劃中了六劍。這六劍均是只破衣衫，不傷皮肉，但田伯光心中雪亮，這六劍的每一劍都能教自己斷臂折足，破肚開膛，到這地步，霎時間只覺萬念俱灰，哇的一聲，張嘴噴出一大口鮮血。

令狐冲接連三次將他逼到了生死邊緣，數日之前，此人武功還遠勝於己，此刻竟是生殺之權操於己手，而且勝來輕易，大是行有餘力，臉上不動聲色，心下卻已大喜若狂，待見他大敗之後口噴鮮血，不由得歉疚之情油然而生，說道：「田兄，勝敗乃是常事，何必如此？小弟也曾敗在你手下多次！」

田伯光拋下單刀，搖頭道：「風老前輩劍術如神，當世無人能敵，在下永遠不是你的對手了。」令狐冲拾起單刀，雙手遞過，說道：「田兄說得不錯，小弟僥倖得勝，全憑風太師叔的指點。風太師叔想請田兄答允一件事。」田伯光不接單刀，慘然道：「田某命懸你手，有甚麼好說的。」令狐冲道：「風太師叔隱居已久，不預世事，不喜俗人煩擾。田兄下山之後，請勿對人提起他老人家的事，在下感激不盡。」

田伯光冷冷的道：「你只須這麼一劍刺將過來，殺人滅口，豈不乾脆？」令狐冲退後兩步，還劍入鞘，說道：「當日田兄武藝遠勝於我之時，倘若一刀將我殺了，焉有今日之事？在下請田兄不向旁人洩露我風太師叔的行蹤，乃是相求，不敢有絲毫脅迫之意。」田伯光道：「好，我答允了。」令狐冲深深一揖，道：「多謝田兄。」

田伯光道：「我奉命前來請你下山。這件事田某幹不了，可是事情沒完。講打，我這一生一世是打你不過的了，卻未必便此罷休。田某性命攸關，只好爛纏到底，你可別怪我不是好漢子的行逕。令狐兄，再見了。」說著一抱拳，轉身便行。

令狐冲想到他身中劇毒，此番下山，不久便毒發身亡，和他惡鬥數日，不知不覺間已對他生出親近之意，一時衝動，脫口便想叫將出來：「我隨你下山便了。」但隨即想起，自己受罰在崖上思過，不奉師命，決不能下崖一步，何況此人是個作惡多端的採花大盜，這一隨他下山，變成了跟他同流合污，將來身敗名裂，禍患無窮，話到口邊，終於縮住。

眼見他下崖而去，當即回入山洞，向風清揚拜伏在地，說道：「太師叔不但救了徒孫性命，又傳了徒孫上乘劍術，此恩此德，永難報答。」

風清揚微笑道：「上乘劍術，上乘劍術，嘿嘿，還差得遠呢。」他微笑之中，大有寂寞淒涼的味道。令狐冲道：「徒孫斗膽，求懇太師叔將獨孤九劍的劍法盡數傳授。」風清揚道：「你要學獨孤九劍，將來不會懊悔麼？」

令狐冲一怔，心想將來怎麼會懊悔？一轉念間，心道：「是了，這獨孤九劍並非本門劍法，太師叔是說只怕師父知道之後會見責於我。但師父本來不禁我涉獵別派劍法，曾說他山之石，可以攻玉。再者，我從石壁的圖形之中，已學了不少恆山、衡山、泰山、嵩山各派的劍法，連魔教十長老的武功也已學了不少。這獨孤九劍如此神妙，實是學武之人夢寐以求的絕世妙技，我得蒙本門前輩指點傳授，正是莫大的機緣。」當即拜道：「這是徒孫的畢生幸事，將來只有感激，決無懊悔。」

風清揚道：「好，我便傳你。這獨孤九劍我若不傳你，過得幾年，世上便永遠沒這套劍法了。」說時臉露笑容，顯是深以爲喜，說完之後，神色卻轉淒涼，沉思半晌，這才說道：「田伯光決不會就此甘心，但縱然再來，也必在十天半月之後。你武功已勝於他，陰謀詭計又勝於他，永遠不必怕他了。咱們時候大爲充裕，須得從頭學起，紮好根基。」於是將獨孤九劍第一劍的「總訣式」依著口訣次序，一句句的解釋，再傳以種種附於口訣的變化。

令狐冲先前硬記口訣，全然未能明白其中含意，這時得風清揚從容指點，每一刻都領悟到若干上乘武學的道理，每一刻都學到幾項奇巧奧妙的變化，不由得歡喜讚嘆，情難自已。

一老一少，便在這思過崖上傳習獨孤九劍的精妙劍法，自「總訣式」、「破劍式」、「破刀式」以至「破槍式」、「破鞭式」、「破索式」、「破掌式」、「破箭式」而學到了第九劍「破氣式」。那「破槍式」包括破解長槍、大戟、蛇矛、齊眉棍、狼牙棒、白蠟桿、禪杖、方便鏟種種長兵刃之法。「破鞭式」破的是鋼鞭、鐵鐧、點穴橛、拐子、蛾眉刺、匕首、板斧、鐵牌、八角鎚、鐵椎等等短兵刃，「破索式」破的是長索、軟鞭、三節棍、鏈子槍、鐵鏈、漁網、流星飛鎚等等軟兵刃。雖只一劍一式，卻變化無窮，學到後來，前後式融會貫通，更是威力大增。

最後這三劍更加難學。「破掌式」破的是拳腳指掌上的功夫，對方既敢以空手來鬥自己利劍，武功上自有極高造詣，手中有無兵器，相差已是極微。天下的拳法、腿法、指法、掌法繁複無比，這一劍「破掌式」，將長拳短打、擒拿點穴、鷹爪虎爪、鐵沙神掌，諸般拳腳功夫盡數包括在內。「破箭式」這個「箭」字，則總羅諸般暗器，練這一劍時，須得先學聽風辨器之術，不但要能以一柄長劍擊開敵人發射來的種種暗器，還須借力反打，以敵人射來的暗器反射傷敵。

至於第九劍「破氣式」，風清揚只傳以口訣和修習之法，說道：「此式是為對付身具上乘內功的敵手而用，神而明之，存乎一心。獨孤前輩當年挾此劍橫行天下，欲求一敗而不可得，那是他老人家已將這套劍法使得出神入化之故。同是一門華山劍法，同是一招，使出來時威力強弱大不相同，這獨孤九劍自也一般。你縱然學得了劍法，倘若使出時劍法不純，畢竟還是敵不了當世高手。此刻你已得到了門徑，要想多勝少敗，再苦練二十年，便可和天下英雄一較短長了。」

令狐沖越學得多，越覺這九劍之中變化無窮，不知要有多少時日，方能探索到其中全部奧秘，聽太師叔要自己苦練二十年，絲毫不覺驚異，再拜受教，說道：「徒孫倘能在二十年之中，通解獨孤前輩當年創製這九劍的遺意，領會太師叔所授的心法，那是大喜過望了。」

風清揚道：「你倒也不可妄自菲薄。獨孤大俠是絕頂聰明之人，學他的劍法，要旨在一個『悟』字，決不在死記硬記。等到通曉了這九劍的劍意，則無所施而不可，便是將全部變化盡數忘記，也不相干，臨敵之際，更是忘記得越乾淨徹底，越不受原來劍法的拘束。你資質甚好，正是學練這套劍法的材料。何況當今之世，眞有甚麼了不起的英雄人物，嘿嘿，只怕也未必。以後自己好好用功，我可要去了。」

令狐沖大吃一驚，顫聲道：「太師叔，你……你上那裏去？」風清揚道：「我本在這後山居住，已住了數十年，日前一時心喜，出洞來授了你這套劍法，只是盼望獨孤前輩的絕世武功不遭滅絕而已。怎麼還不回去？」令狐沖喜道：「原來太師叔便在後山居住，那再好沒有了。徒孫正可朝夕侍奉，以解太師叔的寂寞。」

風清揚厲聲道：「從今以後，我再也不見華山派門中之人，連你也不例外。」見令狐沖神色惶恐，便語氣轉和，說道：「沖兒，我跟你既有緣，亦復投機。我暮年得有你這樣一個佳子弟傳我劍法，實是大暢老懷。你如心中有我這樣一個太師叔，今後別來見我，以致令我爲難。」令狐冲心中酸楚，道：「太師叔，那爲甚麼？」風清揚搖搖頭，說道：「你見到我的事，連對你師父也不可說起。」令狐冲含淚道：「是，自當遵從太師叔吩咐。」

風清揚輕輕撫摸他頭，說道：「好孩子，好孩子！」轉身下崖。令狐冲跟到崖邊，眼望他瘦削的背影飄飄下崖，在後山隱沒，不由得悲從中來，俯首墮淚。

令狐冲和風清揚相處十餘日，雖聽他所談論指教的只是劍法，但於他議論風範，不但欽仰敬佩，更覺親近之極，說不出的投機。風清揚是高了他兩輩的太師叔，但令狐冲內心，卻隱隱有一份平輩知己、相見恨晚的交誼，比之恩師岳不羣，似乎反而親切得多，心想：「太師叔年輕之時，只怕性子和我差不多，也是一副天不怕、地不怕、任性行事的性格。他教我劍法時，總說是『人使劍法，不是劍法使人』，總說『人是活的，劍法是死的，活人不可給死劍法所拘』。這道理千眞萬確，卻爲何師父從來不說？」

他微一沉吟，便想：「這道理師父豈有不知？他知我性子太過隨便，跟我一說了這道理，只怕我得其所哉，亂來一氣，練劍時便不能循規蹈矩。等到我將來劍術有了小成，師父自會給我詳加解釋。師弟師妹們武功未夠火候，自然更加不能明白這上乘劍理，跟他們說了也是白說。」又想：「太師叔的劍術自已出神入化，只可惜他老人家從來沒顯一下身手，令我大開眼界。比之師父，太師叔的劍法當然又高一籌了。」

回想風清揚臉帶病容，尋思：「這十幾天中，他有時輕聲嘆息，顯然有甚麼重大的傷心事，不知爲了甚麼？」嘆了口氣，提了長劍，出洞便練了起來。

練了一會，順手使出一劍，竟是本門劍法的「有鳳來儀」。他一呆之下，搖頭苦笑，自言自語：「錯了！」跟著又練，過不多時，順手一劍，又是「有鳳來儀」，不禁發惱，尋思：「我只因本門劍法練得純熟，在心中已印得根深蒂固，使劍時稍一滑溜，便將練熟了的本門劍招夾了進去，卻不是獨孤劍法了。」突然間心念一閃，心道：「太師叔叫我使劍時須當心無所滯，順其自然，那麼使本門劍法，有何不可？甚至便將衡山、泰山諸派劍法、魔教十長老的武功夾在其中，又有何不可？倘若硬要劃分，某種劍法可使，某種劍法不可使，那便是有所拘泥了。」

此後便即任意發招，倘若順手，便將本門劍法、以及石壁上種種招數摻雜其中，頓覺樂趣無窮。但五嶽劍派的劍法固然各不相同，魔教十長老更似出自六七個不同門派，要將這許多不同路子的武學融爲一體，幾乎絕無可能。他練了良久，始終沒法融合，忽想：「融不成一起，那又如何？又何必強求？」

當下再也不去分辨是甚麼招式，一經想到，便隨心所欲的混入獨孤九劍之中，但使來使去，總是那一招「有鳳來儀」使得最多。又使一陣，隨手一劍，又是一招「有鳳來儀」，心念一動：「要是小師妹見到我將這招『有鳳來儀』如此使法，不知會說甚麼？」

他凝劍不動，臉上現出溫柔的微笑。這些日子來全心全意的練劍，便在睡夢之中，想到的也只是獨孤九劍的種種變化，這時驀地裏想起岳靈珊，不由得相思之情難以自已。跟著又想：「不知她是否暗中又在偷偷教林師弟學劍？師父命令雖嚴，小師妹卻向來大膽，恃著師娘寵愛，說不定又在教劍了。就算不教劍，朝夕相見，兩人必定越來越好。」漸漸的，臉上微笑轉成了苦笑，再到後來，連一絲笑意也沒有了。

他心意沮喪，慢慢收劍，忽聽得陸大有的聲音叫道：「大師哥，大師哥！」叫聲甚為惶急。令狐冲一驚：「啊喲不好！田伯光那廝敗退下山，說道心有不甘，要爛纏到底，莫非他打我不過，竟把小師妹擄劫了去，向我挾持？」忙搶到崖邊，只見陸大有提著飯籃，氣急敗壞的奔上來，叫道：「大……大師哥……大……師哥，大……事不妙。」

令狐冲更加焦急，忙問：「怎麼？小師妹怎麼了？」陸大有縱上崖來，將飯籃在大石上一放，道：「小師妹？小師妹沒事啊。糟糕，我瞧事情不對。」令狐冲聽得岳靈珊無事，已放了一大半心，問道：「甚麼事情不對？」陸大有氣喘喘的道：「師父、師娘回來啦。」令狐冲心中一喜，斥道：「呸！師父、師娘回山來了，那不是好得很麼？怎麼叫做事情不對？胡說八道！」

陸大有道：「不，不，你不知道。師父、師娘一回來，剛坐定還沒幾個時辰，就有好幾個人拜山，嵩山、衡山、泰山三派中，都有人在內。」令狐冲道：「咱們五嶽劍派聯盟，嵩山派他們有人來見師父，那也平常得緊哪。」陸大有道：「不，不……你不知道，還有三個人跟他們一起上來，說是咱們華山派的，師父卻不叫他們師兄、師弟。」

令狐冲微感詫異，道：「有這等事？那三個人怎生模樣？」

陸大有道：「一個人焦黃面皮，說是姓封，叫甚麼封不平。還有一個是個道士，另一個則是矮子，都叫『不』甚麼的，倒眞是『不』字輩的人。」

令狐冲點頭道：「或許是本門叛徒，早就給淸出了門戶的。」

陸大有道：「是啊！大師哥料得不錯。師父一見到他們，就很不高興，說道：『封兄，你們三位早已跟華山派沒有瓜葛，又上華山來作甚？』那封不平道：『華山是你岳師兄買下來的？就不許旁人上山？是皇帝老子封給你的？』師父哼了一聲，說道：『各位要上華山遊玩，當然聽便，可是岳不羣卻不是你師兄了，「岳師兄」三字，原封奉還。』那封不平道：『當年你師父行使陰謀詭計，霸佔了華山一派，這筆舊帳，今日可得算算。你不要我叫「岳師兄」，哼哼，算帳之後，你便跪在地下哀求我再叫一聲，也難求得動我呢。』」

令狐冲「哦」了一聲，心想：「師父可眞遇上了麻煩。」

陸大有又道：「咱們做弟子的聽得都十分生氣，小師妹第一個便喝罵起來，不料師娘這次卻脾氣忒也溫和，竟不許小師妹出聲。師父顯然沒將這三人放在心上，淡淡的道：『你要算帳？算甚麼帳？要怎樣算法？』那封不平大聲道：『你氣宗篡奪華山派掌門之位，已二十多年啦，到今天還做不夠？應該讓位了罷？』師父笑道：『各位大動陣仗的來到華山，卻原來想奪在下這掌門之位。那有甚麼希罕？封兄如自忖能當這掌門，在下自當奉讓。』那封不平道：『當年你師父憑著陰謀詭計，篡奪了本派掌門之位，現下我已稟明五嶽盟主左盟主，奉得旗令，來執掌華山一派。』說著從懷中掏出一支小旗，展將開來，果然便是五嶽令旗。」

令狐冲怒道：「左盟主管得未免太寬了，咱們華山派本門之事，可用不著他來管閒事。他有甚麼資格能廢立華山派的掌門？」

陸大有道：「是啊，師娘當時也就這麼說。可是嵩山派那姓陸的老頭仙鶴手陸柏，就是在衡山劉師叔府上見過的那老傢伙，卻極力給那封不平撐腰，說道華山派掌門該當由那姓封的來當，和師娘爭執不休。泰山派、衡山派那兩人，說來氣人，也都和封不平做一夥兒。他們三派聯羣結黨，來跟華山派為難來啦。就只恆山派沒人參預。大……大師哥，我瞧著情形不對，趕緊來給你報訊。」

令狐冲叫道：「師門有難，咱們做弟子的只教有一口氣在，說甚麼也要給師父賣命。六師弟，走！」陸大有道：「對！師父見你是為他出力，一定不會怪你擅自下崖。」

令狐冲飛奔下崖，說道：「師父就算見怪，也不打緊。師父是彬彬君子，不喜和人爭執，說不定眞的將掌門人之位讓給了旁人，那豈不糟糕……」說著展開輕功疾奔。

令狐冲正奔之間，忽聽得對面山道上有人叫道：「令狐冲，令狐冲，你在那兒？」令狐冲道：「是誰叫我？」跟著幾個聲音齊聲問道：「你是令狐冲？」令狐冲道：「不錯！」

突然間兩個人影一晃，擋在路心。山道狹窄險陡，一邊更下臨萬丈深谷，這二人突如其來的在山道上現身，突兀無比，令狐冲奔得正急，險些撞在二人身上，急忙止步，和那二人相去已不過尺許。只見這二人臉上盡是凹凹凸凸，又滿是皺紋，甚爲可怖，一驚之下，轉身向後縱開丈餘，喝問：「是誰？」

卻見背後也是兩張極其醜陋的臉孔，也是凹凹凸凸，滿是皺紋，這兩張臉和他相距更不到半尺，兩人的鼻子幾乎要碰到他鼻子，令狐冲這一驚更加非同小可，向旁踏出一步，只見山道臨谷處又站著二人，這二人的相貌與先前四人頗爲相似。陡然間同時遇上這六個怪人，令狐冲心中怦怦大跳，一時手足無措。

在這霎息之間，令狐冲已給這六個怪人擠在不到三尺見方的一小塊山道之中，前面二人的呼吸直噴到他臉上，而後頸熱呼呼地，顯是後面二人的呼吸。他忙伸手去拔劍，手指剛碰到劍柄，六個怪人各自跨上半步，往中間一擠，登時將他擠得絲毫沒法動彈。

只聽得陸大有在身後大叫：「喂，喂，你們幹甚麼？」

饒是令狐冲機變百出，在這剎那之間，也不由得嚇得沒了主意。這六人如鬼如魅，似妖似怪，容顏固然可怖，行動更是詭異。令狐冲雙臂向外力振，要想推開身前二人，但兩條手臂給那二人擠住，卻那裏推得出去？他心念電閃：「定是封不平他們一夥的惡徒。」驀地裏全身一緊，幾乎氣也喘不過來，四個怪人加緊擠攏，只擠得他骨骼格格有聲。令狐冲不敢與面前怪人眼睜睜的相對，忙閉住了雙眼，只聽得有個尖銳的聲音說道：「令狐冲，我們帶你去見小尼姑。」

令狐冲心道：「啊喲，原來是田伯光這廝的一夥。」叫道：「你們不放開我，我便拔劍自殺！令狐冲寧死……」突覺雙臂已遭兩隻手牢牢握住，兩隻手掌直似鐵鉗。令狐冲空自學了獨孤九劍，卻半點施展不出，心中只是叫苦。

只聽得又一人道：「乖乖小尼姑要見你，聽話些，你也是乖孩子。」又一人道：「死了不好，你如自殺，我整得你死去活來。」另一人道：「他死都死了，你還整得他死去活來幹麼？」又一人道：「你要嚇他，便不可說給他聽。給他一聽見，便嚇不倒了。」先一人道：「我偏要嚇，你又待怎樣？」另一人道：「我說還是勸他聽話的好。」先一人道：「我說要嚇，便是要嚇。」另一人道：「我喜歡勸。」兩人竟爾互相爭執不休。

令狐冲又驚又惱，聽他二人這般瞎吵，心想：「這六個怪人武功雖高，卻似乎蠢得厲害。」當即叫道：「嚇也沒用，勸也沒用，你們不放我，我可要自己咬斷舌頭自殺了。」突覺臉頰上一痛，已給人伸手揑住了雙頰。

只聽另一個聲音道：「這小子倔強得緊，咬斷了舌頭，不會說話，小尼姑可不喜歡。」又有一人道：「咬斷舌頭便死了，豈但不會說話而已！」另一人道：「未必便死。不信你倒咬咬看。」先一人道：「我說要死，因此不咬，你倒咬咬看。」另一人道：「我爲甚麼要咬自己舌頭？有了，叫他來咬。」

只聽得陸大有「啊」的一聲大叫，顯是給那些怪人捉住了，只聽一人喝道：「你咬斷自己舌頭來試試看，死還是不死？快咬，快咬！」陸大有叫道：「我不咬，咬了一定要死。」一人道：「不錯，咬斷舌頭定然要死，連他也這麼說。」另一人道：「他又沒死，這話作不得準。」另一人道：「他沒咬斷舌頭，自然不死。一咬，便死！」

令狐冲運勁雙臂，猛力一掙，手腕登時疼痛入骨，卻那裏掙得動分毫？突然間情急智生，大叫一聲，假裝暈了過去。六個怪人齊聲驚呼，揑住令狐冲臉頰的人立時鬆手。一人道：「這人嚇死啦！」又一人道：「嚇不死的，那會如此沒用。」另一人道：「就算是死了，也不是嚇死的。」先一人道：「那麼是怎生死的？」

陸大有只道大師哥眞的給他們弄死了，放聲大哭。

一個怪人道：「我說是嚇死的。」另一人道：「你抓得太重，是抓死的。」又一人道：「到底是怎生死的？」令狐冲大聲道：「我自閉經脈，自殺死的！」

六怪聽他突然說話，都嚇了一跳，隨即齊聲大笑，都道：「原來沒死，他是裝死。」令狐冲道：「我不是裝死，我死過之後，又活轉來了。」一怪道：「你當眞會自閉經脈？這功夫可難練得緊，你教教我。」另一怪道：「這自閉經脈之法高深得很，這小子不會的，他是騙你。」令狐冲道：「你說我不會？我倘若不會，剛才又怎會自閉經脈而死？」那怪人搔了搔頭，道：「這個……這個……可有點兒奇了。」

令狐冲見這六怪武功雖然甚高，頭腦果然魯鈍之至，便道：「你們再不放開我，我可又要自閉經脈啦，這一次死了之後，可就活不轉了。」抓住他手腕的二怪登時鬆手，齊道：「你死不得，你要死了，大大的不妙。」令狐冲道：「要我不死也可以，你們讓開路，我有要事去辦。」擋在他身前的二怪同時搖頭，一齊搖向左，又一齊搖向右，齊聲道：「不行，不行。你得跟我去見小尼姑。」

令狐冲睜眼提氣，身子縱起，便欲從二怪頭頂飛躍而過，不料二怪跟著躍高，動作快得出奇，兩個身子便如一堵飛牆，擋在他身前。令狐冲和二怪身子一撞，便又掉下。他身在半空之時，已伸手握住劍柄，手臂向外一掠，便欲抽劍，突然間肩頭一重，在他身後的二怪各伸一掌，分按他雙肩，他長劍只離鞘一尺，便抽不出來。按在他肩頭的兩隻手掌上各有數百斤力道，他身子登時矮了下去，別說拔劍，連站立也已有所不能。

二怪將他按倒後，齊聲笑道：「抬了他走！」站在他身前的二怪各伸一手，抓住他足踝，便將他抬了起來。

陸大有叫道：「喂，喂！你們幹甚麼？」一怪道：「這人嘰哩咕嚕，殺了他！」舉掌便要往他頭頂拍落。令狐冲大叫：「殺不得，殺不得！」那怪人道：「好，聽你這小子的，不殺便不殺，點了他啞穴。」竟不轉身，反手一指，嗤的一聲響，已點了陸大有的啞穴。陸大有正在大叫，但那「啊」的一聲突然從中斷絕，恰如有人拿一把剪刀將他的叫聲剪斷了一般，身子跟著縮成一團。令狐冲見他這點穴手法認穴之準，勁力之強，生平實所罕見，不由得大為欽佩，喝采道：「好功夫！」

那怪人大爲得意，笑道：「那有甚麼希奇，我還有許多好功夫呢，這就試演幾種給你瞧瞧。」若在平時，令狐冲原欲大開眼界，只是此刻掛念師父的安危，心下大為焦慮，叫道：「我不要看！」那怪人怒道：「你爲甚麼不看？我偏要你看。」縱身躍起，從令狐冲和抓著他的四名怪人頭頂飛越而過，身子從半空橫過時平掠而前，有如輕燕，姿式美妙已極。令狐冲不由得脫口又讚：「好功夫！」那怪人輕輕落地，微塵不起，轉過身來時，一張長長的馬臉上滿是笑容，道：「這不算甚麼，還有更好的呢。」此人年紀少說也有四五十歲，但性子恰似孩童一般，得人稱讚一句，便欲賣弄不休，武功之高明深厚，與性格之幼稚淺薄，恰是兩個極端。

令狐冲心想：「師父、師娘正受困於大敵，對手有嵩山、泰山諸派好手相助，我便趕了去，那也無濟於事，何不騙這幾個怪人前去，以解師父、師娘之厄？」當即搖頭道：「你們這點功夫，到這裏來賣弄，那可差得遠了。」那人道：「甚麼差得遠？你不是給我們捉住了嗎？」令狐冲道：「我是華山派的無名小卒，要捉住我還不容易？眼前山上聚集了嵩山、泰山、衡山、華山各派好手，你們又豈敢去招惹？」那人道：「要招惹便去招惹，有甚不敢？他們在那裏？」另一人道：「我們打賭贏了小尼姑，小尼姑就叫我們來抓令狐冲，可沒叫我去惹甚麼嵩山、泰山派的好手。贏一場，只做一件事，做得多了，太不上算。這就走罷。」

令狐冲心下寬慰：「原來他們是儀琳小師妹差來的？那麼倒不是我對頭。看來他們是打賭輸了，不得不來抓我，卻要強好勝，自稱贏了一場。」當下笑道：「對了，那個嵩山派的好手說道，他最瞧不起那六個橘子皮的馬臉老怪，一見到便要伸手將他們一個個像捏螞蟻般捏死了。只可惜那六個老怪一聽到他聲音，便即遠遠逃去，說甚麼也找他們不到。」

六怪一聽，立時氣得哇哇大叫，抬著令狐冲的四怪將他身子放下，你一言我一語的道：「這人在那裏？快帶我們去，跟他們較量較量。」「甚麼嵩山派、泰山派，桃谷六仙不將他們放在眼裏。」「這人活得不耐煩了，膽敢要將桃谷六仙像揑螞蟻般揑死？」

令狐冲道：「你們自稱桃谷六仙，他口口聲聲的卻說桃谷六鬼，有時又說桃谷六小子。六仙哪，我勸你們還是遠而避之的爲妙，這人武功厲害得很，你們打他不過的。」

一怪大叫：「不行，不行！這就去打個明白。」另一怪道：「我瞧情形不妙，這嵩山派的高手既口出大言，必有驚人藝業。他叫我們桃谷六小子，定是我們的前輩，想來一定鬥他不過。多一事不如少一事，咱們快回去罷。」另一人道：「六弟最是膽小，打都沒打，怎知鬥他不過？」那膽小怪人道：「倘若當眞給他像揑螞蟻般揑死了，豈不倒霉？打過之後，已經給他揑死，又怎生逃法？」

令狐冲暗暗好笑，說道：「是啊，要逃就得趕快，倘若給他得知訊息，追將過來，你們就逃不掉了。」那膽小怪人一聽，飛身便奔，一晃之間便沒了蹤影。令狐冲吃了一驚：「這人輕身功夫竟如此了得。」卻聽一怪道：「六弟怕事，讓他逃走好了，咱們卻要去鬥鬥那嵩山派的高手。」其餘四怪都道：「去，去！桃谷六仙天下無敵，怕他何來？」

一個怪人在令狐冲肩上輕輕一拍，說道：「快帶我們去，且看他怎生將我們像揑螞蟻般揑死了。」令狐冲道：「帶你們去是可以的，但我令狐冲堂堂男子，決不受人脅迫。我不過聽那嵩山派的高手對你們六位大肆嘲諷，心懷不平，又見到你們六位武功高強，心下好生佩服，這才有意仗義帶你們去找他們算帳。倘若你們仗著人多勢衆，硬要我做這做那，令狐冲死就死了，決不依從。」

五個怪人同時拍手，叫道：「很好，你挺有骨氣，又有眼光，看得出我們六兄弟武功高強，我兄弟們也很佩服。」

令狐冲道：「既然如此，我便帶你們去，只是見到他之時，不可胡亂說話，胡亂行事，免得武林中英雄好漢恥笑桃谷六仙淺薄幼稚，不明世務。一切須聽我吩咐，否則的話，你們大大丟我的臉，大夥兒都面上無光了。」他這幾句話原只意存試探，不料五怪聽了之後，沒口子的答應，齊聲道：「那再好也沒有了，咱們決不能讓人家再說桃谷六仙淺薄幼稚，不明世務。」看來「淺薄幼稚，不明世務」這八字評語，桃谷六仙早就聽過許多遍，心下深以爲恥，令狐冲這話正打中了他們心坎。

令狐冲點頭道：「好，各位請跟我來。」當下快步順著山道走去，五怪隨後跟去。行不到數里，只見那膽小怪人在山巖後探頭探腦的張望，令狐冲心想此人須加激勵，便道：「嵩山派那老兒的武功比你差得遠了，不用怕他。咱們大夥兒去找他算帳，你也一起去罷。」那人大喜，道：「好，我也去。」但隨即又問：「你說那老兒的武功和我差得遠，到底是我高得多，還是他高得多？」此人既然膽小，便十分的謹愼小心。令狐冲笑道：「當然是你高得多。剛才你脫身飛奔，輕功高明之極，那嵩山派的老兒無論如何追你不上。」那人大爲高興，走到他身旁，不過兀自不放心，問道：「倘若他當眞追上了我，那便如何？」令狐冲道：「我和你寸步不離，他如膽敢追上了你，哼哼！」手拉長劍劍柄，出鞘半尺，啪的一聲，又推入了鞘中，道：「我便一劍將他殺了。」那人大喜，叫道：「妙極，妙極！你說過的話可不能不算數。」令狐冲道：「這個自然。不過他如追你不上，我便不殺他了。」那人笑道：「是啊，他追我不上，便由得他去。」

令狐冲暗暗好笑，心想：「你一發足奔逃，要想追上你可眞不容易。」又想：「這六個怪人生性純樸，不是壞人，倒可交交。」說道：「在下久聞六位的大名，如雷貫耳，今日一見，果然名不虛傳，只不知六位尊姓大名。」

六個怪人那想得到此言甚是不通，一聽到他說久聞大名，如雷貫耳，個個便心花怒放。一人道：「我是大哥，叫做桃根仙。」另一人道：「我是二哥，叫做桃幹仙。」又一人道：「我不知是三哥還是四哥，叫做桃枝仙。」指著一怪人道：「他不知是三哥還是四哥，叫做桃葉仙。」令狐冲奇道：「你們誰是三哥四哥，怎麼連自己也不知道？」

桃枝仙道：「不是我二人不知道，是我爹爹媽媽忘了。」桃葉仙插口道：「你爹娘生你之時，如忘了生過你，你當時一個小娃娃，怎知道世上有沒有你這個人？」令狐冲忍笑點頭，說道：「很是，很是，幸虧我爹娘記得生過我這個人。」桃葉仙道：「可不是嗎？」令狐冲問道：「怎地是你們爹媽忘了？」桃葉仙道：「爹爹媽媽生我們兩兄弟之時，是記得誰大誰小的，過得幾年便忘記了，因此也不知到底誰是老三，誰是老四。」指著桃枝仙道：「他定要爭作老三，我不叫他三哥，他便要和我打架，只好讓了他。」令狐冲笑道：「原來你們是兩兄弟。」桃枝仙道：「是啊，我們是六兄弟。」

令狐冲心想：「有這樣的胡塗父母，難怪生了這樣胡塗的六個兒子來。」向其餘二人道：「這兩位卻又怎生稱呼？」膽小怪人道：「我來說，我是六弟，叫做桃實仙。我五哥叫桃花仙。」令狐冲忍不住啞然失笑，心想：「桃花仙相貌這般醜陋，和『桃花』二字無論如何不相稱。」桃花仙見他臉有笑容，喜道：「六兄弟之中，以我的名字最好聽，誰都及不上我。」令狐冲笑道：「桃花仙三字，當眞好聽，但桃根、桃幹、桃枝、桃葉、桃實，五個名字也都好聽得緊。妙極，妙極！要是我也有這樣美麗動聽的名字，我可要歡喜死了。」

桃谷六仙無不心花怒放，手舞足蹈，只覺此人實是天下第一好人。

令狐冲笑道：「咱們這便去罷。請那一位桃兄去解開我師弟的穴道。你們的點穴手段太高，簡直神妙無比，我是說甚麼也解不開的。」

桃谷六仙又各得一頂高帽，立時擁將過去，爭先恐後的給陸大有解開了穴道。

從思過崖到華山派的正氣堂，山道有十一里之遙，除陸大有外，餘人腳程均快，片刻間便到。

一到正氣堂外，便見勞德諾、梁發、施戴子、岳靈珊、林平之等數十名師弟、師妹都站在堂外，憂形於色，各人見到大師哥到來，都大爲欣慰。

勞德諾迎了上來，悄聲道：「大師哥，師父和師娘在裏面見客。」

令狐冲回頭向桃谷六仙打個手勢，叫他們站著不可作聲，低聲道：「這六位是我朋友，不必理會。我想去瞧瞧。」走到客廳的窗縫中向內張望。本來岳不羣、岳夫人見客，弟子決不會在外窺探，但此刻本門遇上重大危難，衆弟子對令狐冲此舉誰也不覺得有甚麼不妥。

笑傲江湖(大字版) / 金庸作.　-- 二版.
-- 臺北市：遠流， 2017.10
冊；　公分. -- (大字版金庸作品集；55-62)

ISBN 978-957-32-8112-2 (全套：平裝).

857.9　　　　　　　　106016820